Newton Compton Editores

Título original: *Black Mamba*

© 2022, William Friend
© 2026, de la traducción por Pepa Devesa Seva
© 2026, de esta edición por Antonio Vallardi Editore S.u.r.l., Milán

Todos los derechos reservados

Primera edición: abril de 2026

Newton Compton Editores es un sello de Antonio Vallardi Editore S.u.r.l.
Pl. Urquinaona, 11, 3.º 1.ª izq. Barcelona, 08010 (España)
www.newtoncomptoneditores.com

Gruppo editoriale Mauri Spagnol S.p.A.
www.maurispagnol.it

ISBN: 979-13-87575-54-0
DL: B 1.893-2026

Composición:
Grupo Ormo

Diseño de interiores:
David Pablo

Impreso en abril de 2026 en Puntoweb s.r.l., Ariccia (Roma), en Italia.

William Friend

Déjalo entrar

Traducción de Pepa Devesa Seva

Newton Compton Editores

Barcelona, 2026

Para mis padres

CAPÍTULO 1

Alfie

Esta mañana he oído el nombre Black Mamba por primera vez, y me ha hecho recordar ciertos sueños. No sueños míos, sino sueños que tuvieron mis hijas. Visiones que les astillaron el sueño.

Todo empezó nueve meses después del accidente. Todas las noches, durante la hora del diablo, me despertaba y me encontraba a las mellizas inmóviles al pie de mi cama, con los rostros velados por la oscuridad.

«Papá, hay un hombre en nuestra habitación».

Aquellas palabras se hicieron familiares, como un estribillo coral, y eran capaces de espabilarme el cuerpo mientras mi mente, o su mejor parte, permanecía dormida. Me removía bajo las sábanas almidonadas y frías, aplastaba la nariz contra la almohada y suspiraba.

«No, no lo hay», decía. Pero el brazo, medio muerto de sueño, levantaba el edredón igualmente para que las niñas pudieran subirse y acurrucarse en la suave concavidad en la cual su madre solía dormir.

Naturalmente, la primera noche fue diferente. La primera noche, la mera presencia de las mellizas al lado de mi cama, repentina e inesperada, fue como si me hubieran puesto una inyección de adrenalina.

—Papá, hay un hombre en nuestra habitación.

La frase hizo que me enderezase de golpe, como si una soga tirase de mí, dejando el suelo muy por debajo de mis pies.

—¿Un hombre? —dije.

—Un hombre.

Y las chicas estaban tan quietas, y sus voces tan apagadas y monótonas y muertas, que apenas si podía respirar; pero, de algún modo, reuní las fuerzas para salir de puntillas de mi habitación para dirigirme a la de ellas.

–Quedaos aquí –susurré, pero ellas no dejaban que me fuera, así que bajamos juntos de mala gana por la escalera, sus manos diminutas aferradas a las mías mientras escuchábamos. Y el silencio, la quietud pura y sólida de la noche, fue lo único que empezó, al fin, a calmarme. La sangre regresó a mi rostro y cuello, y me empecé a sentir de nuevo como un adulto. Como un padre.

–¿Estáis seguras de que no estabais soñando?

–No era un sueño. Era real. Estaba allí.

Entramos en la habitación de las chicas y el chasquido de la luz eléctrica lo iluminó todo al instante, sin desvelar nada ni a nadie. Abrí las puertas del armario de par en par; levanté el edredón, con sus garabatos color azul tiza, para buscar bajo la cama. Una moqueta sin aspirar y juguetes tirados; nadie escondido.

–¿Qué pinta tenía?

–Era… esto… –Sus voces temblaron, como si volvieran en ellas y buscaran las palabras–. Estaba oscuro. No lo veíamos.

Un tramo de escaleras, en la planta baja, inundaba las habitaciones de luz reconfortante. Revisamos ventanas, puertas y cerraduras. No había nada abierto, nada destrozado. Desconcertadas, las chicas se miraron, en parte en busca de apoyo, en parte con sospecha. Volvimos sobre nuestros pasos.

–¿Dónde lo visteis? –pregunté–. Mostrádmelo.

Y así, sin más, toda la sincronía entre sus palabras y movimientos se desmoronó.

–Estaba ahí afuera –dijo Sylvie, indicando vagamente con el dedo el rellano–. Lo vimos a través de la puerta.

Pero Cassia sacudió la cabeza y gritó:

–¡No, no, entró en nuestra habitación!

–Pero la puerta estaba cerrada.

–Exacto.

De repente, ambas parecían muy cansadas. Acaricié y besé sus cabecitas. Los mechones de pelo rubio electrizado brillaban en la luz tenue.

–Debe de haber sido un sueño –dije.

–No fue un sueño.

–Os llevo a la cama.

–¿Por qué no podemos dormir contigo?

Las visitas nocturnas de las chicas se alargaron durante semanas, y yo las pasaba dormitando cada vez más profundamente que en la anterior, hasta que las visitas mismas adquirieron una calidad de ensueño. Llegó un punto en que, a veces, a la mañana siguiente, era solo la presencia de las niñas –sus cuerpecitos acurrucados contra el mío– la que me recordaba su aparición por la noche y lo que habían dicho.

Después, las visitas cesaron igual que habían empezado: de repente y sin explicación. Me despertaba cada mañana en una cama vacía y el recuerdo de aquel tema se empezó a desvanecer. Nunca les pregunté a las chicas si las pesadillas habían cesado. Seguramente sí. De otro modo, ¿por qué iban a cesar las visitas? Tampoco les pregunté por qué habían empezado precisamente nueve largos meses después del accidente. Mandé esos pensamientos al fondo de mi subconsciente, asumiendo que no significaba nada, que todo había seguido su curso.

Ha sido solo esta mañana, cuando Marian se ha pasado con tartaletas de mermelada y lágrimas en los ojos, y las chicas me han contado lo de Black Mamba, cuando he recordado, en una ráfaga, aquellas serenatas a la luz de la luna de hace un mes: las voces y los ojos muertos de las chicas, las cosas que habían dicho, han hecho eco en mi cabeza como un leitmotiv; como cuerdas que plañen y vibran mucho tiempo después de haberlas pulsado.

Julia

He venido a la casa no porque quisiera, sino porque él me lo ha pedido. Es la Hart House, la número 4 de Allington Square, en Londres: la casa donde crecí. Durante un tiempo la amé, como todos la amamos, y parte de mí aún lo hace. Mis recuerdos más felices están conectados a esta casa, así como los más aterradores, lo que viene a ser, para los de mi profesión, una «respuesta emocional compleja». En todas las habitaciones, las paredes son claras y vacías, pero tienen, en mi recuerdo, la huella de mil sonrisas. Son un palimpsesto de todos los cumpleaños que he celebrado en su interior; casi cien, de al menos siete personas.

Dos de esas personas ahora están muertas. También las veo en estas paredes.

Alfie abre la puerta principal con una suave sonrisa.

«Hermoso, de una forma masculina». Es lo que pensé de él cuando lo conocí, hace ya casi una década. Ahora es hermoso pero deteriorado, con líneas en la cara, el pelo arenoso enmarañado y tupido. Parece más canoso que antes, pero no por la madurez, sino por los hechos traumáticos vividos. No lo juzgo. Yo también tengo una pinta horrorosa, o al menos asumo que la tengo. No me he mirado en un espejo como es debido desde el accidente.

—Gracias por venir —dice, agarrando mi abrigo. Aun es un caballero, creo, incluso después de todo lo sucedido.

«No, más aún», me doy cuenta con tristeza. No era así cuando Pippa vivía. Cuando venía de visita, Alfie ni siquiera apartaba la vista de la tele. Se limitaba a gritar mi nombre alegremente desde su puesto, tumbado en el sofá con una melliza bajo cada uno de los fornidos brazos, y a poner la mejilla para que le diera un beso. Ahora, veo cómo dobla mi bufanda antes de colocarla con cuidado sobre la barandilla, y su ternura es difícil de resistir. Pasamos a la cocina y me distraigo mirando los últimos dibujos de las niñas, sujetados por imanes en la nevera.

—Están en la cama —le oigo decir.

Asiento sin volverme. Sylvie ha dibujado un torbellino de pétalos que caen, con contornos de un negro rotundo e interiores suavemente difuminados. Cassia ha dibujado cristales azules, fríos y transparentes. Los nombres de las niñas, abajo, en las esquinas, muestran una caligrafía que hace que me avergüence de mis garabatos indescifrables. Paso la mano por el papel con reverencia.

Afuera ya ha anochecido, y hace frío en la cocina. Oigo el tintineo de las tazas, el movimiento del hervidor de agua. Alfie está preparando té. Normalmente, cuando estamos juntos bebemos —beber de verdad—, pero esta noche no. Hoy es primero de mes, como el día del accidente. Beber vino sería inapropiado, como suele pasar cuando más lo necesitas.

Supongo que lo necesita. Quizá solo estoy proyectando. Debería intentar averiguarlo.

—¿Cómo estás? —le pregunto, sin volver la cabeza.

—Bien —responde, hablándole al fregadero.

Su voz es inexpresiva, ilegible, pero no discuto. Por lo que sé podría ser cierto, al menos la mayoría de los días. Yo también me encuentro bien la mayor parte del tiempo. La angustia por fin ha aflojado. Sé instintivamente que lo peor para él es cuando estoy cerca, como yo estoy en mi peor momento cuando me invita a la Hart House.

Sirve el té en mi taza favorita, la negra salpicada de estrellas, y nos sentamos a la mesa. Las estrellas solo aparecen cuando la taza está caliente; para cuando la mitad, más o menos, se hayan esfumado, puedes beber sin quemarte.

—¿Cómo estás? —desvía la conversación al fin, jugueteando con el asa de su taza, que parece diminuta contra la envergadura de su palma y sus dedos. Alfie es un hombre grande; y también inteligente, y de voz suave.

—Bien también, supongo. Me mantengo ocupada.

Asiente, con firmeza. Algo le ronda en la cabeza, algo que me quiere decir. Esta no ha sido una invitación rutinaria. Lo noté al teléfono esta tarde; algo en su voz —sin aliento, entrecortada— me pareció extraño.

—¿En la clínica?

—Ajá —digo—. Por fin vuelvo a tener la agenda llena, más o menos. Tras el accidente, no pude trabajar durante meses. Me tomé una baja larga, que solo empeoró las cosas. Necesitaba trabajar y necesitaba terapia, pero, dada la naturaleza de mi trabajo, sentía que ambas opciones me estaban vetadas. Como en un resfriado, no había cura; solo podía esperar que pasara. Las cosas van mejor ahora, al menos un poquito. Puedo trabajar con mi dolor. Puedo hablar de él. Los demás pueden volver a darme el suyo.

Doy un sorbito al té para camuflar el silencio incómodo, y me quemo la lengua. Las estrellas brillan aún con furia. Debo entonar un mea culpa.

—¿Te han vuelto a llamar? —pregunto—. Quiero decir KCL, sobre volver.

Alfie siempre ha trabajado en universidades, desde que lo conozco.

—No, no —dice rápidamente—. No hay presión. Al menos este año.

Entonces, eso no es lo que lo tiene preocupado. Hago mi taza a un lado y hago lo que suelo hacer con los clientes recalcitrantes: me aguanto las ganas de llenar los huecos incómodos; uso el silencio en su contra.

Finalmente, se abre.

—Marian ha estado aquí esta mañana —dice, inseguro, y al fin empiezo a comprender su estado de ánimo.

«Mamá». Le toco la muñeca y asiento, solidarizándome. No se puede pedir una suegra más difícil, incluso en circunstancias más favorables; la quiero, pero eso hasta yo lo admito.

Hay algo más, por supuesto. Lo veo en su titubeo. Ha pasado algo malo o, como mínimo, preocupante. Pero no pienso presionarlo. Me lo dirá cuando esté listo.

Quedamos sentados en silencio, removiendo el té. Hoy hace diez meses de la muerte de mi hermana.

Alfie

Julia me escudriña desde el otro lado de la mesa. Es una palabra extraña, escudriñar, pero es lo que siento. Es más invasivo que mirar. Sus ojos de un azul grisáceo indagan, cuestionan. Tiene la pinta de un gato en guardia que puede dirigir las orejas hacia el ruido sin mover la cabeza. ¿Qué quiere de mí?

Quiere que siga hablando.

Ah, sí. Marian. Esta mañana.

Sorbo un poco de té negro y me quemo la lengua. Solo teníamos leche para uno, algo que nunca pasaba cuando Pippa vivía. O tal vez sí, y yo no me acuerdo, que es aún peor.

¿Por dónde empezar?

Con el timbre, que me despierta de un sueño pesado. Había estado dormitando delante de la tele, con las chicas, marinándose en tristeza. Mi tristeza, porque ellas no estaban ni más ni menos tristes de lo normal. ¿Por qué iban a estarlo? No sabían que hoy era primero de mes. O, si lo sabían, no significaba mucho para ellas. El sol siguió saliendo por la mañana y yo era aún el único progenitor que les quedaba. Para ellas, hoy era un día como cualquier otro. Es lo que me dije cuando me preguntaron si podían ver dibujos.

–Claro que podemos –les contesté.

Pero luego bajé mucho el volumen de la tele, como si hubiera un pariente enfermo en la sala, para que supieran que no todo estaba bien. Sin decir nada, se acurrucaron conmigo y miraron la tele casi muda mientras yo me adormecía, sintiéndome reconfortado por el calor de sus cuerpos pequeños y perfectos. Era primero de mes, no teníamos nada que hacer, y la persona más importante del mundo había muerto. Sentía que era inadecuado que pusieran dibujos en la tele.

Cuando sonó el timbre, no quería ir a abrir. No quería moverme, ni pensar ni hablar, y no me importaba quién fuera. Pero volvió a sonar, penetrante e insistente, así que me limpié las babas de la barba, ordené la sala de estar y, por fin, abrí la puerta, con la esperanza de que quienquiera que fuera se hubiera rendido y se hubiera marchado.

Cuando me di cuenta de que era Marian, deseé haber esperado aún más tiempo.

¿Debía decírselo a Julia? Estoy a punto de decírselo, pero luego cambio de opinión. Julia y Marian siempre han estado unidas. Quizá no sean afectuosas entre ellas. Pero están unidas.

Me limito a narrar los hechos puros y duros. Me guardo mis resentimientos.

Ahí estaba, sin aliento, en el umbral de la puerta, con las mejillas ateridas e irritadas por el aire frío y el cabello de canas incipientes alborotado y en punta. Envuelta en pieles negras, llevaba asida una cesta voluminosa, llena de tartaletas de mermelada deformes.

–La abuela está aquí –llamé débilmente a las mellizas, antes de decidir qué tipo de saludo usaría.

Retrocediendo hacia la oscuridad del vestíbulo, esperé que Marian me siguiera.

–Oh, Alfie –dijo, con voz temblorosa al atravesar el umbral e intentando encontrar mi mano. Habría sido casi enternecedor, si ella y Pippa no se hubieran detestado tan descaradamente en vida de Pippa.

La conduje diligentemente a la sala de estar. Antes del accidente, siempre escuchábamos el mismo comentario nostálgico cada vez que pisaba la tarima de madera de caoba, «Este cuarto estaba mucho más bonito con la moqueta», pero hoy nos lo perdonó. En cambio, simplemente fue tambaleándose desde la entrada para dejarse caer en el sofá, exhalando ruidosamente, con las extremidades extendidas como las plumas de un cuervo mojado. Es ruin, pero estaba agradecido de que ninguna de las mellizas hubiera respondido a mi llamada. Incluso cuando su abuela realizó el vistoso aterrizaje sobre el sofá, ellas siguieron con los ojos pegados al televisor.

–No te importa –me dijo, sin aliento, en forma de afirmación, no de pregunta– que me pase por la casa.

La casa. Es como siempre la había llamado Marian. No «vuestra casa», «la» casa. En vida de Pippa, no importaba. Era la casa familiar de Pip, después de todo, la casa en la que ella y Julia habían crecido. Pero ahora que ella no está, empieza a escocer.

14

Estábamos pagando por nuestros errores. Cuando Marian nos ofreció vendernos la Hart House, sabíamos cuál sería el precio, y podíamos haber dicho que no. Pero con dos niñas pequeñas y con trabajos que nos hacían sentir realizados, pero que no pagaban bien, era la única forma de podernos permitir vivir en Londres. Marian nos hizo un precio excelente y, a cambio, se pasaba por aquí siempre que le apetecía; nos hacía sentir como invitados en nuestra propia casa; criticaba cada pequeño cambio que hacíamos a la decoración. Nunca acordamos aquellas condiciones. Antes de la venta, todas eran tácitas. Aun así, nunca nos quejamos. Ya sabíamos cómo era Marian cuando firmamos el contrato. No nos sentimos engañados.

En todo caso, era lo opuesto: la culpa era toda nuestra y picaba espacialmente cuando Marian nos recordaba, siempre con lágrimas en los ojos, la razón por la que se había visto forzada a vendernos su amado hogar. Marian había enviudado antes de tener cuarenta años y había sufrido un ataque cerebral a los cincuenta, lo que la dejó fastidiada por dolores de cabeza, dolor en las articulaciones y fatiga crónica. Sus dos hijas se habían ido del nido. Cuando Sue, su cuñada, que había estado sola durante años, le ofreció su compañía, Marian sintió que no tenía otra opción que aceptarla.

La taza de Julia por fin se está enfriando. La sostiene, escondiendo unas cuantas estrellas tercas, y empieza a beber con avidez. No por primera vez, siento el impulso de confiar en ella, de explicarle cómo la negativa de Marian a admitir que la Hart House ya no es suya empieza a molestarme. Cuando Pippa vivía, sentía que era mi hogar porque ella también lo sentía. Pero ahora cada «la» que salía de la boca de Marian me hacía sentir incómodo. Como si fuera un intruso. Como si tuviera que hacer las maletas y largarme.

¿Qué diría Julia de aquello?

«Desde el otro lado de la mesa de la cocina me agarraría la mano y me la apretaría. Me diría que estaba siendo bobo, incluso paranoico».

Sí. Pero ¿qué estaría pensando?

«Que la Hart House era su herencia. Que Pippa y yo la adquirimos por una insignificancia. Que no era legítimamente mía. Que nunca lo sería».

Eso también es paranoico, soy consciente. Julia nunca pensaría de ese modo. Por una parte, a las chicas siempre les había encantado la Hart House –quizá incluso más que a ninguno de nosotros– y mi lugar está dondequiera que esté el suyo. Así y todo, me calmo y no le confío nada.

Marian, aún ignorada por las mellizas.

–¿Y bien? ¿Cómo están mis angelitos?

Exhausto y aburrido, hice lo correcto y manoseé el control remoto. Con la tele apagada, las mellizas le dieron toda su atención a Marian. La abrazaron, la besaron y le arrebataron la cesta de tartaletas de mermelada con mucha maña de los dedos ajados.

–Una ayudita para ti, querido Alfie. Lo debes estar pasando fatal.

Levanté la cesta fuera del alcance de las niñas.

–Gracias, no estamos tan mal.

–Philippa era una cocinera tan maravillosa –dijo Marian.

«Sí», pensé, con las tartaletas volando hacia un lugar seguro, «mayormente porque no fuiste tú quien la enseñó». Me vino a la mente una imagen de Pippa ahogando una sonrisa sarcástica que me dio ganas de llorar. Pippa siempre decía que su madre tenía poderes de bruja: Marian no solo quemaba todo lo que cocinaba, sino que tenía la perturbadora capacidad de hacer que los demás quemaran la comida también. A veces, sin previo aviso, aparecía en la puerta a la hora de cenar, alterando lo que Pippa estuviera cocinando en el momento crucial. Otras veces, telefoneaba a la hora del desayuno y entretenía a su hija justo el tiempo suficiente para que empezaran a salir remolinos de humo negro de la tostadora, cosa que hacía gritar a las mellizas. Curiosamente, en cambio, las tartaletas tenían buena pinta. Tentadora incluso.

–Susan me ha ayudado tanto –dijo Marian, revelando el verdadero origen de las tartaletas, y justo después se le empezaron a llenar los ojos de lágrimas, desdibujando sus iris en un tono acuoso y fantasmal.

–Todos. Todos han sido tan amables...

–Estoy seguro.

Casi podía oír sus voces: «Pobre Marian... Su hija, muerta tan joven... Y después de perder a Eric también... Es tan horrible... Oh, sí, no hay palabras... Pobre Marian... Ay, sí, pobre Marian...».

Pobre Marian. Las pieles negras y las lágrimas eran un mero residuo de la impresión que había dado hace diez meses, en el funeral de Pippa. Como un actor enmascarado representando un personaje de una alegoría moral –lamentaciones, tristeza, desesperanza–, Marian había temblado y se había balanceado, de pies a cabeza en tela de un negro intenso. Cuando intenté pronunciar el panegírico, este se vio ahogado por el peso de sus lamentos. La iglesia era demasiado pequeña. No cabía la aflicción de nadie más.

–Ojo, que no son una comida –continuó–, son una merienda, las tartaletas.

–Sí.

–Mis chicas están haciendo sus buenas comidas principales, ¿verdad?

«La casa. Mis chicas». Respiré profundamente y me recordé que todo estaba en mi cabeza.

–Por supuesto que sí –dije.

–Por supuesto que sí... –Marian repitió las palabras murmurando, como si apenas fuera consciente de su significado. Aún respiraba de forma irregular, pero había reprimido las lágrimas y sus ojos volvían a estar transparentes y centrados. Su mirada se deslizó silenciosamente por las pilas de libros que yo había construido a toda prisa, y se posó en el polvo que se había desplazado.

–¿Y la limpieza?

–Todo bajo control –mentí–. Voy a pasar la aspiradora esta tarde.

Por fin exhaló de forma normal y se relajó en al sofá, cerrando los ojos y asintiendo a modo de aprobación.

–Pondré el hervidor al fuego –dije.

Al oírlo, volvió a abrir los ojos de repente y, al instante, se volvieron a llenar de lágrimas. Atrajo a las mellizas hacia sí.

–Si te pudiera ver ahora… Me refiero a Philippa. Estaría tan orgullosa de vosotros tres. Lo sé.

«Pippa odiaba que la llamaran Philippa, y te odiaba a ti», pensé.

–Gracias, Marian –contesté.

A Julia se le ha acabado el té. O está frío. En cualquier caso, ha dejado de beber y su expresión es rígida y tensa, cosa que me confunde. No he dejado de hablar de la visita de su madre durante unos buenos diez minutos, evitando delicadamente la crítica feroz, indicando solo atisbos de fastidio. Un modelo de diplomacia, o eso me pareció. La cara de ella sugiere lo contrario.

–¿Qué pasa?

–Nada –dice–. Es solo que… –Duda–. No entiendo, eso es todo. ¿Por qué me has pedido que viniera?

–Oh –digo–. ¿Necesito un motivo?

Debo parecer alicaído, destrozado incluso, porque ella se retracta a toda prisa.

–Por supuesto que no –dice, antes de bajar la voz, supongo que para no despertar a las niñas–. Lo siento, no quería…

–No pasa nada.

Escudriña mi rostro en busca de algo.

–Es que sé que hay un problema. Lo oí cuando llamaste. No dores la píldora, por favor. Dímelo. –Ahora parece seria, como si se estuviera preparando–. ¿Qué ha hecho?

–¿Quién? ¿Marian? Oh, Dios. Nada de nada. Fue solo… –Intento buscar las palabras correctas–. Las tartaletas.

Julia levanta mucho las cejas.

–¿Las tartaletas?

18

Tan pronto como Marian se marchó, todos los ojos se posaron sobre ellas. Las mellizas acaban apenas de cumplir siete años y miden poco más de uno veinte. El estante más alto de la cocina, donde he colocado la cesta, sigue, por ahora, justo fuera de su alcance.

–¿Papi?

–¿Sí?

Las mellizas se miran entre si, que es todo lo que necesitan para sincronizar el habla de ambas y, al parecer, sus pensamientos.

–¿Podemos comernos una ahora?

–No –dije, naturalmente.

Era casi la hora del almuerzo. Pero entonces pensé en lo buenas que fueron con Marian, y cuánto las quería, y que su madre había muerto, y cedí.

–Vale, de acuerdo. Pero solo una.

–¿Cada una?

Me volví y alcancé el estante mágico.

–Una cada una.

–Una cada una, y una para Black Mamba.

Ahí estaba. Nunca había oído ese nombre antes en mi vida y, como estaba de espaldas, no tenía ni idea de cuál de las niñas lo había dicho.

Me volví hacia ellas.

–¿Una para quién?

–Para Black Mamba.

Esta vez las mellizas volvieron a hablar al mismo tiempo, al unísono casi perfecto, como han hecho desde que eran pequeñitas. Pippa y yo estábamos acostumbrados. Solo los desconocidos lo encontraban inquietante.

–¿Qué? –dije, despacio–, ¿como la serpiente?

Asintieron sonriendo.

–Es nuestro amigo –dijo Sylvie.

–Tú no lo puedes ver –dijo Cassia–, porque él no quiere que lo veas.

Ahora tenía la cesta en las manos; las palmas de las niñas se extendían en mi dirección. La petición de una tartaleta más para su amigo invisible flotaba en el aire. Le di una a cada una de ellas.

—Las serpientes no comen pastas —dije con firmeza, y besé sus cabecitas.

Sylvie parecía satisfecha, pero Cassia seguía con la palma levantada.

—¿Qué comen entonces?

Suspiré. La idea de admitir mi ignorancia y destrozar la preciosa ilusión de la omnisciencia de un padre se me hacía pesada a más no poder.

—De acuerdo pues —les dije, pensando de nuevo en que su madre había muerto y que poco más importaba—. Una para Black Mamba.

Julia

—¿Black Mamba? —Las palabras suenan peculiares en mi boca. Exóticas pero familiares; extrañamente fuera de lugar.

—Sí. Miré dentro de sus mochilas. Han estado estudiando las serpientes en la escuela. Supongo que es un… amigo imaginario.

Alfie habla despacio. Su preocupación es palpable en cada respiración, pero se está imponiendo una especie de severidad. Se yergue más en la silla, y cruza con fuerza sus robustos brazos. Es culpa mía; no debí ser tan impaciente, preguntándole tan directamente por qué me había llamado.

«Estupendo —estará pensando—, no querías venir. No quieres ayudar. No hace falta que seas tan obvia».

—¿Me estás preguntando lo que pienso como tía? —digo—. ¿O quieres mi opinión profesional?

Se encoge de hombros.

—Cualquiera de ellas. Las dos.

Intento no suspirar. No sería productivo. Y, además, quizá tenga razón en estar molesto. Es cierto que me llamó, pero venir fue mi elección.

–Muchos niños tienen amigos imaginarios. Es una parte normal del juego.

Me inclino hacia delante, le aprieto la muñeca.

–Estoy segura de que es difícil verlas jugar de nuevo, ¿verdad?

Silencio. Y entonces, rígido, asiente. No está exactamente dejando sus vulnerabilidades al descubierto, pero al fin está abriéndose un poco.

–Comprendo –digo animada–. Lo veo a todas horas. Entre los padres con los que trabajo, los padres en duelo. Intentas con tanto afán animar a tus hijos, ayudarlos a que se recuperen, que cuando lo hacen, duele como lo que más. Lo entiendo. De verdad.

–Estoy seguro –dice, retirando la muñeca.

No hay nada que pueda decir ante eso. Sé que aún está enfadado conmigo por eludirlo cuando murió Pippa. Después del accidente, Alfie quiso que tratara a las niñas, y mamá me insistió en su nombre cada vez que la veía.

«Eres terapeuta familiar, por el amor de Dios. Has ayudado a cientos de niños. ¿Por qué no a tu propia sangre?».

Simplemente no podía. No se trataba de ética ni de mi bienestar personal. Incluso cuando me sentí lo suficientemente fuerte para empezar a ver a mis clientes de nuevo, me negué a tratar a mis sobrinas. Necesitaba mantenerlas, a ellas y a Alfie –y a la Hart House–, a distancia. Mamá no lo entendió, y yo nunca se lo he explicado. ¿Cómo iba a hacerlo? ¿Por dónde iba a empezar?

Alfie se frota la cara y suspira, relajando el cuerpo.

–Lo siento –dice al fin–. No es normal en ellas. Nunca han…

–¿Qué? ¿Tenido un amigo imaginario?

Hace una pausa, y luego dice, con decisión:

–Sí.

No debí lanzar la pregunta. Iba a decirme alguna otra cosa. La regla de oro con los clientes es dejarlos hablar; forzarlos a encontrar sus propias palabras.

–Nunca, jamás –continúa–. No es su estilo.

Noto que se me frunce el ceño. Debe de haber algo más que lo preocupa.

–Pero sí que jugaban a las mentirijillas, ¿no es verdad? Cuando eran más pequeñas.

–Ya sabes que sí. –Su tono no es de enfado propiamente. Solo frío–. Antes de que Pippa muriese.

«Ah –pienso–. ¿Era eso?».

Pippa.

A mi hermana siempre le encantó jugar a «tú eras esto o lo otro». Cuando tuvo a las niñas, le salía sin esfuerzo. Cierro los ojos y una serie de recuerdos –en imágenes estáticas– giran ante mí, como fotogramas de uno de los antiguos carretes de fotos de papá.

Clic. Ahí están Pippa y las mellizas, acuclilladas en el patio tras la casa, jugando a las tenderas. Las niñas son diminutas, quizá de dos o tres años. El pelo rubio, en bucles, cubre sus cabezas como el glaseado de un pastel, y sus deditos rosados son un borrón congelado en un torbellino de movimiento, ocupados sirviendo verduras de goma a cambio de monedas de plástico.

Clic. Las niñas ahora han crecido, tendrán quizá unos cuatro o cinco años. Su pelo se ha oscurecido, se ha vuelto rebelde y no está cepillado. Y ahí está Pippa, sonriéndoles, tumbada en el Peter's Park, el pelo entremezclado con la hierba crecida. Unas alegres rayas de pintura adornan los tres rostros; lo recuerdo porque Pippa también me pintó la cara. Jugábamos a las Reinas del Amazonas, princesas guerreras, líderes de tribus.

Clic. Ahora las niñas son mayores aún, alrededor de los seis, y están dentro, en la cocina, donde Alfie y yo estamos sentados en este mismo momento. Hay un peluche acostado sobre la mesa de la cocina, un oso polar blanco, y las chicas llevan abrigos gruesos, forrados de piel, con las capuchas puestas. Pippa tiene un cuenco de agua en las manos y un paño húmedo. Son científicas –lo recuerdo de repente–, científicas en una expedición al Ártico, asistiendo a un oso herido.

Casi se me saltan las lágrimas cuando la cámara de mi imaginación vuelve con su runrún. Sé cuál será la imagen final: la última vez que Pippa jugó a hacer cosas de mentirijillas, solo momentos antes del accidente. Quiero verlo. No quiero verlo. Quiero verlo.

Clic.

—¿Tita Julia?

Abro los ojos de golpe y oigo pies en la escalera. «Lo siento», le digo a Alfie solo moviendo los labios, y él se encoge de hombros. Lo sabía: mi voz ha despertado a las niñas.

Nos levantamos abruptamente, arrastrando las sillas contra el suelo de la cocina. Sylvie y Cassia entran corriendo, aún en pijama: de una pieza e idénticos, que ya les quedan pequeños. De algodón azul salpicado de corderitos retozando; regalo de mi madre en navidades.

—¡Tita Julia!

Nos acurrucamos y siento el calor remanente de sus camas. Las chicas parecen más grandes que la última vez que las abracé, y me envuelve una culpa predecible. Aun así, es un abrazo maravilloso.

Sylvie es la primera que se separa.

—¿Qué haces aquí?

Su cara también está diferente. Parte de las pecas se han atenuado, y ha perdido algo de esa grasa de nenita, cosa que le afina las mejillas. Aparte del pelo rubio, las chicas nunca se han parecido mucho a Alfie, pero conforme crecen, más se parecen a su madre; más se parecen a mí.

—He venido a ver a vuestro padre.

Sylvie se atusa el cabello y carraspea.

—¿A él? ¿Y qué hay de nosotras?

—Te hemos echado de menos.

La voz de Cassia suena amable. Ella no me suelta, pero afloja el abrazo y echa la cabeza hacia atrás hasta que sus ojos azules tan transparentes se cruzan con los míos. Cuando las mellizas eran pequeñitas y Sylvie lloraba sin parar, siempre retorciéndose, como si el cuerpecito le quemara y le picara, Cassia fue la salvación de Pippa. Era tan plácida, tan callada y quietecita. Incluso cuando pasó la edad terrible de los dos años y Sylvie se había relajado, las dos reputaciones quedaron marcadas. Cassia era la tranquila, la roca de Pippa; Sylvie era la revoltosa a quien Alfie consentía. Yo siempre he intentado tratarlas de forma igualitaria.

—Lo siento. Iba a ver cómo estabais, lo prometo.

Cassia deja que me escape de su abrazo. Las cojo a las dos de la mano con firmeza.

—Venga. Volvamos a la cama.

Las chicas asienten, mordiéndose las puntas de sus cabellos rubios despeinados. Las miro con atención, pero nada en sus expresiones o comportamiento parece inusual, nada que me ayude a comprender la preocupación de su padre. Las guío escalera arriba y Alfie nos sigue, como una sombra; grande y torpe, no encaja con nosotras tres ni parece que quiera hacerlo. Oigo su respiración suave detrás de mí y los pelos del brazo se me ponen como escarpias.

La Hart House es lo suficientemente grande para que las mellizas tengan una habitación propia cada una, pero siempre la han compartido y dicen que siempre la compartirán. Su habitación está en el primer piso; es la que yo compartía con mi melliza cuando éramos pequeñas.

Pippa. No tiene sentido comparar mi pérdida con la de Alfie, pero sí que es diferente. El vínculo entre mellizos no es un mito, y perder a la mía es una capa de dolor que él no puede ver. Abro la puerta de la habitación y la mirada se me va, al instante, a la amplia ventana y su vista al exterior, que no ha cambiado desde el día en que me fui. El Peter's Park tiene una densidad de árboles que, desde esta altura, ocultan las flores de la vista: sicómoros y pesados magnolios y, apenas discernibles en el extremo más alejado del parque, los castaños de indias rojos bajo los que Pippa cayó enferma. Camino rápido hacia la ventana que, noto al instante con sorpresa, alguien ha dejado entreabierta. La luz de la luna entra a raudales; las copas de los árboles se balancean en la brisa nocturna. Miro a las niñas.

—¿Habéis abierto esto?

Niegan con la cabeza, observándome en silencio mientras cierro y corro las cortinas. Luego las acompaño de vuelta a la cama y les subo la colcha hasta la barbilla. Los remolinos azules del edredón ondulan mientras se acomodan formando su nido. Alfie está sentado en un lado de la cama, yo en el otro. No me siento extraña arropándolas; lo he hecho antes, mil veces. Cuando eran pequeñitas, era la canguro jefe. Las niñas venían a quedarse conmigo y mi madre, cuando todavía vivía aquí con ella; se quedaban dormidas en esta misma habitación. Pero arroparlas junto con Alfie, en el lugar de mi hermana… Beso a las niñas en la cabeza. Su pelo también huele diferente. Antes tenía el aroma de flores aplastadas; ahora huele a champú barato. Alfie no va mal de dinero, solo que no sabe lo suficiente, así que este es otro daño colateral del accidente, aunque menor. Estoy segura de que las niñas no se han dado ni cuenta.

Comparten una cama de matrimonio, la misma que yo compartía con Pippa cuando éramos pequeñas. Al igual que nunca han querido habitaciones separadas, tampoco han querido camas individuales. Enciendo la lámpara de la mesilla, que ilumina las caras de las niñas con luz de un suave ámbar filtrado por la tela de la pantalla. Hace que su pelo parezca oscuro y brillante a la vez, como cordones de negro y oro entrelazados, y las paredes de la habitación, repletas de dibujos y bocetos de las niñas, se tiñen de un tenue fulgor naranja, como si los cuatro estuviéramos acurrucados en una cueva iluminada por un fuego, con grabados primitivos a nuestro alrededor como si fuéramos una familia de la Edad de Piedra.

Debería esperar hasta mañana para preguntarle. Cuando las condiciones mejoren; cuando estemos todos menos cansados. Pero la ventana abierta me ha puesto nerviosa y Alfie, a juzgar por su respiración superficial, está aún atacado. Así que aplano la ropa de cama sobre las pequeñas y sonrío de forma implacable. Activo mi cara de póquer en modo juego: tía y terapeuta firme, todo en uno.

—Y bien —digo—, vuestro padre me dice que habéis hecho un amigo.

Los ojos de las mellizas son inescrutables. Sonrío más aún y continúo.

—Black Mamba. Contadme qué tal.

Se miran entre ellas. Para consultarse, las mellizas no necesitan hablar. Una mirada es siempre suficiente. Incluso cuando eran muy pequeñas, las decisiones sobre con qué juguetes jugar, con qué niños sentarse, si se quedaban en un cuarto o salían, si cumplían con una petición o se resistían, todo se podía hacer a través de una rápida mirada.

—¿Qué quieres saber? —responden al unísono.

—Bueno, es una serpiente, ¿no? Una serpiente que silba y culebrea.

Sonríen y asienten, disfrutando de que me ponga juguetona.

Frunzo el ceño de forma exagerada y me esfuerzo por mantener un tono de voz suave.

—¿Sabe hablar?

—Puede hablar con nosotras —dice Sylvie enseguida—. Habla sin mover los labios.

—Entonces es listo. ¿Y cómo es que entró en la casa?

Sylvie parpadea, como dudando. Se vuelve hacia su hermana.

—Chica, por la puerta, claro —dice Cassia en voz baja. La boca se le contrae ligeramente, como si se estuviera riendo de su propia broma privada.

—¿Y no por la ventana?

—Por supuesto que no —dice, aún con esa sonrisa de satisfacción.

—Por supuesto que no —repito—. Qué boba soy. Parece un amigo interesante. Aunque…

Muevo la cabeza y enfurruño el rostro, como si de repente me invadiera la preocupación.

—¿Qué? ¿Qué?

26

–Bueno, que es una serpiente. Y las serpientes pueden dar miedo. ¿No le tenéis miedo?

Sin dudar, niegan con la cabeza.

–Nos gusta. Y nosotras le gustamos a él. Se quiere quedar.

–Ah, entonces, ¿está aquí ahora?

–Sí.

–Pero es hora de acostarse. ¿No creéis que es hora de que se vaya?

Se vuelven hacia Alfie.

–¿No puede quedarse, papá?

Quizá sea mi imaginación, pero creo que he oído un cambio en la voz de Sylvie; de repente suena más aguda, más como de criatura. El problema nunca es que los padres tengan una favorita, el problema es que sus hijos lo saben.

Alfie no contesta, así que apago la luz de la mesilla y vuelvo a besar a las niñas.

–Buenas noches, ángeles.

Él se inclina y las besa también.

–Que durmáis bien.

Nos dirigimos a la puerta.

–Por favor, papá –reclama Sylvie a oscuras–. ¿Se puede quedar? Solo un poquito. Como una fiesta de pijamas con un amigo.

«Eso es. Ya lo tengo», pienso al instante. Eso es lo que se me escapaba. El origen del desasosiego de Alfie.

–Desde luego –responde en un susurro–. Si es amigo vuestro es amigo mío. Se puede quedar tanto como queráis.

Alcanza el pomo para cerrar la puerta.

–Dulces sueños.

Tan pronto como la puerta queda cerrada, lo digo en alto:

–No es el hecho de que sea imaginario, ¿verdad? Es el hecho de que sea un amigo.

Alfie se ríe sin entusiasmo y asiente.

–Estúpido, ¿no?

Las niñas nunca han tenido amigos, en realidad. Raras veces las invitan a fiestas de cumpleaños o a fiestas de pijamas. Siempre han sido una isla, no se han interesado en nadie excepto la una en la otra. Mientras que Pippa y yo siempre deseamos, desde épocas tempranas, tener una vida más allá de nosotras dos, parece que Sylvie y Cassia nunca han tenido esa necesidad. Pippa las amaba más que a nada, y ellas la amaban también, pero ellas siempre se quisieron más entre ellas.

–Así son ellas, Julieta –solía decir, como en un sueño, si alguna vez le hablaba de ello–. Son más iguales de lo que tú y yo fuimos jamás. Son dos mitades de un todo. Son dos personas y una sola persona a la vez.

Y ahora tienen un amigo.

–¿He hecho bien?

Nos estamos retirando por la escalera, en silencio; yo más en silencio que él. Después de todos estos años, aún recuerdo cada uno de los tablones que crujen.

–¿A qué te refieres?

–A Black Mamba. ¿Hice bien en decir que se podía quedar? ¿Debería seguirles la corriente?

Llego al final de la escalera, me doy la vuelta y encuentro a Alfie parado, tres peldaños más arriba, con un brazo apoyado en la barandilla.

–Claro. No veo ningún problema.

Con el brazo libre, se pasa los dedos por el cabello color arena.

–¿Qué comen las serpientes, a todo esto?

–Son carnívoras, pequeños mamíferos y cosas así.

Cojo mi bolsa de la cocina, y regreso al vestíbulo por el resto de mis cosas.

–Gracias por el té –digo, poniéndome el abrigo.

Él está aún junto a la barandilla, pero ahora mira a las paredes, como embebido en sus pensamientos, vagamente consciente de que aún estoy aquí. Me pongo la bufanda. Sé que no nos veremos otra vez durante un tiempo, al menos unas semanas. Siempre lo pasamos mal cuando nos vemos. Quizá no nos veamos hasta el mes que viene. Hasta el día uno.

—¿Te vas? –De repente, despierta de su ensoñación. Noto una especie de urgencia en su voz que me perturba–. Hay algo más.

Yo ya me he vuelto para irme.

—Probablemente no es nada.

De alguna forma, no sé bien cómo, percibo lo que va a decir.

—Esto no es lo primero extraño que han dicho. Hará un mes, pasaron por una fase de tener pesadillas.

—¿Pesadillas? –La adrenalina me sube la voz, pero la mantengo firme, casi.

—Sí. –Se hace un silencio largo y denso–. Decían que había un hombre en su habitación.

Ahí está.

—Pero seguro que tienes razón, no es nada –digo–, tengo que irme.

—¿Julia?

La voz de Alfie se vuelve más aguda, con confusión y preocupación, pero yo ya he salido por la puerta y noto el aire frío de la noche. El portazo suena detrás de mí, dejando un eco en la plaza. Me apresuro hacia el coche, con la mente en vilo. «No voy a volver jamás», pienso, aunque sé que voy a volver. Ahora tengo que hacerlo.

Abro la puerta del coche y me dejo caer adentro. Hace más frío afuera, pero el frío de dentro es más desagradable: rancio y estancado.

—Oh, Dios –gimoteo, apoyándome en el volante–, oh, Dios, Dios.

Está volviendo a pasar.

CAPÍTULO 2

Alfie

Fuimos felices aquí un tiempo, y las mellizas eran las más felices de la familia. Incluso desde la más tierna edad, adoraron la Hart House.

–Es especial –insistían, y nosotros nunca objetamos.

Todos los pisos de la Hart House son altos y estrechos, con las habitaciones muy juntas entre sí, pero la construcción en sí es alta, imposiblemente alta, con una escalera de caracol que la atraviesa por el centro como un tornillo en una prensa. La casa está coronada por un diminuto desván y una terraza. La habitación principal, en el piso más alto, tiene una claraboya por la cual Pippa y yo veíamos las nubes pasar, o contábamos las estrellas o, en verano, esperábamos tumbados a que un avión dividiera el azul intenso. Cuando las niñas habían salido con Marian o Julia, nos encaramábamos y salíamos por allí para sentarnos en la terraza. Los días de mucho calor bebíamos cerveza fría, y a veces me quedaba de pie, con las rodillas temblando y me apoyaba en las tejas del tejado del desván, para admirar la vista: el Peter's Park se extendía ante nosotros como un paraíso. Y, a su alrededor, un sinfín de anillos de casas, que llegaban hasta aquel horizonte que eran los edificios de la gran ciudad.

–Es precioso –solía decir–, ven a ver.

Pero Pippa nunca venía; no soportaba tocar el tejado del desván. ¿Y qué si no había visto con sus propios ojos lo que había pasado allí dentro? Ella lo sabía.

La fachada de la Hart House es blanca y desconchada, y las paredes de dentro son en su mayoría claras. El color no parece querer quedarse en la Hart House; el amarillo se destiñe rápidamente a un crema, y el rojo se vuelve rosa. No es que importe mucho; no hay dos cuartos que se parezcan, ni siquiera los que están pintados del mismo gris tiza, porque la luz dentro de la Hart House es mágica: motea la pintura, hace efectos trampa. La sala de estar, en la planta baja, tiene un gran ventanal que da al parque, y las paredes siempre resplandecen, como una jarra de leche a la luz del sol. En cambio, la habitación que compartí con Pippa tiene ventanas delgadas y estrechas que miran en la dirección opuesta, hacia un nido de tejados inclinados, y las paredes siempre son heladas y pálidas.

Eric murió en el desván, Pippa en el sótano. Ambos cuartos están cerrados ahora, con llave. A una parte de mí le gustaría vender la casa, pero no podría hacerle eso a las niñas. Ya han perdido demasiado.

Me despierto sobresaltado, sin saber si es lunes o domingo. Los ojos de Black Mamba, amarillo penetrante con su ranura negra, se encuentran con los míos en la oscuridad.

En un instante todo me viene al recuerdo: una botella vacía, que estaba sujetando cuando me quedé dormido, está rodando hacia el borde de la mesa. Me estiro y la agarro a tiempo. Debo haberla tumbado mientras dormía; quizá fue eso lo que me despertó. Me desperezo y consulto, amodorrado, el reloj. Faltan seis minutos para la medianoche. Le echo una mirada odiosa a Black Mamba, y me voy a la cama.

Subiendo por la escalera de caracol, escucho por si hay alguna señal de que haya despertado a las niñas. Silencio. Pero al llegar al primer piso, echo un vistazo a su habitación de todas formas. Por unos momentos, me quedo de pie en el umbral y miro cómo duermen mis hijas, con su pelo dorado esparcido sobre las almohadas, sus extremidades entrelazadas bajo el edredón, que sube y baja al ritmo de su respiración; parábolas y espigas azules aparecen y desaparecen a medida que la colcha ondea a la luz de la luna. Incluso dormidas, sus respiraciones están unificadas.

Las desperté a las ocho esta mañana. O, mejor dicho, desperté a Sylvie. Cassia ya se estaba moviendo, pero cuando entré en la habitación se quedó acurrucada bajo el edredón, envolviéndose en la calidez de su hermana. Sylvie ha salido a mí en ese detalle, por la mañana está atontada.

–¿Estuvo la tía Julia aquí anoche? –dijo Sylvie en un bostezo, una vez la hube despertado del todo–. ¿O fue un sueño?

–No fue un sueño –dije–. Fue real.

–¿Nos acostó?

–Exacto.

–¿Y luego se fue?

–Por supuesto.

Miré por toda la habitación y me estremecí.

«Gracias a Dios», pensé, «por la oscuridad».

La noche le había ocultado a Julia lo peor del desorden. Recientemente, la moqueta de las niñas se ha convertido en un cementerio de ropa, llevada y descartada: la de ayer, la del día anterior y la del día anterior a ese. La ausencia de Pippa está por todas partes; nos estamos ahogando en ella.

Después del accidente, ya esperaba el caos, así que agradecí tener que hacer tareas. Al menos al principio. Pensé que la presión por seguir adelante, por el bien de las niñas, me mantendría estable. Pero ninguno de los clichés se ajusta a la realidad, o al menos no para mí. Después de su muerte, mi vida siguió como estaba, idéntica en todos los aspectos, pero con el gran hueco que dejó Pippa. Todos los días eran espantosamente ordinarios. Fuera de la Hart House, el sol brillaba y millones de londinenses seguían con su vida despreocupadamente; dentro, cada vez que hacía una tarea, aparecía algo más que hacer, o que volver a hacer, y nada de aquello significaba nada sin ella.

Aun así, la luz del día te puede avergonzar, aunque sea un poco. Mientras las niñas se desperezaban, me puse a cuatro patas y empecé a ordenar.

–Vamos –dije.

Cassia se levantó primero, y se dejó caer a mi lado en el suelo. Sylvie gruñó y se desperezó. Cassia recogió un crayón perdido de entre la porquería y empezó a garabatear en un papel. Sylvie bostezó.

De rodillas en el suelo, como si estuviera rezando, barrí y recogí unas migas con las manos.

–Parece que a Black Mamba le ha gustado la tartaleta –dije, serio, echando el montón en la papelera. Recogí los calcetines y braguitas que me rodeaban y los sacudí suavemente sobre el borde de mimbre de la cesta.

–Pero no creo que tengamos que darle más.

Cassia seguía dibujando, aplicada, como si no hubiera oído nada, pero Sylvie levantó la cabeza.

–¿No?

–No. Después de todo, la bollería es para humanos, no para serpientes. ¡Y mira! –Clavé un dedo en el único trozo sin acumulación de objetos de la habitación: un trozo virgen de moqueta en una esquina–. Ya está empezando a engordar.

–¿Quién?

Aún con el sueño pegado, acurrucada y pestañeando como un bebé de mamífero recién nacido, Sylvie parecía ir un paso por detrás en la conversación, jugando a alcanzarnos constantemente.

–Black Mamba –dije–. ¿No lo veis? Pronto tendrá que cambiar la piel; si no, explotará.

Sylvie se quedó boquiabierta, al darse cuenta al fin de lo que yo estaba haciendo. Se sentó totalmente erguida en la cama y se volvió, asombrada, hacia su hermana. Cassia levantó la mirada de sus garabatos y me lanzó una de sus miradas más frías.

–¿Por qué finges que lo ves? –dijo–. Tú no lo ves. Él no te quiere.

Mitad declaración de los hechos, mitad advertencia, estas palabras de Cassia cerraron la conversación. Eran el sonido de un pozo que se ciega, de una cortina que se corre.

«Si es amigo vuestro es amigo mío», les había dicho la noche anterior. Pero también me equivocaba en eso.

–Solo estoy haciendo el tonto –respondí.

«Ahora las reglas están claras», pensé, «es real, pero es vuestro, no mío». Intenté que no me importara, y más o menos lo conseguí. Las mellizas siempre me han excluido. Excluían a Pippa también, cuando vivía. Es lo que hacen; es quienes son. No es tan extraño.

Después de recoger, bajamos a desayunar. No nos quedaban cereales, así que decidí hacer tortitas –delgadas, tostaditas, con un toque de limón–. Black Mamba, quizá por haber oído mis comentarios sobre su peso, no pidió ninguna.

Esperó a que estuviéramos sentados a la mesa del desayuno para hacer su próxima petición.

–¿Un retrato? ¿En la pared de la cocina?

–Me parece justo. –Sylvie litigaba en su nombre, mientras yo echaba el jarabe sobre su pila de tortitas.

–Tenemos una foto de Johnny (su conejo mascota que murió la primavera pasada). Y una foto de tu perro de cuando eras pequeño. Black Mamba es nuestro amigo. Debería tener el mismo derecho.

Me costó refutar su lógica.

–Está bien –dije, recordando las palabras de Julia, «seguro que tienes razón, no es nada. No veo ningún problema».

–Pero ¿cómo podemos hacerle una foto si es invisible? Recordad, yo no lo puedo ver, porque él no quiere.

Cassia entornó los ojos, buscando en mi cara alguna señal de burla, y yo intenté parecer inocente. Logrado. Su boca hizo un mohín que fue del enfado a la sonrisa; perpleja pero satisfecha.

Sylvie llegó a la solución.

–¡Entonces lo dibujaremos! Con rotuladores de artista.

–Sí –dijo Cassia, subiendo la voz de forma exuberante–. ¡Sí, sí, sí!

–A Black Mamba le gusta –dijo Sylvie, sonriendo con convicción mientras cortaba sus tortitas–. Dice que ambas debemos dibujarlo… y tú puedes juzgar qué dibujo es el mejor.

–Sería un honor –dije–. Me encantará ver qué pinta tiene.

Mientras las chicas acababan de desayunar, fui con sigilo al vestíbulo y, sin estar del todo seguro, abrí la puerta del sótano. Los escalones de piedra que llevan al sótano son una asquerosidad comparados con nuestra escalera de caracol, y el sótano mismo es profundo y está hundido. Un largo canal curvo surca el techo, desde donde antes colgaba la iluminación infrarroja, cuando Eric lo usaba como cuarto de revelar. Ahora, una bombilla desnuda, si no fuera por las telas de araña, es la única fuente de iluminación. El otro vestigio de la vida anterior de la sala es la matriz de cables en la que Eric prendía sus fotografías, que ahora cuelga inútil, proyectando sombras que forman un zigzag en el suelo.

Cuando Sylvie habló con tanto gusto de bolígrafos de «artista», supe inmediatamente que no la engatusarías con crayones, solo se conformaría con los mejores de Pippa. Todo su material de arte se encuentra en cajas que revisten las paredes del sótano, con las tapas repletas de polvo. Revisé su contenido rápidamente. Sabía lo que buscaba: el conjunto lacado que le compré a Pippa para su último cumpleaños. Tan pronto como lo encontré, salí del sótano, cerrando con llave la puerta e intentando no pensar en que no fue solo su último cumpleaños, sino el cumpleaños final, e intentando no pensar en cómo murió.

Para cuando regresé a la cocina, las chicas ya habían dejado los platos limpios como patenas, así que volvimos arriba y montamos el estudio. Un cuarto luminoso y etéreo del segundo piso de nuestra casa, un cuarto que Pippa únicamente usaba para colgar la ropa, parecía el candidato perfecto, una vez retirado el tendedero. Unos hoyos profundos, como cráteres lunares, salpicaban la moqueta donde el tendedero había descansado. Sylvie y Cassia sujetaron los rotuladores de su madre con reverencia, maravilladas con su ligereza y brillo, la delicadeza de sus puntas, y extendimos papeles sobre la moqueta. Con solemnidad, coloqué un cojín en medio de la habitación, donde Black Mamba pudiera subirse.

–Preparadas…, listas… –empecé a decir, pero el rotulador de Sylvie ya había tocado el papel.

–¡Ya! –chilló, dejando a su hermana atrás.

Dibujaron de forma frenética, durante casi media hora. Me estaba prohibido ver su trabajo, de modo que me senté en el lado opuesto de la habitación, mirando los ágiles movimientos de sus dedos y viendo cómo emergían las líneas, pero –al estar bocabajo– sin entender nada; el perfecto resumen de lo que es observar a las mellizas hacer cualquier cosa.

Habían heredado esas habilidades de su madre. Pippa no solo era una pintora apasionada; era profesional. Le pagaban por su trabajo, y era fácil entender por qué. La primera vez que vi el arte de Pippa, me quedé anonadado, sorprendido de que una persona pudiera contener un don como aquel. (Era la primera época, cuando las cosas eran más sencillas. Cuando reíamos a todas horas, follábamos a todas horas; cuando yo aún me estaba empezando a enamorar de ella.)

Ella nunca enseñó a las niñas a dibujar; simplemente dibujaba con ellas, durante horas y horas. Se nos iban fines de semana enteros en aquella labor, y la casa se inundó de papel. No la vi ni una sola vez enseñarles una técnica ni darles lecciones. En su lugar, inspiraba, elogiaba, tenía paciencia con su labor, y yo me maravillaba de ver cómo emergía en ellas el talento.

Yo nunca he sido capaz de sujetar un lápiz recto. Podía haber dibujado con las tres durante el mismo tiempo, o el doble, y nunca habría llegado ni de lejos a su nivel. Así que se lo dejaba a ellas. Yo observaba y me maravillaba, excluido por mi naturaleza y por elección, mientras Pippa estaba tumbada junto a nuestras hijas, las tres siguiendo su imaginación a dondequiera que las llevara.

Cuando me llegó la hora de hacer de juez, las chicas dieron la vuelta a sus dibujos con esa inquietante capacidad de sincronización, y me permitieron abrir la cortina y mirar en el lugar más sagrado.

–Oh, ¡guau! –dije–. Son increíbles.

«Increíblemente similares».

–¿Cómo habéis…? –Me detuve ahí, sin saber bien cómo formular la pregunta.

Las niñas habían dibujado la misma serpiente negra y elegante, enroscada en un montón en el centro del cojín, con dibujos en forma de diamante en la piel. Tenía los ojos encendidos; su lengua, ligeramente asomada en ambos dibujos, era tan negra como su cuerpo. Pero lo que me llamó la atención fue la cola. Ambas niñas habían dibujado el final de la cola apuntando hacia arriba, como señalando, despreocupadamente, fuera del borde de la página.

–¿Qué? –preguntó Sylvie.

No contesté, pero, subconscientemente, parece que tracé la forma de la cola con el dedo.

–Te estaba apuntando a ti –explicó Cassia–, porque tú eres el juez.

–Ya veo –dije.

Los ojos dorados de Black Mamba me miraron, con un brillo que resaltaba del papel. Me volví, instintivamente, al cojín vacío. Las chicas no se habían dicho nada entre ellas mientras estaban ocupadas con los dibujos –ni una palabra sobre la posición de la serpiente. ¿Habían mirado el dibujo de la otra; se había copiado una melliza de la otra? ¿O era solo un producto del hecho de ser mellizas? Los colores idénticos en su mente, el reflejar sin esfuerzo los pensamientos, las ideas, los deseos de la otra...

Antes de que pudiera pensar más en esto, otra pregunta.

–¿Cuál es el mejor?

Me volví hacia las niñas, que me miraban con expectación. ¿Cómo elige uno entre sus hijas? ¿O entre sus dibujos, que es la misma sensación? Mi respuesta ha sido siempre dejar que sean ellas las que elijan.

–Cassia, el tuyo es hermoso –empecé–, me encanta el sombreado cruzado.

–Pero Sylvie..., ¡estos colores! ¡Madre ...!

El énfasis fue suficiente.

–Gano yo –dijo Sylvie; un acto de habla performativo.

Cassia –la calma personificada, la roca de Pippa– vino a mi rescate.

–Quizá puedo colgar el mío en nuestra habitación –sugirió.

–Buena idea –respondí, y Sylvie, solo después de la más breve de las pausas, asintió amablemente.

La ceremonia de enmarcado para el retrato ganador se llevó a cabo al final de la tarde. Seleccionamos un marco oscuro, que hacía resaltar el amarillo intenso de los ojos de Black Mamba, luego lo fijamos con martillo y clavos entre una foto mía de niño, con el querido spaniel de mi juventud, y una foto de las niñas aferradas a Johnny –Sylvie por la barriguita y Cassia por su cola esponjosa– en los últimos días de su vida.

No lloraron cuando murió. Simplemente se quedaron mirando, sin expresión, al transportín vacío a mis pies, y me hicieron preguntas. «¿A dónde se ha ido? ¿Puede volver? ¿Lo volveremos a ver alguna vez?». Yo buscaba respuestas sin éxito entre una gravilla de medias verdades y mentiras piadosas. Parece perverso, pero habría sido más fácil si hubieran estado más desconsoladas. Se me daba mejor prestar un hombro sobre el que llorar; era mucho más duro lidiar con preguntas intelectuales.

Y no podía pedirle ayuda a Pip, que estaba tumbada catatónica en el sofá; demasiado consternada para hablar, con los ojos rojos debajo de los párpados hinchados.

Las chicas estaban encantadas de que Black Mamba tuviera su lugar entre el altar de mascotas familiares, yo me sentía agradecido por su felicidad, y resentido al mismo tiempo. Tras acostarlas aquella noche, bajé de nuevo por la escalera de caracol y volví a la cocina. Abrí la nevera para sacar una botella de vino y me serví una gran copa. Solo, en la mesa, me quedé mirando las fotos de la pared hasta que cayó la noche, y solo los fieros ojos de Black Mamba siguieron visibles, como alfileres de color en medio de la noche.

*

Esos mismos ojos me observan ahora, fijos y brillantes, tinta color limón fijada firmemente en el papel, solo que esta vez de la mano de Cassia. Su dibujo está colgado justo encima de la cama compartida de las niñas. Las espirales del cuerpo de Black

Mamba están escondidas en la sombra, pero su mirada impertérrita, fija y fría resalta brillante en el papel, idéntica en todos los aspectos a la de la cocina, al menos a esta luz.

Me doy cuenta de que me entran ganas de arrancarla. Quiero arrancar los dos dibujos. ¿Pero cómo podría hacerle eso a las niñas? ¿Cómo iba a arrebatarles nada a ellas, jamás?

Tengo que irme. Si me quedo más rato en su habitación se van a despertar. Cierro la puerta con suavidad, y subo a la parte más alta de la escalera. El viento silba suavemente en el desván por encima de mi cabeza mientras entro en la habitación principal. Ya no la puedo llamar «nuestra habitación», pero tampoco soporto llamarla «mi habitación», así que principal se queda.

Me hundo en el colchón, sin lavarme los dientes y con el sabor agrio del vino, y me quedo dormido.

Un momento después, estamos en una playa, ante la vasta amplitud del cielo y el mar, que se extienden hacia un horizonte sin límites. Debe de ser Gran Bretaña, porque el cielo es color ceniza y llevamos abrigos. Las mellizas andan correteando, vigorizadas por la brisa fría y húmeda, mientras Pippa y yo caminamos por el paseo marítimo cogidos del brazo, juntitos para darnos calor.

Es la Collier Beach. El nombre me viene con facilidad, como darle la vuelta a un naipe. Hemos estado allí muchas veces; reconozco alguna de las tiendas y la forma de los guijarros. En el paseo hay un vendedor de playa que vende regalos y juguetes. Les compramos globos a las niñas, grandes, rojo cereza, pero, cuando Sylvie toca el cordel del suyo, explota. No oigo cómo explota. Siento el frío y la humedad, pero no oigo ningún sonido, como si estuviéramos en una película muda. Miro a los lastimosos restos del globo que quedan a los pies de Sylvie: pedazos de goma roja, como carne que ha explotado, e incluso Cassia deja de brincar, intuyendo peligro. No tengo ni idea de qué hacer, pero también sé, lo tengo muy claro, que no importa. Pippa se retira con las manos el pelo negro azabache, me da sus cosas para que las sujete, y sale como el rayo por la playa, peina la orilla hasta que encuentra una gran concha rosada. Agachándose, la sumerge graciosamente en el mar.

Después vuelve, como si nunca se hubiera ido, y se la entrega como presente, cuidadosamente, a Sylvie. La concha está repleta de criaturas: caballitos de mar y peces y gusanos de colores intensos que parecen cordones de fresa, que brillan y se retuercen. La cara de Sylvie se ilumina. Se vuelve inmediatamente para presumir ante Cassia, para darle celos.

Pero Cassia ni siquiera la mira. Está aún jugando con su globo rojo. El fuerte viento tira del cordel y, antes de que nos demos cuenta, la corriente la ha levantado del suelo; con cada nueva ráfaga, se la lleva más y más lejos. Y ella sonríe; sonríe y sonríe, y nunca en su vida la he visto menos interesada en Sylvie.

Sylvie intenta alcanzar la pierna de su melliza y empieza a tirar de ella para devolverla a la tierra. Impaciente, arroja la concha al suelo, donde se rompe en pedazos. Por fin oigo el ruido, como un huevo que se rompe. No: más alto, peor, como huesos que se rompen. Y oigo el zumbido del viento, y el rugir de las olas. Y la voz de Pippa.

—Te conseguiré otra —le dice a Sylvie, mientras los pies de Cassia tocan el paseo marítimo una vez más—. Conseguiré dos.

—No —digo—. No.

Pippa oye mi miedo, pero se ríe y menea la cabeza, como si no lo pudiera comprender. Entonces vuelve a salir corriendo hacia el mar y recoge otras dos conchas.

—No —grito de nuevo. Pero me encuentro solo en el paseo con las chicas; atrapado tras las barandillas de hierro que separan la tierra de la arena. Lo único que puedo hacer es mirar.

Pippa se adentra en el mar, dándose la vuelta para saludarnos, aún con las conchas en la mano.

—Suéltalas —grito, pero ella no me puede oír y, antes de que pueda inhalar de nuevo, la veo mirar al agua. Por un instante, parece inquisitiva, con la cara llena de fascinación, pero pronto se convierte en pánico. Luego, me la arrebatan bajo la superficie.

Yo grito mientras ella desaparece en las profundidades del océano. Grito hasta que una ráfaga de aire sopla la ceniza del cielo al interior de mi boca.

Me despierto, sudando, con la cara asustada de Pippa grabada en el interior de mis párpados. Me lleva unos segundos de respiración lenta acordarme de dónde estoy. Me pongo una mano en el pecho y me centro en ralentizar mi corazón. Bum-bum-bum. Bum.

Bum.

¿Cuánto tiempo ha pasado desde que fui a ver a las niñas? ¿Una hora? ¿Dos? Mientras exhalo, estudio mi entorno: la forma estrecha del marco de la ventana, los cuadros de las sábanas, el contorno sombrío de la cómoda. Su familiaridad me restaura, me conforta. Los puedo ver bastante bien, incluso en la oscuridad.

Me doy cuenta de forma abrupta: no estoy en la oscuridad. Al menos no en total oscuridad. La luz de la habitación está apagada, pero se ve un fino rayo brillante por debajo de la puerta del baño adjunto, una rendija a través de la cual la luz se cuela como la arena.

«Es Pippa». Es mi primer pensamiento. Es un reflejo automático, y también cruel. Es algo para lo que no te puedes preparar: el dolor que es autoinfligido. La insoportable crueldad de soñar y despertarte, de olvidar y medio olvidar. Y de recordar.

–¿Sylvie? –llamo–. ¿Cassia?

Silencio.

–¿Estáis bien?

La luz del baño se apaga, la puerta de abre, y una forma oscura atraviesa la habitación mientras mi hija, la que quiera que sea, se marcha. Normalmente, me levantaría inmediatamente, averiguaría quién es y comprobaría que está bien, pero estoy tan cansado que me vuelvo a hundir en los pliegues de la cama. Lo único que quiero es dormir, volver sea a sueño o pesadilla; a cualquier parte en donde Pippa no haya muerto para siempre.

No quiero ser un padre soltero cuando me despierte por la mañana.

A veces, no me importa si despierto por la mañana.

Cuando me despierto por tercera vez, la habitación está blanqueada con la luz del día, tan fuerte que me molesta a los ojos. Me muevo despacio, emergiendo esta vez desde otro tipo de sueño: profundo y sin sueños que recuerde. Como si mi mente estuviera subiendo, lentamente, desde el sótano de la casa. Debe de ser tarde, porque la luz del sol afuera es casi blanca. Me siento culpable por dejar que las niñas se las apañen solas, pero cuando corro escaleras abajo, me alivia ver que la puerta de su dormitorio está cerrada y ellas no se han levantado aún y están viendo la tele. Así que voy a la cocina a prepararles el desayuno.

–Servicio de habitaciones –digo, tocando ligeramente a la puerta de su cuarto, con la bandeja en la mano. Empujo para abrir y me encuentro a las niñas aún medio dormidas bajo las sábanas. El dibujo de Black Mamba de Cassia está colgado en un ángulo torcido sobre la cama. A la luz del día, se ve superficial e inocuo, de una forma casi cómica. Avergonzado, retiro la mirada rápidamente.

Coloco la bandeja con cuidado en la mesilla de noche, y luego me meto en la cama entre las niñas, haciendo que protesten con sus chillidos. Por debajo de las sábanas, me buscan y me hacen cosquillas. La desesperación que sentí anoche sigue ahí, pero ha retrocedido, y me encuentro riendo, uniéndome al juego, suplicándoles que paren. Cuando todos estamos agotados, las pongo cerca de mí para poder notar el latido de sus corazones y oír la suave respiración, como dos conchas apoyadas contra mis oídos; el sonido del mar.

De repente, recuerdo mi sueño de la noche anterior, y cómo me despertó.

–¿Quién usó el baño por la noche? –les pregunto a las chicas brevemente, como indiferente.

Cassia levanta la cabeza. Unos mechones de pelo alborotado se meten en mi boca.

–¿Qué baño?

«El mío», pienso, y me estremezco.

–El de mamá y papá.

Al oírlo, Sylvie también se incorpora, perpleja. Las chicas miran fijamente a donde estoy tumbado, aplastado contra el cabecero.

–No fuimos al baño anoche –dicen al unísono.

–Una de vosotras fue.

Sylvie, siempre soñolienta, se vuelve a meter, con indiferencia, debajo de las sábanas. Pero Cassia sigue incorporada, con cara inescrutable.

–Quizá haya sido Black Mamba.

Me saco el pelo de la boca y se lo pongo detrás de la oreja, antes de bajarla con cuidado hasta las almohadas.

–No seas tonta. Las serpientes no pueden encender las luces, recuérdalo. No tienen manos.

Tengo la cara de Cassia a apenas tres centímetros de la mía, así que veo inmediatamente el destello de sus ojos.

–Black Mamba no es una serpiente. –Oigo indignación en su voz. Pero, más que nada, sorpresa–. Es un hombre.

Oigo las palabras, pero tardo un momento en asimilarlas.

–¿Un hombre?

–Un hombre –repite con solemnidad, antes de añadir, con los ojos muy abiertos–: Un hombre mágico.

–Se puede convertir en serpiente –explica Sylvie, medio bostezando, con la voz amortiguada al hablarle a las sábanas–. Se puede convertir en lo que quiera.

–¿Un hombre? –repito, como si me hubiera quedado lelo, hasta que por fin caigo en la cuenta–. El hombre de vuestra habitación –susurro.

–Exacto –dice Cassia, con deleite–. El hombre de nuestra habitación.

CAPÍTULO 3

Julia

Estoy en casa, es decir, en mi piso del norte de Londres. Solo tres habitaciones, pero decoradas con mucho gusto, o eso me gusta pensar a mí. No soy mi hermana. Decorar tres habitaciones es el límite de mi capacidad artística. Un poco más de espacio, me digo, y las cosas empezarían a parecer trilladas. Encima del sofá hay un par de carteles de películas de la nouvelle vague. En la repisa de la chimenea tengo una tira de suculentas en macetitas de terracota. Cierro con llave, paso la cadena, me quito los zapatos, tiro la bolsa al sofá y me sirvo una copa de vino de la botella medio vacía que tengo en la nevera. Mi casa.

Excepto que no es en realidad mi casa. Mi hogar es la Hart House, incluso después de todos estos años; incluso después de todo lo que pasó allí. Descorro la cortina de gasa que cae sobre la única ventana del piso, y miro por encima de los tejados de la ciudad. Como siempre, no hay estrellas que iluminen los cabos; el horizonte es una banda gruesa y oscura de niebla invernal y contaminación. Pero la sensación de que la Hart House –como el Parlamento o el Puente de la Torre– está esperándome en algún lugar ahí afuera, tranquilamente en la oscuridad, se retuerce en la boca de mi estómago.

Instintivamente, me distraigo como mejor sé: con más trabajo. Mi excedencia justo acaba de finalizar, pero ya estoy volviendo a los malos hábitos. Cojo la bolsa de nuevo, abro el portátil y escribo notas sobre la cosecha de clientes de hoy: Andrew y Jen, a quienes no les gustan sus hijos; Doug y Louise, que no se fían de sus hijos; Simon y Ralf, que no pueden decidir si tener hijos...

Hay un restaurante en la planta baja del edificio, así que mi piso está siempre demasiado caliente, incluso en invierno, y el aire se impregna de leves olores de cocina. Una hora después, las punzadas de hambre son tan grandes que me obligan a parar. Me quito la ropa y me como una lasaña al microondas en ropa interior. Después me preparo un baño y me llevo conmigo una segunda copa de vino. Me desnudo y me meto con cuidado en la bañera, dando a cada extremidad tiempo para ajustarse a la temperatura del agua. Luego, con el cuerpo totalmente sumergido, siento que los músculos se relajan y me centro en la sensación del agua contra mi piel. En la medida en que permito tener pensamientos, que sean simples y breves:

Tengo un cuerpo.

Soy un cuerpo.

Esto es lo que se siente siendo yo misma.

Excepto que, antes de que me dé cuenta, vuelvo a estar en la Hart House, recordando el verano en que mi madre se pasó todos los días intentando convencernos a Pippa y a mí para que nos tumbáramos en el suelo del salón, una al lado de la otra.

—Cerrad los ojos —decía con ansiedad, y nosotras obedecíamos.

Notábamos la moqueta cálida y suave, y la luz del sol, que entraba a raudales por el gran ventanal, encendía el interior de nuestros párpados de un resplandor rosáceo. Mi madre caminaba a nuestro alrededor, ajustando con cuidado las posiciones de nuestras piernas, brazos, pelo y dedos, hasta que, según su exigencia, Pippa y yo estábamos en perfecta sincronía la una con la otra, con posturas idénticas.

—Ahora, despejad vuestras mentes —decía entusiasmada—. Centraos en vuestros cuerpos y en cómo los sentís. Intentad relajaros.

La teoría era que, al adoptar la misma pose, idéntica en todos los aspectos, nuestras mentes se fundirían en una, y los pensamientos tendrían libertad para cruzar de la mente de Pippa hacia la mía, y en el sentido contrario, a través de un puente psíquico. Esta era solo una de las muchas teorías de mamá sobre cómo funciona la mente que aún no han sido respaldadas por la ciencia, a pesar de todos los años que llevo trabajando como psicoterapeuta.

–Piensa en un animal –instaba a una de nosotras, antes de instruir a la otra a que permitiera que la imagen le llegara–. Pippa y yo estábamos encantadas de complacerla. Recuerdo cerrar los ojos muy fuerte, intentando que su animal viniera a mí.

«¿Un castor?» No. «¿Un poni?» No. «¿Una nutria?»

–No bloqueéis la energía –nos advertía mamá, nerviosa, si el número de intentos empezaba a crecer–. No funcionará si la bloqueáis.

Pero la mayor parte del tiempo una de nosotras bloqueaba la energía, era obvio, ya que los resultados eran decididamente mixtos. El verano se fue acabando y estábamos cansadas de jugar. Pero el entusiasmo de mamá por el nuevo juego no se debilitó, y suspiraba cada vez que nos alterábamos o no dejábamos de movernos. A veces incluso empezaba a llorar, y sus lágrimas pronto hacían que nos portáramos bien. Pippa y yo éramos buenas chicas; no podíamos soportar ver a nuestra madre enfadada; no después de la muerte de papá.

Corrijo: no después de lo que hizo papá.

Cuando mamá lloraba, nos uníamos y nos aproximábamos al juego con un enfoque renovado, hasta que su entusiasmo volvía, redoblado. Jadeante, indicaba a una de nosotras que imaginase a una persona –cualquiera que conociéramos– y que nos centráramos detalladamente en su color de pelo, color de ojos, de la piel, y que dejáramos que la imagen flotara hacia la otra.

Una vez, y solo una, pensé en papá. Había imaginado su barba negra y densa, y la sonrisa inquebrantable que siempre enmascaraba lo que pasaba abajo: las madejas de preocupación de su cabeza, las espirales de remordimiento. Me lo imaginaba de una forma tan exacta que también yo empezaba a llorar, y tenía que cerrar los ojos incluso más fuerte para detener las lágrimas.

Pero luego Pippa empezó a hablar –me estaba llegando una imagen– y habló de un hombre de barba oscura, y retrocedí inmediatamente, en shock y en pánico, y pensé en otra persona.

Tengo las puntas de los dedos arrugadas como pasas, y empiezo a sentir frío.

Centrarme en mi cuerpo ha dejado de ser una fuente de relajación; mi mente no para con pensamientos de la casa; las cosas que Pippa vio allí, o dijo que vio; las cosas que las niñas han visto ahora también.

«Un hombre en su habitación». No presioné a Alfie para que me diera detalles. No podría soportarlo.

Temblando, me levanto de la bañera, agitando el agua con mi cuerpo. Un poco se derrama por encima del borde de la bañera y, con el rabillo del ojo, veo algo que se escabulle. Hay una araña patilarga en el suelo del baño. Cuando era muy pequeña, creía que tenía ese nombre porque así las llamaba mi padre cuando las mataba. Tienen otro nombre, pero se me escapa; como en un sueño, elude mi memoria.

La patilarga echa a correr de nuevo, esta vez hacia mí. Siento el impulso de quedarme en la seguridad de la bañera, por supuesto, pero la reprimo. Los años de vivir sola y, antes de eso, vivir con la histriónica de mi madre, me han hecho bastante daño. Me acabo la copa de vino, la pongo boca abajo y aprisiono a la araña en su interior. Estas cosas son sorprendentemente fáciles cuando no tienes otra opción.

Atrapar insectos fue mi trabajo durante años, incluso antes de que Pippa se fuera de casa. De alguna forma, heredé todos los trabajos de los que papá se había encargado. No se esperaba que Pippa ayudara; yo era la mayor –aunque fuera por tres minutos– y aparentemente eso significaba algo para todos excepto para mí. Los peligros de vivir cerca de la salida no se explican a los bebés en el útero, pero quizá deberían.

Inspecciono la criatura lo mejor que puedo a través del vidrio curvado, que se ha empañado un poco con el calor del baño. Arañas de sótano. Ese es el otro nombre que tenían. Agarro una toalla apresuradamente. Ahora no es solo el agua lo que me hace temblar.

Voy descalza a la habitación, secándome deprisa antes de echarme apresuradamente sobre la cama. La foto de Pippa, Alfie y las niñas, todos sonriendo con dulzura, me mira desde encima de la cómoda. Cierro los ojos muy fuerte, intentando no pensar en cómo –ni dónde– murió mi hermana.

No funciona. Fuera, ha caído la noche; no hay ningún resplandor rosado ni veraniego que ilumine el interior de mis párpados. En la penumbra, lo único que veo es la cara de Pippa, radiante; la cara de mi melliza, como la mía en tantos aspectos, pero tan diferente en otros muchos. Es la cara de una mujer que nunca tuvo que atrapar sus propias arañas, pienso un poco fríamente. Y luego me recuerdo, a la fuerza, «me encanta esa cara», y, solo gracias a ese pensamiento podré dormirme esta noche.

Antes de meterme bajo el edredón, miro el móvil. Alfie no ha llamado mientras he estado en la bañera.

Cuando escribo notas, los sentimientos de mis clientes son con mucha frecuencia muy obvios para mí, bien definidos. Los míos son mucho más difíciles de analizar. Mientras me meto en la cama, intento identificarlos. Me da algo de alivio que no haya llamado, desde luego; pero, al mismo tiempo, va acompañado de decepción.

Y algo más profundo todavía: una pizca de temor.

Cuando mamá le vendió la Hart House a Pippa, poco después del ictus, se mudó al piso del sótano bajo la iglesia a la que asistíamos de pequeñas. Aún tengo que recordarme que es una iglesia de verdad; nunca me lo pareció cuando crecíamos. Visitábamos iglesias cuando veraneábamos en Escocia, así que sabía, incluso entonces, lo que era una iglesia de verdad. Las iglesias verdaderas, pensaba yo, parecían bestias de piedra durmientes, con enormes pulmones abovedados por costillas. Eran edificios altos, anchos y con contrafuertes. Las paredes estaban hechas de piedras enormes, cada una mayor que una cabeza de toro. Las iglesias de verdad tenían naves y ábsides, y estaban heladas…, adornadas con rosetas talladas, rejas de presbiterio y agujas góticas.

Nuestra iglesia era una casa adosada. Una pequeña placa de latón al lado de la puerta principal era la única pista de lo que había dentro.

El Siervo del Señor en Endor, decía la placa, y luego, en letras más pequeñas debajo: Una iglesia de Cristo.

Esta mañana, mientras subo el corto tramo de escalones que conecta la acera con el porche, me quedo un segundo a la sombra del edificio. Las palabras de la placa están aún ahí, pero el latón se ha oxidado y manchado. La aldaba está también corroída. La golpeo bruscamente y retrocedo para ver cómo se mueven las cortinas. Los habitantes del Siervo del Señor no tienen rostro detrás de la malla color marfil, pero, aun así, sonrío. Ellos me ven, pero yo no puedo verlos. O, al menos, los veo tenuemente –«por espejo, oscuramente», como dirían los siervos del Señor. Lo mismo que vemos a Dios; lo mismo que vemos a los muertos.

Justo entonces, la cortina tiembla y, un segundo después, se abre la puerta.

–¡Julia!

La tía Sue sonríe, después frunce el ceño, deleitada, aunque claramente desconcertada, por mi presencia. Levanta una mano, sonrojándose levemente, y se pasa la mano delicadamente por ese caparazón de pelo blanco.

–Vaya, qué agradable... ¡Virgen santa! Es miércoles, ¿no?

–Sí –digo–. Miércoles.

–¡Marian! –la tía Sue me guía hacia adentro mientras vuelve a llamar, alegremente, por encima del hombro.

–¿Sí?

–Julia está aquí. Es miércoles.

–¿Qué?

–Que es miércoles.

–¿Julia?

La habitación de mamá está abajo; la llama «el calabozo», algo descortés dado que Sue la deja vivir allí sin pagar alquiler. Pero su voz viene ahora de la cocina de la planta baja: la cocina de tía Sue. Me llegan vahos del inconfundible olor a carne chamuscándose. Las claras demarcaciones del espacio doméstico, tan rígidas cuando mamá se acababa de mudar con su cuñada, se

49

disuelven lentamente. O las están disolviendo; sería quizá una forma mejor de decirlo. Mamá tiene una habilidad especial para derribar fronteras.

Frunzo el ceño cuando emerge de la cocina de tía Sue y viene bulliciosamente por el pasillo como si fuera la dueña de la casa, con esa corona de pelo color gris sucio meciéndose imperiosamente. «Debe de tener un buen día», pienso. «Ni dolor articular, ni migraña, ni fatiga; los efectos del ictus, tan presentes los días en que se enfada conmigo, se han esfumado milagrosamente». Solo cuando se acerca y veo que tiene los ojos rojos e hinchados me reprocho esos pensamientos. Estoy siendo desagradable, demasiado cínica. Me olvido de su fragilidad.

–Querida… –mamá me envuelve en un fuerte abrazo. Aunque hace diez meses, aún se me hace raro; nunca fue tan tierna cuando Pippa vivía. Es una forma en la que tanto ella como Alfie han cambiado. A veces, es como si, en mi cabeza, cada uno se hubiera partido en dos versiones de ellos mismos: la de antes del accidente y la de después.

Cuando me libero, la tía Sue gira a mi alrededor, desenrollándome la bufanda. Sue ha vivido aquí desde que recuerdo. El número 2 de Crescent Place. Estoy familiarizada con todos los rincones, desde las formas y nudos del revestimiento de madera hasta el aroma pajizo de la moqueta. Mientras que las estancias de la Hart House son amplias y espaciosas, con techos altos y paredes blancas, el número 2 siempre ha tenido un aire más acogedor y encogido. Las paredes están pintadas de colores primarios –ahora deslavazados, por supuesto– y el mobiliario es eternamente delicado; aunque también los muebles empiezan ya a parecer vetustos y desgastados. Al contrario que la Hart House, que cambió de decoración cuando Pippa y Alfie se mudaron, el número 2 se ha quedado como estaba durante años, empecinadamente. El mundo que hay afuera ha avanzado, pero el Siervo del Señor se ha negado a avanzar con él.

–Adelante, adelante. –Nos guía a las dos hacia la pequeña sala de estar, su santuario interior.

–Oh, por favor –protesto–, no hay necesidad, podemos ir abajo. Pero la tía Sue se tapa los oídos, sonriendo, y mueve la cabeza.

–¿Estás segura? –le pregunto, aunque ya estamos las tres dentro–. No queremos importunar.

Mi uso de «queremos» debe de haber molestado mamá, a juzgar por cómo ha entrecerrado los ojos. No era mi intención, pero aun así, no me puedo quitar de encima la sensación de que cada vez que Sue sale de casa, mamá sale de su calabozo inmediatamente y viene aquí a tirarse en la cheslón.

Mi tía me sienta en un sillón antiguo, lujosamente tapizado.

–¿Quieres tomar algo? ¿O alguna cosita de comer? –Se inclina hacia delante con un susurro escénico–. ¿Un poco de pastel de frutas?

–El pastel de frutas de la tía Sue fue una de las constantes de mi niñez; trozos enormes de cerezas confitadas dentro de un bizcocho esponjoso, denso y borracho. Recuerdo que hizo uno para mí y para Pippa en nuestro quinto cumpleaños. Me quedé mirándolo fijamente, maravillada. Era el pastel más grande que jamás había visto, demasiado pesado para levantarlo. Recuerdo que estaba sentada al lado de mi hermana, con toda la congregación alrededor, como si fuera un homenaje. Recuerdo el placer que sentí, con todos los ojos sobre nosotras, al comer el primer bocado.

–Venga, ¿por qué no?

Teníamos sobre cinco años, supongo, cuando empezamos a darnos cuenta de que nuestra iglesia era distinta en muchos aspectos. No era solo el edificio en el que rezábamos, su curiosa anonimidad. La ausencia de pastor, o de cualquier tipo de representante único, se hizo incluso más llamativa conforme pasaban los años. Todas las personas, nos decían nuestros padres con firmeza, tienen una conexión directa con Dios; y por eso, en las reuniones de la iglesia, los sentimientos de cada uno tenían un peso igualitario.

–¿Una infusión? Tenemos poleo, salvia, camomila y... –Sue cierra los ojos, moviendo los labios caóticamente mientras intenta que su lengua diga las palabras que no le vienen a la mente. Se agacha y me da una palmada en la rodilla.

—¡Melisa!

Se ríe y no puedo evitar reírme también. Cuando Pip y yo dejamos de ir a la iglesia, lo único que echamos de menos verdaderamente era ver a nuestra tía cada domingo. Aunque el Siervo del Señor no tiene líder, en el corazón de todo estaba la tita Sue. Cuando yo ya era una muchacha, siempre me parecía grandísima, con su montón de pelo rubio bien peinado y sus dientes perfectos. Era una organizadora nata; llevaba todo lo de la iglesia casi ella sola. Era la hermana mayor de mi padre; una agente inmobiliaria de éxito —ella fue quien adquirió la Hart House en nuestro nombre— y un pozo sin fondo de sabiduría. La comparación entre ella y mi madre jamás era favorable.

Por supuesto, los años la han mermado, igual que a la placa de latón de afuera. Estos días, Sue va encorvada, se le ve el cuero cabelludo, y los negocios de la iglesia son gestionados principalmente por sus hijas.

—Un café bien cargado estará genial.

—Estupendo, traeré una bandeja. Y luego os dejo en paz.

Hago el gesto de decir, por segunda vez, «No hace falta», que se puede quedar, pero entonces veo la mirada que le echa a mamá y comprendo. Nosotras no necesitamos paz; es Sue quien la necesita. Y me pongo en su lugar, ya que he vivido sola con mi madre un montón de años. Además, la posición de mi tía es aún peor de la que yo tenía, porque ella no tiene la opción de mudarse. Después de todo, es su casa.

Mientras Sue y yo hablábamos, mamá se mecía en el borde de la cheslón y se daba golpecitos en la rodilla.

—¿Va todo bien? —le pregunto, mientras Sue sale de la habitación.

Ella asiente, casi imperceptiblemente.

—¿Estás segura?

Mamá frunce el ceño, pero no contesta. No arrancará hasta que Sue haya vuelto con el té y se haya ido del todo.

Suspiro ligeramente, pero no digo nada. Reconozco este estado de ánimo, por supuesto. En términos generales, mi madre oscila entre dos estados. Desde que murió mi padre, ha vivido en un estado de completa inercia, salpicada de episodios maníacos de frustración intensa ante la inercia que percibe a su alrededor. Desde el ictus, y del accidente de Pippa, esos picos y valles no han hecho más que acentuarse.

El sonido de Sue ocupada en la cocina nos llega vagamente por el pasillo, subrayado por los interminables golpecitos de mi madre. Mientras esperamos, escudriño el contenido familiar de la habitación. La librería, con sus volúmenes encuadernados en cuero. Plantas en porcelana, adornitos, flores secas aromáticas: el mismo cuenco durante décadas, ahora casi sin aroma. No hay fotografías, pero, sobre la chimenea, hay tres cuadros enmarcados. A la izquierda, una mala acuarela de la Transfiguración: los espíritus de Moisés y de Elías, muertos hace tiempo, pero entonces radiantes, aparecen junto a Cristo, para maravilla de sus discípulos. A la derecha, un grabado al óleo del rey Saúl, buscando a la bruja en Endor, que tiene los brazos en alto mientras levanta el espíritu de Samuel de la fosa.

Y, entre los dos, elevado en un marco de metal, un dibujo en blanco y medio de Michael, mi primo, a los siete años, un boceto a lápiz del año en que murió.

Michael era el único hijo de Sue. Yo no lo conocí; murió antes de que yo naciera. Una vez vi una foto suya y lo he reconocido de inmediato, así que pienso que el parecido del dibujo debe de ser bueno. Aunque también es verdad que solo vi esa foto un par de segundos, cuando era niña. Sé dónde estará: en el desván, en una caja roja cerrada con llave, marcada con una cruz blanca y pura, donde Sue guarda todas sus fotografías. A pesar de la prominencia del boceto en blanco y negro, en todos estos años nunca, jamás, la he oído hablar de su hijo.

—Va mejor con mantequilla y nata.

Sue ha vuelto. Sonriendo, coloca el pastel de fruta, y sus acompañamientos obstructores de arterias, en la mesita de centro.

Cuando éramos más jóvenes, mi tía lo hacía tan a menudo que hasta mi madre la llamaba, en ocasiones, «Pastel de Fruta». Pero hace años que no la he oído usar ese mote. Desde que Sue empezó con las pérdidas de memoria, supongo que no le parece apropiado.

Mamá ignora el pastel. Ahora se mueve nerviosamente, como si la cheslón la hubiera escaldado; está desesperada por hablar. Su duelo es la imagen en negativo del de mi tía. Mientras que la muerte de Michael ha estado envuelta en silencio todos estos años, la de mi hermana es una costra que mamá no puede evitar hurgar.

—Os dejaré a las dos en paz —dice Sue de nuevo, retrocediendo fuera de la sala sin dejar de mirar a mi madre, como si fuera una reina.

Cuando se ha ido, la lengua de mi madre se suelta al fin.

—Pensaba que no vendrías.

Respiro, y tomo sorbitos de té con calma.

—Yo siempre vengo.

—Bueno, gracias a Dios. Te necesitamos, Julia. Ahora más que nunca.

«Necesitamos». Ahora le toca el turno a mi madre sacar a relucir un plural provocativo.

Se inclina hacia delante, tambaleándose aún más peligrosamente en el borde del asiento.

—¿Has ido a la casa esta semana?

Trago saliva. Sabe lo de las pesadillas. Si, en realidad, eso es lo que son. «Sabe lo del hombre en la habitación de las niñas».

—¡Julia!

—Sí —respondo, intentando calmarme—. Sí que he ido. Vi a las niñas una noche.

—¿Y?

—Y...

Dudo de si debo terminar, pero, un momento después, digo sinceramente:

—Me pareció que están bien.

Mamá agita la cabeza de forma siniestra. No me sorprende. Esa ha sido su cantinela durante los últimos diez meses: que las niñas no lo están llevando bien y que, en parte, es por mi culpa.

Las semanas tras la muerte de Pippa levanté una pared entre mí y la Hart House y sus habitantes. Pero no podía dejar a mamá fuera de mi vida, así que, cada vez que la veía, sus palabras iban haciendo unos agujeros diminutos en la gran estructura de aquella pared. Susurraba sobre el dolor de las mellizas, sus lágrimas infinitas. Describía que las crisis de Sylvie, antes una cosa de la infancia, habían vuelto. Explicaba que la calma de Cassia se había transformado en desapego. Que no hablaba de Pippa para nada, ni a nadie. Ni siquiera a Sylvie.

Me negué a aconsejar a las niñas en plan terapeuta, pero no podía negarme a escuchar sus angustias, o la ira de Alfie ante mi retraimiento, que mamá transmitió con una persistencia particular e insensible. O, al menos, así me lo pareció entonces. Es difícil poner estas cosas en perspectiva.

—Francamente —insisto—. Parecían estar bien.

Mamá vuelve a menear la cabeza, con más vigor esta vez.

—No son ellas quienes me preocupan. Es Alfie.

Me sobresalto; esto es nuevo.

—No lo lleva bien. Philippa mantenía esa casa como es debido. Ahora es un desastre. Me he ofrecido a ayudar. Créeme, lo he intentado. He llevado comida, le he dicho que limpiaré, pero lo único que consigo es que desvíe el tema. «Está todo controlado. Lo llevamos bien».

—No quiere tu ayuda, mamá —intento mantener un tono neutro.

—Oh, lo sé. —Cualquier intento de neutralidad con mi madre siempre fracasa—. Quiere tu ayuda, Julia.

Entrecierro los ojos de forma instintiva, mientras estudio a mi madre desde el otro lado de la sala. Pienso en sus esfuerzos para que Pippa volviera a la Hart House después de que yo me fuera —al final, prácticamente la regaló—, y me echa para atrás pensar que esté intentando hacer lo mismo conmigo. Me inundan visiones de estar acostada en el suelo de la Hart House al lado de mi melliza, viendo cómo las manos de mamá se movían des- dibujadas sobre nuestros cuerpos, moviendo nuestras extremi- dades así o asá.

Su mirada fija, también con los ojos entrecerrados, se encuen- tra con la mía; es como un jugador de ajedrez que considera su próximo movimiento. La rabia y la decepción de Alfie no con- siguieron hacerme ceder. ¿Lo haría su desesperación?

–Creo, madre…, que está bien sin mí.

Después de un breve silencio –debí verlo venir–, un hilillo de lágrimas.

–Por favor, querida. Confía en mí. En esa casa algo anda mal. Se está abriendo un abismo entre Alfie y esas niñas…

Respira con dificultad, acariciando el tejido de la cheslón.

–Lo siento como un canal debajo de los dedos.

–¿Un abismo entre ellos?

Mamá asiente con solemnidad.

–Lo llevaba mejor –susurra– cuando no estaban.

Me estremezco. Por primera vez, sus palabras suenan a ver- dad; se corresponden con lo que yo misma vi y sentí cuando visité la Hart House. Me vuelvo a reprender, esta vez con más dureza. Vuelvo a ser cruel, demasiado cínica, me olvido de lo mucho que se preocupa.

Tomo un poco más de té y murmuro promesas vagas. Para evitar su mirada, echo un vistazo al móvil e inmediatamente me pongo roja.

–¿Qué pasa?

–Vuelvo a meter el móvil en el bolso. Alfie me ha llamado tres veces en los últimos diez minutos.

–No es nada.

–Julia…

–Es solo… un problema en la clínica. –Me bebo de golpe todo el té–. Necesito irme. Disfruta del pastel.

Mamá se queja, pero se inclina sobre la mesita y se corta un buen pedazo. Su frustración por fin ha llegado al límite; ya veo volver la inercia.

–¿Cuándo te veré otra vez?

–El miércoles que viene.

–Demasiado tiempo –responde con la boca llena.

–Llegará antes de que te des cuenta.

Mamá vuelve a quejarse, desalentada.

–Prométeme que pensarás sobre lo que te he dicho.

Ya estoy en la puerta, girando el pomo.

–Te lo prometo.

Cuando entro en el recibidor, doy un respingo. Sue me está esperando, con mi bufanda y mi abrigo.

–Cuídate mucho, tía –digo, abrazándola. La suave lana de su chaqueta de punto se comprime bajo mis dedos hasta que alcanzo a sentir, con conmoción, el brazo tan delgado como una ramita.

–Tú también –dice con amabilidad. Aunque esté frágil, la luz de sus ojos no ha disminuido–. No te preocupes por Marian –añade–. El Señor la ayudará. Él le da consuelo.

–¿Sí?

–Oh, sí.

–¿Y a ti? ¿A ti te da consuelo?

No estoy muy segura de qué me hace preguntarlo y, por un instante, temo haber cometido un terrible error. Nunca he levantado el fantasma de Michael antes, nunca he hecho la más ligera alusión, pero no pasa nada. Sue se limita a sonreír y me toma la mano.

–Sí –dice de nuevo, incluso con mayor énfasis. Le brillan los ojos, y me pregunto si se acuerda de la cara de su hijo como algo separado del boceto a lápiz: la sonrisa de querubín, los rizos difuminados. De repente, me aprieta más la mano, y se acerca más a mí.

–No tuvo la culpa –susurra–. Deberías saberlo. Incluso si no te escucha. He intentado decírselo, claro, pero ya sabes cómo es.

La voz de Sue es firme pero bajita, como si estuviera desvelando un secreto antiquísimo.

Tardo un instante en darme cuenta de que no habla de Michael. Se refiere a mi padre. No sé qué decir. Varias veces antes la he oído hablar de los muertos como si estuvieran vivos. Todo es parte de la demencia, dice mi madre, pero nunca ha sido tan grave.

—Lo siento —susurro.

Sue simplemente sonríe de nuevo, y niega con la cabeza.

—Ahí está el asunto: no debes sentirlo. Ni él tampoco. No fue culpa de nadie.

Hay un silencio; tenso y vulnerable, como piel muy estirada sobre el hueso. Y luego vuelve a hablar.

—Yo también lo siento.

Cuando llego al piso, ya ha anochecido. Antes de encender las luces, veo la lucecita del contestador parpadeando en rojo. Las líneas fijas son una reliquia, lo sé, pero mamá insistió en que me lo quedara, para las emergencias. Después del ictus, no se lo podía negar. Recuerdo otra vez las llamadas perdidas de Alfie, que cada vez son más. No lo he llamado. Debí haberlo hecho inmediatamente después de salir de casa de mamá. Y una parte de mí quería hacerlo, quería oír su voz. Pero aún no puedo enfrentarme a lo que está pasando en esa casa.

Voy a tientas entre las sombras hasta la pequeña cocina y abro la nevera. Mis brazos desnudos se bañan de luz fría. Cojo la botella de vino, casi vacía ya, antes de volverme para pulsar el botón. Un tono automático y agudo y después: Alfie.

—Soy yo. Escucha, ¿puedes pasarte este fin de semana? Me preocupan las niñas. ¿Recuerdas las pesadillas de las que te hablé? ¿Del hombre de su habitación? Pues bien, era él: Black Mamba. La serpiente. Su amigo imaginario. Ven, por favor. Sé que te dije que no te preocuparas, pero…

Vuelvo a escuchar el mensaje, varias veces, para digerir el contenido y el significado. «El hombre de su habitación… era él. Su amigo imaginario». Me froto la frente, intentando que eso me relaje. «Son buenas noticias», me digo. Lo que fuera que vieran las niñas en su habitación por la noche no es lo mismo que vio Pip, hace todos esos años; no puede serlo.

Aun así, siento que enrojezco de preocupación.

Vuelvo a escuchar el mensaje. No quiero escuchar las palabras esta vez; solo quiero oír a Alfie hablar.

La primera vez que lo vi, hace casi una década, su voz me impresionó al instante: profunda, rotunda y dulce. Era joven, más que Pippa y yo, y su voz era como un violonchelo nuevo, apenas utilizado. Los años la han alterado, claro está; la han hecho más ronca, le ha suavizado las aristas. Cigarrillos, alcohol y dolor. Pero, bajo la abrasión, aún puedo oír la voz que me atrajo la primera vez que la escuché.

Quedamos para almorzar en el Soho: Pippa, Alfie, mamá y yo. El restaurante parecía más una galería de arte que un sitio para comer, y el mantel estaba planchado de una forma impecable. Pippa estaba pendiente de cada palabra de Alfie, y él de las de ella. Sus ojos se movían en tándem; sonreían con sus bromas privadas. Eran dos almas moviéndose como una. Nunca había visto nada igual. Pippa habló de que se iban a vivir juntos, a alquilar un piso, y mamá, que apenas se había recuperado de que Pippa se fuera de casa, sonrió con la boca apretada, como si acabara de morder un limón.

—Ya sabes lo que dicen —había musitado mamá, elípticamente—: si quieres hacer reír a Dios, cuéntale tus planes.

Alfie le dio unas vueltas al vino de la copa y contestó:

—Si quieres hacer reír a Alfie, háblale de Dios. —Y Pippa ahogó la risa con la servilleta.

Cuando acabo de escuchar la grabación, la borro y me tumbo en el sofá, dispuesta a responder por mensaje de texto. Le diré que se ponga en contacto con la clínica; le recomendaré a un colega que pueda ayudarle. Pero no consigo dar con el tono adecuado. A veces me sale muy seco, otras no lo suficientemente formal, y pronto dejo el móvil, sin enviar el mensaje.

Me despierto de la pesadilla sobresaltada. He tenido ese sueño antes en los últimos diez meses. Me ha partido el sueño como una cuchilla más de una docena de veces, pero nunca como hoy.

Afuera, las calles están en total silencio. En la oscuridad, me levanto del sofá y voy a tientas hacia el fregadero para ponerme un vaso de agua.

El sueño siempre empieza del mismo modo:

Estoy de pie en la orilla de un río congelado –igual que lo estaba papá aquel día–, y las niñas están jugando sobre el hielo, igual que hacía Michael. La ribera está toda blanca, reluciente como si estuviera salpicada de estrellas caídas, y mi aliento forma nubes sólidas en el aire. Todo es de una perfección de postal. Pinos como pilares empolvados de nieve. Una cabaña de vacaciones, cómodamente escondida en el horizonte.

Y el hielo es grueso, o eso creemos.

Un grito. No de la tía Sue, sino de Alfie.

Me vuelvo hacia el río, con la superficie helada como un espejo empañado. «Todos los ríos desembocan en el mar; pero el mar nunca se llena». Bajo la mirada. Debajo del hielo inmaculado, las corrientes aún fluyen, y fluyen rápido.

Normalmente el sueño acaba aquí: finaliza mientras atisbo a las niñas pasando velozmente por el agua, atrapadas debajo del grueso hielo, arrastradas sin piedad desde donde se rompió, con los ojos abiertos aterrorizados.

Pero esta vez es diferente. Esta vez, es alfie a quien veo, atrapado a mis pies, golpeando impotente con los puños esa tapa que es el río, y grito mientras la corriente se lo lleva.

Doy un sorbo al vaso de agua y cojo el móvil. La luz de la pantalla me molesta a los ojos. He encontrado las palabras, aunque parece que ellas me han encontrado a mí; tienen algo automático, irresistible. Me dan náuseas mientras las escribo.

«Me pasaré el sábado y hablaré con las niñas. Voy a averiguar lo que está pasando».

CAPÍTULO 4

Alfie

Dicen que el duelo te anestesia, pero yo aún lo siento todo y, más que nada, me duele. Así que intento saborear pequeños placeres. Es sábado y brilla el sol. Temblando ligeramente con el aire de la mañana, me desnudo, me meto en la ducha y tiro de la palanca. Al principio, el agua está tibia, y después, caliente que da gusto. Cierro los ojos y la dejo caer por la cabeza, los hombros, la espalda.

Siempre me han gustado las duchas calientes, esas que te dejan la piel cálida y reluciente cuando te secas. Cuando Pippa vivía, venía al baño cuando yo había acabado, apretaba su cuerpo frío contra el mío y decía algo tonto como «definitivamente, eres un mamífero». Otras veces, se metía en la ducha detrás de mí mientras el agua aún estaba saliendo, y me besaba el cuello, los hombros; me agarraba con la mano.

El ensueño solo dura unos segundos, luego me espabilo y casi resbalo. Un dolor punzante se extiende como una erupción por mi estómago. El agua me escuece. Presa del pánico, tiro de la palanca para detener el agua y miro hacia abajo. Tengo cuatro marcas alargadas y profundas como arañadas en el estómago, de un rojo intenso que se está volviendo más rojo. Lo repentino del dolor me sorprende. No vi ni sentí las marcas cuando salí de la cama. Es como si el agua las hubiera grabado en mi cuerpo.

Vuelvo a abrir la palanca y me enjabono, examinando los arañazos con atención. No me imagino de dónde han salido, qué puede haber pasado por la noche. Empiezo a sentirme incómodo, pero entonces me recrimino por ser tan infantil; tan irracional. Me habré rascado durante el sueño, eso debe de ser. Y el agua ha hecho que me escuezan las marcas. Desafiante, me quedo en la ducha más rato de lo normal, y solo salgo cuando se acaba el agua caliente. Vuelvo a la habitación y busco el móvil. Distraídamente, mirando solo a medias, escribo las palabras «marcas de arañazos sin explicación que aparecen por la noche», y lo busco en internet.

Me sale una serie de resultados, desde dermatitis hasta posesión diabólica. Dejo el móvil y me visto. Atravieso en un esprint los rayos del sol, esparciendo el polvo. La puerta del cuarto de las chicas está cerrada: deben de estar aún dormidas. Cuando están en la escuela, o han salido con Marian, o están en los brazos de Morfeo, yo vuelvo los días del pasado del revés y los uso de nuevo, como cuando me quedo sin calcetines. Hace un momento, Pip estaba conmigo en el cuarto de baño, desnuda y sonriente. Cuando llego al final de la escalera, sin respiración, la vuelvo a ver, pasando etérea por el vestíbulo con su vieja bata marrón de pintora.

Me paro en el último escalón y ella me mira socarrona; con tubos de pintura en la mano y una brocha hábilmente colocada tras la oreja izquierda, como la había visto miles de veces. Su pelo es una de cal y otra de arena: bien peinado hacia atrás en algunas partes, cayendo de forma caótica en otras; tiene una mancha de pintura negra en la mejilla. La luz prismática flota en el aire y se posa sobre su rostro pálido y delgado. Su sonrisa es perfecta.

—Ven aquí —dice, antes de añadir con un chorro de sentimiento—, Alfie.

Decía que le encantaba decir mi nombre; la forma en que lo sentía en sus labios, la forma en que hacía que su boca se moviera. Estos días decir su nombre a mí me duele, como si estuviera intentando insuflarle vida de nuevo. Lo susurro a veces en la oscuridad.

Ansío alcanzarla y tocarla, meter mis manos bajo su bata, donde se está calentito; seguirla hasta el sótano.

—Cinco minutos —digo exactamente igual que antes: suave y burlonamente—, solo cinco.

Su hermana pronto estará aquí.

Julia

Estoy de vuelta. No porque quiera, sino porque él me lo ha pedido. Y esta visita será la primera de muchas. Finalmente he sucumbido: voy a tratar a las niñas.

Toco el timbre y me froto los brazos mientras espero. Es una mañana resplandeciente pero fría. Pasa una eternidad antes de que, por fin, oiga movimiento dentro de la Hart House.

Alfie abre la puerta con una sonrisa tristona.

—Gracias por venir —dice, cogiéndome el abrigo.

—No hay problema —miento mientras entro—. ¿Estás bien?

No es una pregunta de cortesía; tiene una pinta terrible. Se pasa una mano por el cabello rebelde, que aún está un poco húmedo.

—Solo cansado. ¿Y tú?

—Bien.

Asiente. Tiene los ojos ausentes; su mente está aún en otra parte.

Levanto la mirada hacia la escalera y bajo la voz.

—¿Y las niñas?

Son más de las nueve, pero puedo oír que están aún en su habitación: el murmullo de sus voces se filtra por los tablones del suelo.

Alfie rumia un poco su respuesta.

—Están… están bien —dice, quitando importancia con un gesto.

Está hablando en general, pero al menos lo he devuelto a la tierra.

«¿Las habrá visto siquiera esta mañana?».

Acuna en sus brazos un momento mi abrigo antes de volverse para colgarlo.

—Pasa, pasa —dice—. ¿Quieres té?

—Por favor.

Voy por el pasillo hacia la cocina. Pero cuando llego a la puerta, mi mano, al dirigirse al pomo, se queda a medio camino por lo que veo.

La puerta del sótano está abierta.

–Pensaba que…

–¿Qué? –Alfie se vuelve y sigue mi mirada–. Ah sí. –Se encoge de hombros–. Suelo tenerla cerrada. Pero pensé que podía hacer un poco de limpieza.

Con la mano señala más allá en el pasillo. Sigo la flecha de su dedo hasta que mis ojos se posan sobre un gran lienzo apoyado contra la pared. El lienzo está escondido a la vista.

–¿Es de los de Pippa? –digo.

–Por supuesto.

El arte de Pippa era extraordinario. Pintaba figuras humanas, pero difuminadas, abstractas, tan inquietantes como las de Bacon; figuras que pertenecían a otro mundo; rodeadas de una niebla oscura arremolinada, iluminadas por rayos de color etéreo: rosas, azules plateados, tenues amarillos, la paleta de El Greco. Sus personajes eran difíciles de situar. A veces, las figuras parecían alegóricas: las Siete Virtudes, las Cuatro Estaciones, la Muerte y la Doncella. En otras palabras, detectaba un tema clásico: un retrato de una chica bañándose con un mirón agazapado a su lado; ¿podrían ser Diana y Acteón, o eran David y Betsabé? Pippa se quedaba en silencio. Quizá ni siquiera ella estaba segura.

Toqueteo el dobladillo de mi manga.

–Eran muy hermosos –digo, con voz quieta–. Los que exhibisteis en su funeral.

Alfie aleja la mirada rápidamente. «Su funeral».

La ceremonia fue un asunto surrealista, casi irreal, y no solo porque Pippa había muerto. Estábamos en una iglesia, porque ¿dónde íbamos a estar si no? Pero la mitad de los dolientes no eran creyentes, y los que creían rara vez pisaban una iglesia de verdad. Era extraño ver a los congregantes del Siervo del Señor –Sue, sus hijas, mamá, por supuesto, y familiares más distantes– sentados incómodos en los bancos; tan incómodos como nos sentimos Alfie y yo, quizá incluso más. Para todos nosotros, el día fue algo que había que soportar. Si algo podía ayudarnos a aceptar la muerte de Pippa, desde luego no era aquello.

Y allí, en el medio de todo aquello, estaban las pinturas de mi hermana, con esa belleza que hechizaba, colgadas de cada pared de la iglesia. Las Siete Virtudes. Las Cuatro Estaciones. La Muerte y la Doncella.

—Sí, bueno —dice Alfie, frotándose los ojos—, este no era uno de ellos. Aparta el lienzo de la pared y le da la vuelta. —Lo empezó justo antes del accidente.

La luz del vestíbulo es tenue y grandes trozos de la pintura están vacíos o sin acabar, así que tengo que retroceder un poco para poder absorber la escena en su totalidad: dos figuras sombrías, una masculina y otra femenina, poco más que siluetas, y un gran halo rojo, como un anillo de humo escarlata sobre sus cabezas. Por algún motivo que se me escapa, la imagen me perturba.

La figura femenina está estirándose, con la mano extendida, como Eva intentando alcanzar la manzana, hacia el hombre, que sobresale en estatura en el centro de la obra, justo debajo del anillo escarlata.

—¿Qué es? —le pregunto, pero tan pronto como lo hago me doy cuenta de que ya lo sé. Ahogo un grito y me tapo la boca con la mano. Pero Alfie está de espaldas y, de todas formas, está distraído por otro pensamiento.

—Quién sabe —dice, pasando un dedo por el borde del lienzo—. Ni siquiera se me ocurrió mostrar este en el funeral. Pero ahora me gustaría haberlo hecho. Los que se expusieron eran inapropiados. Normalizaban las cosas. —Sonríe con amargura—. ¿Recuerdas lo que dijo el cura en el sermón?

Dudo. Solo tengo un recuerdo vago de la homilía, que estoy segura de que sonó tan hueca para Alfie como para mí, un parloteo inconexo sobre cómo Pippa había volado hacia su nueva vida, como si fuera un pájaro; como si ahora tuviera alas.

Alfie entrecierra los ojos.

—¿No recuerdas cómo calificó la vida de Pip?

Niego con la cabeza.

–Breve. La llamó breve.

Sus nudillos se vuelven blancos cuando agarra el marco del lienzo. Sus cambios de ánimo son repentinos, pero sutiles; me pregunto si las niñas son conscientes de ellos también.

–La vida de Pippa no fue breve –dice–. Fue…

Se rompe y deja caer la pintura de nuevo sobre la pared, donde cae con un gran ruido, como el golpe de un mazo. El lienzo se ondula. Franjas de espacio en blanco se agolpan en los límites del marco.

–…inconclusa.

Su voz suena tan plana, tan abatida, que me atrevo a adentrarme en su dolor aún más que nunca antes. Ahora mismo, nada de lo que pueda decir podría empeorar las cosas.

–¿Lo averiguaron por fin? –pregunto con voz muy baja–. ¿Qué fue lo que la mató?

Se queda callado un momento, aparentando no estar seguro de lo que pregunto.

–Ya sabes de lo que murió. Shock anafiláctico.

–Sí –digo–, pero ¿qué fue lo que la picó?

Alfie deja de mirarme y sus ojos se centran en la boca abierta que es la puerta del sótano.

–¿O qué la mordió? ¿Lo sabes?

–¿Eh? Oh. No…

Está de nuevo en otro mundo, caminando en otro plano, igual que cuando me abrió la puerta. En los diez meses desde la muerte de Pippa, esta es la primera vez que hemos hablado del accidente. Sin pensarlo, toco su estómago y él se retrae.

–Lo siento –digo enseguida, levantando las manos–, no quería…

–No pasa nada. No eres tú. Es solo…

–¿Sí?

Duda un segundo y luego responde, seco: «Black Mamba».

–Claro –digo, sin entender.

–Nueve meses –dice él muy bajito.

–¿Perdona?

—Nueve meses después del accidente. Fue cuando empezaron a verlo; es cuando empezaron los sueños. Como si se hubiera estado... gestando todo ese tiempo.

Asiento muy despacio.

—De acuerdo, entonces. Di a las niñas que bajen, y empezaremos.

Alfie

Las observo desde el rincón, calladitas, quietecitas. Julia está sentada con las mellizas en el suelo de la sala de estar. Las niñas tienen las piernas cruzadas, como si estuvieran meditando, mientras que Julia las tiene dobladas bajo el cuerpo. Se inclina hacia delante, escrutándolas con sus ojos. El ventanal está completamente abierto, bañándola en la luz del arcoíris. Por primera vez en la vida, pienso en lo mucho que se parece a Pippa.

—La última vez que estuve aquí me dijisteis que habíais hecho un amigo. Una serpiente.

Black Mamba.

Las niñas sonríen. Cualquier reticencia que tuvieran sobre el tema de su amigo invisible se ha esfumado. Les encanta hablar de él. Si las dejo, no hablarán de otra cosa.

—Se puede convertir en serpiente —aclara Sylvie, curvando los brazos por encima de la cabeza, como una bailarina.

—¿Pero no es una serpiente?

—No.

—¿Es un chico?

—Un hombre.

—Ya veo. —Julia se pasa la mano por el pelo largo y oscuro, a la vez aseado y caótico, y sonríe.

En la vida, ella y su hermana nunca se presentaron como mellizas, al menos no delante de mí. Pippa estaba siempre chisporroteante; iba de cuarto en cuarto, brocha en mano y un millón de cosas en la cabeza; se enfadaba y me gritaba sin razón, luego me besaba con avidez; se reía hasta que los ojos se le llenaban de lágrimas. Julia era todo lo que Pippa no era: equilibrada, sensible, toda nervio e ingenio. Ciertamente atractiva, aunque nunca me sentí atraído hacia ella. Era un libro cerrado. Si le importaba estar soltera, o no tener hijos, o ser la cuidadora de Marian, era demasiado considerada para dejar que lo supiéramos. Nos dejó seguir con nuestras vidas, y nosotros fuimos tan egoístas como para hacer justo eso. Me caía muy bien; apenas la conocía.

–La primera vez que entró en nuestra habitación no sabíamos quién era. Pero ahora es nuestro amigo.

–Queremos que se quede.

–Es mágico.

–Se puede convertir en cualquier cosa que quiera…

Los ojos de Julia se abren mucho, en falso asombro, perfectamente estudiado.

–¿De verdad? Contadme más.

Y ahí está: es el fantasma de Pippa en la cara de Julia y en sus ojos.

–¿De qué otras formas se os ha presentado?

Las niñas se miran, como si se consultaran psíquicamente hasta dónde revelar.

–Bien –dice Cassia al fin–, anoche se convirtió en pájaro.

–¿Un pájaro?

–Sí, uno grande y negro, con plumas suaves, como el abrigo de la abuela.

–Intentábamos dormir –añade Sylvie–, pero no nos dejaba. No paraba de darle con el pico a nuestra cama.

Julia niega con la cabeza.

–Eso no está bien. Necesitáis dormir.

Sylvie levanta la mano para protestar.

–Pero Black Mamba estaba aburrido. Quería llevarnos a volar.

–¿A volar?

Intento no reírme al ver que el escepticismo le tiñe la voz. Es la Julia que conozco, realista, práctica y literal; y el espectro de

Pippa se desvanece brevemente. Cualquier escepticismo que ella mostrara en su vida existía solo porque se le había pegado de mí.

Las chicas siguen sin dejarse disuadir.

—Te lo hemos dicho —dice Sylvie—. No era un pájaro pequeño. Era enorme. Nos sentamos encima de él, y saltó por la ventana.

—Al principio teníamos miedo. Era como…

—¡Como caerse por las escaleras!

—¡Eso! —Cassia se agarra el estómago—. Como si el estómago se me fuera.

—Y entonces ya estábamos fuera, estaba oscuro y hacía frío.

—Pero Black Mamba batió sus alas y volamos por encima del parque.

Julia sonríe. Ha recuperado su compostura. De nuevo deja sitio para Pippa.

—¿Y a dónde fuisteis?

—Por todo Londres. Nos llevó de tejado en tejado.

—Entonces —continúa Cassia, seriamente y con naturalidad—, nos llevó volando hasta la luna.

—Sí, hasta la mismísima luna.

La voz de Sylvie es ahora un chillido. Saca la barbilla como fardando. Salta y hace como que está flotando en el espacio.

Julia silba.

—¿La luna? Qué envidia.

Hace que Sylvie se vuelva a sentar y coge a las dos niñas de las manos.

—Pero tengo que haceros una pregunta: ¿no teníais aún más miedo entonces? No pasa nada si lo teníais. Es normal tener miedo a las alturas. Tener miedo de caerse.

Me inclino hacia delante, en la silla, recordando cómo preguntaba sobre los miedos la última vez, cuando las acostó. «¿No tenéis miedo de él?».

—No, no teníamos miedo —dice Cassia con firmeza.

Julia parece sorprendida un segundo.

Sylvie asiente, de acuerdo con su hermana.

–Para nada.

–Por supuesto que no. –Julia les guiña un ojo–. Sois unas chicas mayores y valientes.

–No teníamos miedo –aclara Cassia–, porque él estaba allí. Siempre nos recogerá si caemos.

Me levanto sin hacer ruido para salir del cuarto. No puedo soportar verlo. Cuando paso a su lado, Julia, la viva imagen de Pippa –al menos hoy, en esta luz–, se inclina y abraza a las niñas. Me siento vacío, de algún modo. Ausente y distante. Como si el fantasma fuera yo.

Entro tropezando en la cocina, cierro los ojos. En la oscuridad, me golpean los recuerdos. Sonidos, aromas, imágenes; la última vez que jugaron a las mentirijillas: Pippa y las niñas, cazando bichos imaginarios en el Peter's Park. Embobadas con sus cuernos y antenas invisibles, sus alas opalescentes. Dejándolos caer en tarros de mermelada vacíos.

El olor de la hierba recién cortada. Un gritito. Confusión.

–¿Es esto aún de mentirijillas?

–No es nada. –Lágrimas resplandecientes.

Luces azules. Dedos azules.

Cuando Julia ha acabado con las niñas, viene a buscarme, cerrando la puerta de la cocina tras ella. Se queda apoyada en ella un momento, respirando profundamente, con las manos extendidas sobre la pintura. Empieza a preocuparme que tenga ansiedad, que las niñas hayan revelado algo horrible, pero entonces se sacude como un gato mojado y se aparta de la puerta.

–¿Has visto a mi madre?

–¿A Marian? –tartamudeo, me ha pillado por sorpresa–. No, no desde que vino con aquellas tartaletas.

–¿Se lo has dicho? Todo esto, lo de Black Mamba.

–Ni una palabra.

Julia se muerde el labio inferior.

–Pues no lo hagas.

–¿Por qué?

Duda, y después se ríe, disipando la tensión.

–Te dirá que las niñas necesitan a Jesús. Tú le dirás que un amigo imaginario ya es suficiente. No veo que vaya a ser productivo.

Hago una mueca de dolor, luego sonrío, ambas cosas en señal de reconocimiento.

–Mis labios están sellados.

Me mira con agradecimiento antes de volver a quedar en silencio.

–Entonces –continúo–, ¿qué piensas? En tu opinión profesional. –Vuelvo a sonreír mientras ella levanta una ceja–. No voy a hacer como Pip. Lo prometo. (Es una broma de la familia.)

Se sienta a la mesa de la cocina y, con un gesto, me indica que haga lo mismo.

–Es como te dije. Muchos niños tienen amigos imaginarios.

–¿Pero se dan cuenta, entonces –pregunto–, de que es imaginario?

–Creo que sí. La mayoría lo hacen. Y la mayoría lo admiten si se les presiona.

–¿Así que solo están fingiendo?

–Es más que probable. Los amigos imaginarios pueden ser una señal de un alto cociente intelectual, ¿sabes? Pensamiento divergente. Creatividad.

–¿Sí?

–Sí. A veces los llamamos miguis.

–¿Los llamamos?

–En la profesión.

Se inclina hacia delante y me agarra de la muñeca. Es un movimiento familiar suyo; íntimo pero distante. Siempre hay algo que le impide cogerme de la mano.

–Casi todos los niños los dejan atrás al crecer. Antes de llegar a la adolescencia.

–¿Casi todos?

Se encoge de hombros.

–Es lo que pasa normalmente.

Retiro la muñeca: un movimiento familiar mío.

–¿Qué tiene todo esto de normal?

Julia frunce el entrecejo. No sabe a qué me refiero.

–¿Por qué es de género masculino? –le pregunto–. ¿No es raro? ¿No debería ser otra chica?

–Es más habitual de lo que te imaginas. Los miguis de los chicos son casi siempre masculinos, pero para las chicas pueden ser de cualquier género. Francamente, lo único que…

Se calla de golpe; frunce el ceño ligeramente. Es performativo y eso casi me molesta, pero aprovecho la ocasión.

–¿Qué?

–Lo único que no es normal es su edad. Normalmente un amigo inventado es de la misma edad que el niño o niña en cuestión, y de la misma altura. Lo que esperarías en un compañero de juego. O a veces son más pequeños o jóvenes. Especialmente para las niñas, pueden incluso actuar como sustituto de un bebé. Una especie de muñeca. Alguien a quien hacer de madres. Pero en este caso, es… bueno…

–No exactamente eso.

–No.

Duda y luego dice, rotundamente:

–Aun así, no veo motivo de preocupación.

–Estupendo, entonces.

–Alfie… –Elige sus palabras con delicadeza–. Tengo que preguntarte algo y, por favor, no quiero que te ofendas.

–Está bien. –Prometo, de manera imposible–. No lo haré.

–¿Por qué te irrita tanto?

Me quedo sin palabras un instante, luego me levanto de la mesa y estiro las piernas. La pregunta es sobre las niñas, me digo. Sobre Black Mamba. No se trata de mí.

–Te lo he dicho antes. Nunca han tenido un amigo de verdad. Siempre han sido autosuficientes. Por eso me molesta. Es como si estuvieran… No lo sé. Como si les faltara algo.

Julia se me queda mirando fijamente.

—Pero, en realidad, sí les falta algo.

—Sí. —Apoyado en el fregadero, me masajeo las sienes. Me invade una sensación de resignación—. Entonces, ¿es eso, un sustituto para Pip?

—Estas cosas raras veces son tan sencillas. Pero puede ser que las esté ayudando, de alguna forma. Una especie de mecanismo de soporte. La primera vez que lo vieron era de noche, ¿verdad?

—Sí. Le tenían miedo. Vinieron arriba y me pidieron dormir en la cama conmigo. Pensé que solo eran pesadillas.

—Quizá lo fueran, al principio —dijo Julia, pensativa—. O quizá siempre ha sido un invento, por culpa de la ansiedad. Una manera de acercarse a ti. Un pretexto para buscar consuelo.

Se levanta de la silla y se desliza a mi lado, junto al fregadero.

—Los niños no viven el luto como nosotros. Su neurología es diferente. No pueden estar tristes durante períodos sostenidos. En ocasiones, cuando están ocupados, cuando están activos, están bien. En otras ocasiones no lo están. La hora de ir a dormir es un punto crítico. Un estresor. Ha oscurecido. Hay más silencio. No tienen tareas, ni estimulaciones. No tienen más que sus pensamientos. Sus sentimientos.

Retrocedo en mi pensamiento hasta las visitas nocturnas de las niñas. Todo lo que dice tiene sentido, pero aquellas visitas parecen distantes. Black Mamba ha cambiado de forma desde entonces.

Como si me leyera la mente, presiona un poco más.

—Sé que parece distinto ahora, por la forma en que lo han acogido. Pero no creo que lo sea, al menos no en la raíz. Ya has oído lo que han dicho: anoche intentaban dormir, pero no podían encontrar la posición. Así que rebajaron los niveles de estrés con un juego de fantasía. Un gran pájaro negro que les ofrecía aventura. Una fuente de endorfinas. Estimulación.

—De acuerdo —digo, con una reticencia que no sé explicar—. ¿Y qué hacemos?

–Hablaré con ellas. Todas las semanas. Dos veces si es necesario. Averiguaré qué es lo que piensan. Lo que sienten. Hay técnicas para reducir el estrés que les puedo enseñar. Plena consciencia. Patrones de respiración. Y la terapia cognitivo-conductual debería ayudarlas a afrontar los sentimientos negativos que el estrés puede disparar. Baja autoestima, ese tipo de cosas.

–¿Y qué hay de mí? ¿Qué hago yo?

Ella sopesa las palabras con cuidado.

–No dejes de ser su padre. Mantén establecida una rutina. Estructura. Usa disciplina si se portan mal. Y... –duda–. Sigue jugando con ellas también.

Mi respiración se agolpa en un suspiro, pesado como todo el mundo.

–No puedo –empiezo, intentando que no se me quiebre la voz–. Sé que dijiste que les lleve la corriente, pero no puedo. Jugar a las mentirijillas era cosa de Pippa. Pippa y las chicas. ¿Te acuerdas? «Cómo se quedaban colgadas del borde de la cama fingiendo volar. Todas esas vocecitas que inventaban. Cómo se tumbaba en el suelo, haciéndose la muerta, y saltaba como un resorte cuando las niñas se acercaban, y gritaba: ¡Os lo habéis creído! ¡Os lo habéis creído...!».

Julia asiente.

–Lo recuerdo. Pero tú te unías también –añade, dulcemente, un momento después–. Yo lo he visto. ¿No lo puedes hacer otra vez? ¿No puedes simplemente... fingir? ¿Como si ella aún estuviera aquí?

Me paso las manos por el pelo, ahora ya casi seco. ¿Cómo puedo contestar a eso? Que ya finjo que aún está aquí cada día, cada vez que entro en una habitación; cada vez que quiero decirle algo; cada vez que necesito oír su voz. Que estar con las niñas, jugando a hacer cosas de mentira, solo me recuerda a la verdad.

–De acuerdo –farfullo–. Te prometo intentarlo.

Julia

De regreso en el vestíbulo, recojo mis cosas. Le he dicho todo lo que puedo decir. El resto no lo entendería, al menos aún no. Paso por delante del lienzo a medio pintar apoyado al lado de la puerta del sótano y me estremezco de nuevo al ver las franjas de pintura oscura, las vetas de rojo ahumado. Mi mirada pasa de la figura masculina a la femenina; examino su cabello sombrío, la curvatura de su nariz. «El parecido no es muy bueno», pienso. No con suficiencia, sino con templanza. Pippa nunca dominó el arte del autorretrato.

Alfie me sorprende al tocarme el brazo.

–Una cosa más –dice.

–Y tanto.

–Eres psicoterapeuta. –No me está juzgando–. ¿Significa eso que puedes entender los sueños?

Me tenso de inmediato; intento no mirar el lienzo.

–¿Sueños?

–Sí –responde–. He estado teniendo una pesadilla. Sobre Pip. La misma, varias veces.

Me relajo ligeramente. «No sabe lo que significa el cuadro».

–¿Son… eh… significan algo? Los sueños recurrentes.

Sé inmediatamente qué diría mamá. De repente aparecen ante mis ojos, como flashes, recuerdos de la niñez: domingos enteros pasados en El Siervo del Señor, analizando los sueños la una de la otra, sopesándolos como piedras preciosas. «Ella no puede saber nada de esto».

–A veces, sí –digo–. Te pueden decir algo sobre ti mismo. Pero no son siempre fáciles de interpretar.

Sin decir una palabra más, Alfie se levanta la camisa y el suéter a la vez, revelando el pecho: amplio y firme, y ligeramente cubierto de pelo rubio. Voy a apartar la vista, avergonzada, pero entonces las veo.

–¡Dios mío! –digo, acercándome–. ¿Qué puñetas…?

Cuatro marcas de arañazos, rojo oscuro, casi morado, surcan su estómago. Las toco, ligeramente, y él da un respingo. Otra vez, me siento aliviada. Fue por eso por lo que se apartó de mí antes.

Alfie se vuelve a bajar la ropa. De repente, también parece avergonzado. Con la cara roja como un adolescente, masculla algo casi inaudible:

—Debo habérmelo hecho mientras dormía… Durante la pesadilla.

Respiro profundamente. ¿Qué debería responder? Que también estoy teniendo pesadillas. Que Pippa también las estaba teniendo antes de morir; que las estaba pintando…

Las palabras se me secan en la garganta, pero Alfie me saca del aprieto continuando:

—Las niñas también están en el sueño…

—No, no están —digo rápidamente, interrumpiéndolo—. Quiero decir que las niñas de tu sueño no son tus hijas. No lo olvides, Alfie. Tus hijas están en la habitación de al lado. Son de carne y hueso. Y te necesitan.

Él duda y luego asiente con rigidez.

—Desde luego —murmura—, de carne y hueso.

Fue papá quien despertó el amor de Pippa por el arte, en las largas noches de invierno que pasaban acurrucados en el sofá, hojeando libros antiguos llenos de grabados y pinturas. Cranach, Holbein, Dürer: todos los viejos maestros alemanes. Obras religiosas, por supuesto, pero también alegorías, del tipo que más tarde la inspirarían; que ella reimaginaría.

Como La Muerte y la Doncella. Aún recuerdo la noche en que papá volvió la página hacia la pintura de Baldung Grien de una chica desnuda, y el esqueleto que la abrazaba, agarrándola del pelo. Que Pippa chilló. Que le arrebató el libro de las manos a papá y lo tiró al suelo con repulsión.

Pintó su versión del cuadro cuando estaba embarazada de las mellizas.

–Enfrentándome con mis demonios –me dijo con una sonrisa, mientras trabajaba en los huesos neón de la Muerte, la piel nacarada de la Doncella.

La composición me perturbaba, y se lo dije.

–El esqueleto y la chica… parecen aún tan íntimos. Sus brazos rodeándola toda. No puedo creer que no lo hayas cambiado. Cuando éramos niñas pensé que el que la tocara te había molestado.

Pippa se me quedó mirando, incrédula.

–No era la manera en que tocaba a la chica –dijo–. Fue darme cuenta… de que el esqueleto estaba dentro de la chica. –Le temblaban las manos al frotarse el vientre–. Y dentro de mí.

CAPÍTULO 5

Alfie

La primavera ha llegado. El mundo sigue girando. Las malas hierbas salen en el patio de atrás y, dentro de casa, el patrón de nuestros días ha ido cambiando lentamente, a medida que tres se han convertido en cuatro de nuevo. Las niñas se despiertan bajo la mirada de Black Mamba, comemos bajo su ojo guardián y está con nosotros en todos los demás momentos.

Esta mañana por un segundo, o medio, casi olvido que no es real.

Es lo primero que ha pasado. Me había despertado, más o menos, de la pesadilla habitual: los cuatro en la Collier Beach; las chicas sujetando globos rojos, Pippa y yo agarrados el uno al otro. Al principio, era como siempre: Sylvie perdía su globo por el viento, así que Pippa le traía la concha rebosante de gusanos de mar. Pero esta vez, cuando Sylvie vio que su hermana se iba flotando y tiró la concha al suelo, transformó el momento en que se rompía: de una concha suave y rosada a una urna negra, y no llena de gusanos, sino de ceniza, como el frasco que nos dieron en el hospital. Y cuando Pippa volvió a llenar otra concha, esta vez parecía saber lo que venía por debajo del agua. Esperó, sonrió y luego algo la atrapó.

Cerré los ojos, incapaz de soportar la visión del mar, tan vasto y vacío. Pero el sueño no acababa ahí. Al contrario, oí otro sonido, junto con el llanto de las gaviotas y el viento. Risas. Abrí mis ojos asombrado al ver a Pippa, sonriendo y vadeando hacia mí, con algas y flores silvestres fluyendo en el pelo.

«¡Te he engañado!», gritaba, dando zancadas triunfales por las olas. «¡Te lo has creído! ¡Te lo has creído!».

Y luego me desperté, cayendo tan rápida y limpiamente en la luz lechosa de la mañana como si nunca hubiera estado dormido. Salté de la cama, como si intentara despojarme de la cáscara del sueño, pero la tensión seguía en el cuerpo. Fui corriendo a la habitación de las mellizas, con una desesperación repentina por verlas y tocarlas, pero sabía que algo iba mal incluso antes de abrir la puerta. Parecía haber ausencia total de sonido, de vida incluso, al otro lado. Al entrar en la habitación sentí inmediatamente el descenso de la temperatura. La ventana estaba abierta de par en par; las cortinas medio abiertas, ondeaban suavemente en la brisa matutina. Miré a la cama. El edredón de las niñas con sus remolinos azules estaba arrugado y tirado en el suelo, y las sábanas habían desaparecido. Las habían sacado de cuajo del colchón, exponiéndolo, pálido y descolorido, como algo que verías en un barco.

Las chicas no estaban.

–¿Sylvie? ¿Cassia?

Sus nombres se me pegaron en la garganta mientras un único pensamiento daba, estúpidamente, vueltas y vueltas en mi cabeza:

«No están en la cama, no están en la cama, no están en la cama». Y luego, otra idea, no deseada, no solicitada. «Están con él. Ha venido en forma de pájaro otra vez. Me las ha robado durante la noche». Eran medio pensamientos, no pensamientos, y me los quité de encima centrándome en los datos. La cama estaba vacía. La casa estaba en silencio. Mis hijas no estaban.

Volví al descansillo y fui corriendo arriba y abajo por la escalera de caracol, abriendo todas las puertas.

–¿Cassia? ¿Sylvie? –dije sus nombres con fuerza esta vez, alto y claro. Entonces oí algo que venía del baño del segundo piso. Sentí un gran alivio. Eran las voces de las mellizas, susurrando a través de la madera.

Abrí la puerta, pestañeando ante la luz nacarada. La ventana del baño es gruesa y con textura, pero el sol sigue entrando a raudales por el vidrio. Me cegó momentáneamente, al rebotar en el espejo del baño, que va del techo al suelo. Atisbé una figura familiar en el reflejo, desaliñada y en pánico. Durante otro medio segundo, había olvidado que el único hombre que vive en esta casa soy yo.

Riendo como locas, chapoteando como náyades, las chicas estaban sentadas en la bañera, medio llena, con las sábanas que faltaban envolviendo sus cuerpos mojados como togas. Avancé y resbalé con el agua que se había acumulado en el suelo de porcelana. Las chicas pararon de chapotear cuando me agarré al lavabo, pero al parecer no pudieron dejar de sonreír.

–¿Qué hacéis aquí? –pregunté–. Me habéis dado un susto de muerte.

Las sonrisas desaparecieron. Pudo ser mi tono de voz. Probablemente fuesen las palabras elegidas. Exhalé profundamente, y todo el cuarto, blanco y reluciente, por fin quedó en mi enfoque. Agarré una toalla de la palangana y me agaché para recoger el agua. Al descender a la altura de las niñas, mis ojos dieron con los de Cassia. Fríos, transparentes, sin pestañear. Bajé la cabeza de forma abrupta y presioné la toalla contra el suelo con las puntas de los dedos.

(Otra vez estaba siendo ridículo; no había razón para ponerse nervioso. Sé que vio lo que pasó en el baño hace todos esos años. Pero siempre ha dicho que no lo recuerda.)

Dejando la toalla para que se empapase, me levanté la manga y metí el codo en la bañera. El agua estaba caliente; como recién llenada. Respiré hondo.

–Lo siento –dije–. No quería gritar. Estaba preocupado, eso es todo. ¿Qué hacéis aquí? ¿Y por qué tenéis la mitad de la cama dentro de la bañera?

Se lanzaron una mirada.

–Intentábamos dormir –dijo Cassia–, pero Black Mamba no nos dejaba.

–Oíamos su voz en las paredes, amortiguada y extraña.

–Estaba en las cañerías…

Asentí. Las he oído gorgotear, especialmente por la noche. A veces, también oigo un traqueteo extraño. La casa hace todo tipo de sonidos que no hacía cuando Pippa vivía.

—Venga —dije, ofreciéndoles una toalla—. Afuera vais.

—Nos dijo que viniéramos aquí —insistió Sylvie—. Al cuarto de baño.

—Abrimos el grifo y enseguida salió.

—Se había convertido en pez. Un pez negro, con aletas duras y brillantes.

Envolví a las niñas, juntas, en los pliegues de la toalla, y les sequé el pelo y la piel. Quizá fui un poco brusco, con la adrenalina aún pulsante en la sangre, pero no parecieron darse cuenta. Continuaron hablando al mismo tiempo, todo sonrisas de nuevo, y sin aliento de tanta excitación, atropellándose las palabras la una a la otra.

—Nos dijo que cogiéramos las sábanas y las pusiéramos en el baño para hacer una balsa —dijo Cassia—. Le atamos la sábana a la cola, nos sentamos encima y tiró de nosotras bajándonos por el desagüe.

—¡Fue muy divertido! —dijo Sylvie.

Me centré en la tarea que me ocupaba, secar a mis dos hijas.

—Entonces estábamos debajo del agua —dijo Cassia—, así que teníamos que aguantar la respiración.

—La cañería nos llevó hasta el mar. Fue increíble.

—Vimos salir el sol, muy por encima de nosotras, a través del agua.

—Fue increíble. Había criaturas marinas todo a nuestro alrededor. Delfines y langostas, y tortugas y…

—Está bien, está bien —salté. No lo pude evitar; o si podía, me dije que no podía. Que al final viene a ser lo mismo—. Me hago a la idea. —Saqué la ropa de cama de la bañera—. Tendré que poner una lavadora. Otra. Sois conscientes de eso, ¿verdad?

Sylvie, a quien había interrumpido, se me quedó mirando, medio escarmentada, medio incrédula.

—¿Estás enfadado? —preguntó en voz baja.

Inspiré de nuevo, más profundamente aún, y le besé la tersa mejilla.

—No —dije—. Por supuesto que no. No con vosotras. Ni lo más mínimo. Eso jamás.

Recogí toda la ropa de cama empapada y la llevé a la lavadora. No sé por qué me afectó tanto; las sábanas se lavan con facilidad y los jeroglíficos del botón ya no eran un enigma. Aun así, era otro trabajo que necesitaba hacer. O rehacer. Y me sentía culpable por echar de menos a su madre.

Cassia no recuerda lo que vio esa noche. Sé que no lo recuerda. Solo tenía tres años. ¿Por qué me lo cuestiono entonces?

Pero sí conoce la historia; ambas la conocen. Se la contamos tantas veces.

Era tarde, casi la una de la madrugada, y Pippa acababa de llegar a casa de una noche de copas con sus amigas. Las niñas estaban durmiendo profundamente en su cama, abrazadas la una a la otra, y Pippa intentaba no hacer ruido. Pero, con la borrachera, lo estaba haciendo estupendamente mal.

Me desperté con el sonido de su discreción chapucera. El clamor del cuarto de baño, en el centro de nuestra casa, era el eco que se transmitía por toda la escalera, que además cobraba vida con el claqueteo de los tacones; el ruido de botellas de champú cayendo; susurros de «mierda» y «Dios», y de «chitón» dirigidos a sí misma; luego risitas. Y yo pensé «por el amor de Dios, Pip, no despiertes a las niñas», y luego la oí eructar y mandarse callar de nuevo, con más insistencia esta vez, y reprimiendo la risa, y pensé, «te quiero, te quiero, te quiero».

Luego oí otro estruendo, el sonido de algo pesado cayendo al suelo, y luego silencio.

En un instante, fui de estar en el fondo de un océano a intentar respirar sobre las olas. Salté de la cama y bajé por las escaleras hasta el baño. Desvistiéndose, Pippa había dado un traspiés y se había golpeado la cabeza contra el espejo. Una raya roja brillaba en la superficie; su cuerpo, estirado en el suelo, estaba totalmente quieto. Si hubiera tenido los ojos cerrados, igual habría tenido más calma. Pero los tenía abiertos, con la mirada fija, como un pescado en el mostrador de una pescadería, en un lecho de hielo picado. Y aunque Sylvie, por algún tipo de milagro, había dormido todo ese tiempo, Cassia se despertó con mis gritos.

–¿Está bien mamá?

De pie, sin fuerzas, junto a la puerta del baño, como si fuera media persona, se mordía el cabello y miraba fijamente a su destrozada madre mientras yo intentaba que no se me cayera el teléfono de la temblorosa mano; mientras intentaba, frenético, seguir las instrucciones de la operadora.

–Estará bien –creo que dije. Y, afortunadamente, así era. Para cuando llegó la ambulancia, estaba consciente y sentada, y después de una noche en el hospital, como precaución, al día siguiente volvía a estar con nosotros. Pippa no recordaba nada. El trauma de aquella noche me pertenecía solo a mí.

–No dejo de sentirlo –le dije en cama unos días después–. El miedo de que podía perderte…

Pippa colocó su mano sobre la mía y su boca en la hélice de mi oído.

–Es algo bueno sobre los rayos –susurró–. Nunca caen dos veces en el mismo sitio.

Me colgué ese cliché al cuello y lo llevé como un amuleto. Y, como un amuleto, al final no nos salvó de nada.

Un relámpago. Remuevo nuestra cena y lo veo por la ventana de la cocina, partiendo el cielo como una vena. Se ha estado formando una tormenta toda la tarde; han aparecido nubes oscuras en el aire sobre la Hart House al mediodía, y pronto han seguido unos chubascos.

Después de esta mañana, quería una copa, pero el mal tiempo me ha servido de estímulo. He observado cómo se formaba en el aire húmedo mientras volvía a hacer las camas de las niñas, y me ha hecho sonreír. Me ha dado la fuerza para guardar las latas y las comidas preparadas y saquear el cajón de las verduras y la despensa; para hacer el tipo de comida que el antiguo yo prepararía. Algo que pudiéramos comer, en el comedor, juntos.

Luego, las chicas me confrontan con la última petición de Black Mamba, y lamento haber hecho el esfuerzo.

–¿Una silla en la mesa? –Me masajeo las sienes y vuelvo a remover el estofado.

Por favor, papi –dicen–. Ay, porfi, porfi, porfi. Quiere estar con nosotras.

«Nosotras» no me incluye a mí, claro, así que aceptar me cuesta bastante, y sonreír es una fuente de dolor físico literal. Escuchar sus aventuras nocturnas es ya bastante fuerte; pero jamás me he sentido más excluido que cuanto estamos todos juntos.

El comedor es uno de los únicos tres espacios de la Hart House sin ventanas. Los otros dos son el desván y el sótano. La mesa del comedor es larga, pero la sala misma parece un poco pequeña. Las paredes tienen paneles de nogal y las luces no tienen regulador de intensidad, de modo que las sombras siempre están en un lugar fijo. Pongo el mantel individual, plato, servilleta, cuchillo, tenedor, cuchara y vaso de Black Mamba sin rechistar.

–¿No quiere comida?

–Ah, no –dice Cassia–. Él traerá la suya.

–No la verás –añade Sylvie–, porque él no quiere.

–Ah.

Sirvo porciones de boniato grandes y humeantes, en los platos de las chicas y en el mío, pero dejo vacío el de Black Mamba. Tengo el pulso firme, pero aun así el cucharón tintinea contra el borde del plato. Pedir una tartaleta de mermelada era una cosa. Al menos, podía comprender esa petición, y justificar el consentirla. «No es para él», pensé, «es para las chicas». Pero pedir un plato vacío es peor, de algún modo, que querer algo real.

Una silla en nuestra mesa: nuestra mesa. Está haciendo que se sienta su presencia.

–Black Mamba quiere la pimienta.

Asiento y paso el tarrito plateado a la palma abierta de Cassia. En silencio, espolvorea el plato del invitado.

Sylvie se sirve una cucharada de zanahoria picada.

–Ahora quiere la sal.

Desde el día que aprendieron a hablar, las chicas han sido dadas a la ventriloquía. Aunque, hasta ahora, solo para los pensamientos de la otra. Pippa y yo lo aceptamos. A Marian le parecía fascinante. Solo Julia parecía, ocasionalmente, desconcertada. Recuerdo que se molestó, al menos una vez, cuando las niñas eran más pequeñas, cuando le hizo a Cassia un chorro de preguntas solo para ver que Sylvie era quien las iba respondiendo, una por una.

«Ella quiere esto. Ella quiere lo otro».

«Piensa esto. Piensa lo otro».

–No te estaba preguntando a ti, Señorita Bocazas –dijo Julia, sacándole la lengua–. Deja que Cassia hable por sí misma.

Pero Cassia solo sonrió con serenidad y luego le sacó la lengua, como si fuera el apéndice de una marioneta.

–Sylvie piensa que eres muy maleducada –dijo.

¿Y ahora? Como artistas que han pasado años mejorando su oficio, las chicas hacen de ventrílocuas de los pensamientos y los deseos de él, con la misma autoridad.

«Black Mamba quiere esto. Black Mamba quiere lo otro».

«Black Mamba piensa esto. Black Mamba piensa aquello».

–Parece exigente.

Es lo que Julia les había dicho la última vez que estuvo aquí. Lo hizo de una forma más desapasionada de como lo habría hecho yo. Las visitas de Julia no han ayudado mucho. O supongo que debería decir no me han ayudado a mí. Al menos todavía no. Me dice que tengo que ser paciente.

–Necesitamos tenerlo contento. –Esa fue la respuesta de Cassia.

–Para que no se vaya –añadió Sylvie.

–¿Debería seguirles el rollo? –le susurré a Julia.

Ella asintió.

–Creo que es lo mejor. Al menos por ahora. Veamos adónde nos lleva.

Sylvie da golpecitos al salero dentro del cuenco del plato. Entonces salta, cuando un trueno resuena de repente sobre nuestras cabezas, y lo deja caer. Cae sobre el mantel con un sonido sordo.

–¿Qué ha sido eso?

Juego un poco con la comida del plato, dejando salir algo de vapor.

–Es solo una tormenta.

Los ojos de Sylvie y Cassia giran hacia arriba, como si un imán tirara de ellos desde el techo. Si esperan que las luces parpadeen o tiemblen dentro de sus soportes, no lo hacen. Ni tampoco cae polvo sobre el mantel. Un minuto después, el trueno vuelve a empezar a sonar, más fuerte esta vez, más cercano.

–Suena tan cerquita –dice Sylvie, con los ojos como platos. La cojo de la mano y se la aprieto.

–Black Mamba dice que no es una tormenta –susurra Cassia–. Dice que son personas. Personas, moviéndose por arriba…

Me estremezco y suelto la mano de Sylvie para secarme la frente. El trueno vuelve a rugir. Sé instintivamente cómo habría descrito Pippa el sonido si estuviera aquí: pesadas camas y armarios, arrastrados por ángeles, en su alcoba celestial.

Pero no está aquí. Su silla en la mesa está pillada.

–Definitivamente, es una tormenta, Cass –digo, tan cuidadosamente como puedo.

También quiero darle un apretón de mano de consuelo, pero las ha escondido debajo de la mesa. Y mi comida se está enfriando.

–Te lo prometo –digo, hablando con la boca llena–. No hay de qué tener miedo.

Sylvie asiente, no muy convencida. Pero entonces, después de pensar un momento, deja sus cubiertos, con la cara como la ceniza.

Las mellizas se niegan a comer un bocado más. Al menos, a Black Mamba le ha gustado la cena.

Una vez acostadas las niñas, me tomo esa copa. Y después otra. Y me llevo la botella arriba conmigo, donde me tumbo solo en nuestra habitación –mi habitación– durante lo que parecen ser horas, mirando al techo. La lluvia cae sobre la claraboya. Tiene la persiana corrida, y los destellos de relámpago iluminan los bordes de la tela. Debería ver cómo están las niñas, ya que los truenos cada vez suenan más y los relámpagos son cada vez más intensos, pero no me muevo. Me quedo donde estoy hasta que, finalmente, empiezo a quedarme dormido, sin esfuerzo. Lo último que veo, o creo que veo, antes de que me trague la oscuridad, es algo sombrío que se mueve por arriba, casi tocando el techo, que se desliza sin hacer ruido alrededor del borde de la claraboya, como un halcón en un inquietante vuelo mecánico.

Cuando despierto, con la luz del sol filtrándose sin cesar a través de la claraboya cubierta, siento la familiar punzada de la culpa. Dejé a las niñas solas, toda la noche. Si me hubieran necesitado, yo habría estado fuera de combate. Me entrego a la sensación y las imagino juntas acurrucadas bajo el edredón, mientras la tormenta arrecia a su alrededor. Pero entonces, por el rabillo del ojo, noto que el pomo de la puerta empieza a moverse. La puerta se abre, solo dos dedos, con un leve crujido, pero no entra nadie. Alguien me vigila.

Doy un gruñido fuerte y ostentoso.

–Demasiado temprano –gimo, y las mellizas se ríen al entrar.

Chillando, se meten bajo el edredón y empiezan a hacerme cosquillas. Haga lo que haga, por mucho que las descuide, su encanto siempre parece volver a la mañana siguiente, sin merma alguna, floreciendo como la mala hierba del patio, sin nutrirse de mí, sino de la llegada de la primavera.

–¿Por qué estás aún acostado? –pregunta Sylvie–. Estábamos preocupadas. No sabíamos dónde estabas.

Los papeles que representamos ayer se han invertido, como si fuéramos actores intercambiando máscaras de papel.

–Lo siento. Es solo… que estoy gruñón esta mañana.

–Teníamos miedo –dijo Sylvie–. Pensamos que podrías haberte ido.

–¿Irme? –Arrugo la nariz como si la idea fuera absurda–. ¿A dónde iba a irme?

Sylvie se encoge de hombros, tímidamente.

–¿Con los otros? –sugiere.

–¿Los otros?

Sylvie le echa una mirada a su hermana.

–Ya sabes –continúa–, la gente que oímos ayer, moviéndose por arriba.

Las estrecho a ambas en un abrazo.

–Aquello solo era una tormenta –les recuerdo.

–Ah, sí –murmura Cassia–. La tormenta. La oímos toda la noche, ¿tú no?

–No. Me lo he perdido. ¿Ha sido muy fuerte?

–¿Fuerte? ¡Ha sido ensordecedora! –dice Sylvie, chillándome al oído para imitar su potencia.

–Pero fuisteis unas valientes, ¿verdad?

–Por supuesto –dice Cassia–. Teníamos a Black Mamba.

Sabía lo que venía, por eso estoy razonablemente preparado. Pero no lo estaba para las siguientes palabras:

–Estaba en nuestra cama.

Antes de que pueda reaccionar, Sylvie levanta las manos hacia arriba mostrando acuerdo.

–¡Sí, sí! –grita encantada–. En la cama. Se subió tan pronto se hizo de noche, y nos rodeó con sus brazos.

–Sentimos latir su corazón y la respiración de su cuerpo.

–Hizo que la tormenta se fuera. Hizo que los truenos se fueran apagando, hasta que lo único que oíamos era su latido. Bum-bum, bum-bum, bum-bum.

Me agarro más fuerte a las niñas, hasta que sus cabezas están contra mi pecho. Hasta que no pueden ver mi cara.

–Debisteis venir aquí si teníais miedo –les digo.

–Pero es que no lo teníamos –contestan.

CAPÍTULO 6

Julia

Papá nunca nos explicó lo que estaba haciendo; simplemente se puso a trabajar en silencio una tarde, poco después de que nos mudáramos a la Hart House, fotografiando las habitaciones. Ni a nosotras, ni a mamá, solo las habitaciones. En blanco, bostezando, vacías. No lo entendíamos. Apenas habíamos desembalado nuestras pertenencias y estaba todo por limpiar, o por retocar. Cuando llegamos, la Hart House había estado desocupada un montón de tiempo y estaba ruinosa. A nuestro alrededor se agolpaban los muebles abandonados, cubiertos con mugrientas sábanas blancas y de capas de polvo, al tiempo que la pintura de las paredes y el techo se estaba descascarillando. Y esas eran las que habían sobrevivido a los daños del incendio; las que no estaban ennegrecidas y carbonizadas.

La inmobiliaria Susan Harris Estates lo había adquirido por un precio irrisorio.

–Necesita amor y cuidado –nos había advertido mi tía con una sonrisa radiante.

Mamá nos puso a trabajar, pero papá no parecía tener ninguna prisa. Él tenía otras prioridades. Desde nuestra primera semana en la Hart House, estuvo buscando algo. Algo que podía estar en el mismo aire, al parecer, invisible al ojo desnudo. Clic. Clic. Clic.

Ahora estoy siguiendo sus pasos. Ahora yo también estoy buscando, en mis conversaciones con las niñas, algo que acecha en esta casa. Algo oculto.

–¿No es extraño? –pregunta Alfie–. «Estaba en la cama de ellas».

–Como un oso.

–¿Qué?

–Me dijeron que fue hasta ellas como un oso, un gran oso negro. No es nada por que preocuparse. Solo se han abrazado a él hasta dormirse.

–Vaya, qué conmovedor.

Mientras dibujan, las niñas parecen cansadas, y no creo que sea cosa de las clases. Solo hablar con Alfie también me ha dejado a mí cansada. No ve el efecto que tiene sobre ellas. Creo que es eso lo que más me preocupa.

Sylvie está dibujando a Black Mamba en forma de oso, mientras Cassia lo dibuja en forma de pez. Las observo sombrear y difuminar y, después, soplar en el papel. Sus movimientos son exactamente los mismos, igual que todos los gorriones picotean y mueven la cabeza de forma idéntica, en arcos y parábolas que parecen programados. Admiro el suave movimiento de las muñecas de las niñas al rotar los lápices, presionando levemente sobre la página.

De vez en cuando, rompo el silencio.

–¿Os gusta ser mellizas?

Sé qué van a responder antes de que asientan.

–A mí también me gustaba.

Los lápices de las niñas se detienen abruptamente, pero en perfecto unísono. Sobre el papel caen aleatoriamente motitas de grafito. Miro a las niñas atentamente.

–¿Qué ha pasado?

Se miran entre ellas.

–¿Por qué papá no tiene un mellizo?

Sylvie pronuncia cada palabra con cuidado, como si estuviera oyendo la respuesta que otra persona le está apuntando, muy adentro de la caverna de su mente, y ella simplemente la repitiera.

–Bueno –digo–, los mellizos son cosa de nuestra familia.

Parece desconcertada.

–Pero papá es de nuestra familia.

–No –digo, y entonces me corrijo–. Quiero decir que sí, por supuesto que lo es. Pero no es de... mi lado de la familia.

Trago saliva. Me parece extraño no decir «nuestra».

–Harris –susurra Cassia–. Es verdad.

Pippa y Alfie no se casaron, así que ella mantuvo su nombre de soltera, y se lo puso también a las mellizas. Éramos Sylvie Harris, Cassia Harris, Pippa Harris, Julia Harris y Marian Harris.

Y Alfie Marvell.

–Una cosa son los gemelos y otra los mellizos. Lo sabéis, ¿verdad?

En la punta de la lengua ya se me columpian las palabras dizigótico y monocigótico. No soy fan de tratar a los niños con condescendencia, por lo general. Pero soy consciente de que dicha filosofía puede llevarse a extremos.

–Los hermanos mellizos nacen al mismo tiempo, pero son diferentes. Y los hermanos gemelos siempre son iguales.

–Como nosotras.

–Sí –digo, y luego me corrijo–. Quiero decir, no. Vosotras os parecéis mucho. Sois muy similares. Pero no sois idénticas.

Es una cosa que siempre se me olvida; y, por lo que se ve, a ellas también. Su vínculo ha sido tan fuerte desde el nacimiento que es fácil equivocarse. Y mamá tuvo que ver en la confusión. Esta mañana, las niñas llevan los vestidos de lunares que les compró el año pasado para su cumpleaños; tela blanco puro, moteada de círculos y medios círculos; puntos brillantes de colores primarios, como si fueran batas de hospital infantiles. Cuando las mellizas eran muy pequeñas, siempre les estaba comprando la misma ropa y peinándolas con trenzas y moñitos idénticos. Igual que manipulaba, en el suelo de esta misma habitación, el cuerpo de Pippa y el mío hasta que estaban idénticos, hace tantísimos años.

–Tenía que hacerlo –insistía mamá cuando Pippa le preguntaba que por qué les había comprado a las mellizas el mismo clip para el pelo, o las sandalias, o un juguete–. No se debe tener una favorita.

A este respecto, trataba a sus nietas tal como había tratado a sus propias hijas. Si mamá tenía una favorita de entre Pippa y yo, nunca lo demostró. Ninguna de nosotras tenía licencia para escapar de su amor.

–¿Cómo sabes que no lo somos? –insta Sylvie.

–¿No sois qué?

–Idénticas.

–Porque… –Hago una pausa, buscando las palabras adecuadas–. Lo de ser gemelos no es hereditario. Los gemelos idénticos… son un accidente. Vienen de un solo óvulo que se ha partido en la barriga de la mamá para formar dos personitas. Es un hecho fortuito que sucede una vez de uvas a peras. Pero los mellizos, los no idénticos, vienen de dos óvulos separados de mamás que tienen…, bueno, un montón de óvulos.

«Hiperovulación» suena mejor, pero, claro, no hay necesidad de impresionarlas. No son clientas.

–¿Y la abuela tiene algún mellizo? –pregunta Cassia.

–No. Pero su padre sí. –Lo sabrían, pienso, si mamá enseñara fotos de familia, cualquier foto, de hecho–. Y la madre de este. Y la madre de aquella abuela.

Cassia asiente, y entonces ambas vuelven a ponerse a dibujar, como si ya les hubiera dicho todo lo que necesitan saber. Las mellizas siempre han tenido esa capa de confianza, ese aire de sabiduría y precisión. Les viene de la forma en que se reflejan la una en la otra; no de la machacona insistencia de su abuela, sino de la propia voluntad de ambas. Hay poder en los números.

Me siento con Alfie en la cocina y le muestro los dibujos. Black Mamba el oso está de pie sobre las patas traseras y volviéndose, con sus peludos miembros superiores levantados. Podría estar bailando. Podría estar a punto de atacar.

–El oso es solo otro signo de regresión –digo–. Normal en los peques en duelo. Las mellizas imaginan que viene por la noche, cuando les cuesta tranquilizarse. Él es grande y fuerte, y su pelaje es cálido. Les ofrece confort. Protección.

Las manos de Alfie tiemblan mientras pasan al siguiente dibujo. La desconexión entre sus manos –su amplitud y su fuerza– y el movimiento tembloroso me chocan.

–¿Y el pez?

Tiene escamas negras y sólidas; aletas plateadas y efímeras; una chispa de oro en la bola del ojo.

–Sí. Tengo una teoría sobre eso. Creo que igual se han meado en la cama. O, al menos, una de ellas.

Alfie levanta rápidamente la vista del dibujo.

–Escúchame bien. Se despertaron y las sábanas estaban empapadas. Así que Black Mamba les dijo que las metieran en la bañera. Es solo una hipótesis. Pero tiene sentido. Tienen siete años. Probablemente entraron en pánico, muy avergonzadas...

–¿Avergonzadas?

–Sí –digo–. Les daría miedo decirte...

–¿Miedo?

–Sí. Ya te lo he dicho antes: no es extraño que las niñas se sientan agitadas, inestables. No es nada que tú hayas hecho. No es culpa tuya.

No parece creerme. No estoy segura de que yo lo hiciera, si estuviera en su lugar.

–Están retrocediendo, aferrándose a lo que pueden. A cualquier cosa que las mantenga estables. –Dudo–. Se aferran la una a la otra.

–¿Qué quieres decir?

Alargo el brazo para coger otra hoja de papel limpia, y le hago un dibujo: dos círculos grandes, con una intersección como en un diagrama de Venn. Las líneas son indecisas, falta de práctica, pero la intención está clara.

–Tengo otra idea –digo–, una nueva perspectiva para ti.

En el círculo izquierdo escribo el nombre de Sylvie; en el otro, el de Cassia. Luego, en la intersección, escribo: black mamba.

Alfie pasa un dedo por la zona de la superposición, el espacio entre sus niñas. Parpadea, pero no dice nada.

93

–Creo que él es eso –digo–. Al menos hasta cierto punto. Una manifestación del vínculo entre mellizas. O un instrumento que las compromete entre ellas con mayor profundidad. Para darles ese sentido de conexión. De estabilidad… –Tengo que parar, ir con cuidado–. Ya sabes…, a veces…

–¿Sí?

Dejo el lápiz sobre el papel.

–A veces los padres de mellizas intentan serlo para cada una individualmente. Les encantan las mellizas, pero por algún motivo no les gusta tanto ese vínculo.

–A mí nunca me ha disgustado –dice Alfie.

Sus ojos se abren con sorpresa. Está diciendo la verdad. O, al menos, eso creo yo.

–¿Nunca te has sentido… excluido? ¿Ni una vez, de algún modo? ¿Incluso cuando vivía Pippa? Porque, ¿sabes? No es raro que los padres, en particular, se sientan desplazados.

Alfie frunce el ceño.

–No puedo decir que no fuera irritante, a veces. Esa manera que tenían de retarnos, construyendo una especie de muro. Pero nos las arreglamos. Pip y yo, juntos. Ya sabes cómo éramos. Fuertes, tan fuertes.

–Hum.

–No. –Suspira, escondiendo la cabeza entre las palmas de las manos–. No es esa la raíz del problema. Sé que no lo es. Hay algo más. Algo que no viene de las niñas. Hay algo… externo. Algo que determina su comportamiento. Lo noto.

Asiento, pero solo de forma mecánica. Estoy acostumbrada a este patrón. Irritabilidad y frustración inmensas cuando llego, colapso hasta el desaliento y desesperación antes de irme. Pero entonces Alfie se agarra del pelo arenoso y mueve la cabeza, como si intentara desatascar algo, agua en el oído, quizá. Cuando levanta la mirada, me doy cuenta de que tiene los ojos inyectados en sangre.

–En esta casa están pasando cosas –susurra–. Cosas que no puedo explicar.

—¿Qué cosas?

—Ruidos. Un cascabeleo por la noche.

—¿Cascabeleo...? —repito, confundida, intentando ser racional.

Alfie parece agotado; parece que no ha dormido bien ni una noche durante semanas. Y, al entrar en la cocina, me he fijado en los envases vacíos acumulados alrededor del cubo de basura.

Está imaginándose cosas; no hay otra explicación. Y veo patrones que no existen.

—Lo oí anoche —susurra—. Lo he oído unas cuantas noches. Y por la mañana... faltan cosas.

—¿Qué tipo de cosas?

—Cosas sin importancia. Comida. Cereales, ese tipo de cosas. Créeme, no son solo cosas de las niñas. Hay algo más que...

Me reclino en la silla. No salen palabras, ni espero que me salgan, la verdad. Tiene razón, por supuesto. Alguna otra cosa está influyendo en las niñas. Las está angustiando. Incluso dañándolas.

«Él».

*

El trabajo ya no es una distracción; al contrario: en el trabajo estoy distraída.

Mi despacho es grande, y está pintado de un suave azul mar, el cual los ensayos controlados y aleatorizados han demostrado que puede bajar la tensión sanguínea, reducir la frecuencia cardíaca y mejorar el estado de ánimo. En las paredes hay cuadros de veleros: láminas coloridas con aire infantil. Las ventanas son anchas; los sofás, mullidos. Todo en esta habitación está perfectamente diseñado para que mis clientes se relajen, para que se abran. Todo, excepto yo misma, claro. Mi cita de las dos acaba de empezar, pero ya estoy mirando el reloj y pensando en las niñas, a quienes voy a recoger de la escuela esta tarde para llevarlas a la Hart House para... ¿Qué será? ¿Nuestra sexta charla? ¿La séptima? También pienso en Alfie, esperándonos. Y en lo que las chicas podrían decir.

Me tiro de la manga y lucho por estar en el momento, por centrarme en mis clientes. Simon y Ralf: la pareja a quienes les cuesta decidir si quieren niños o no. O, para ser exactos, les cuesta ponerse de acuerdo. Ralf los quiere. Simon no. Y el conflicto los está separando.

Esta mañana, Ralf está sentado, con un jersey de punto desigual, con su cuerpo posicionado hacia Simon y, cada vez que le hago una pregunta a Ralf, él mira a Simon fijamente mientras responde. «Porque Simon es el problema». Ese es el subtexto. «Simon es la razón por la que están aquí».

–Él dice que no somos una familia –me informa Ralf.

Diría yo, por el acento, que es de origen alemán; su voz tiene solo un ligero acento.

–Dice que solo somos… dos individuos.

–Y él cree –dice Simon– que eso significa que no estoy comprometido. Cuando sabe que sí lo estoy.

Es como si cada uno hiciese de ventrílocuo con los pensamientos y sentimientos del otro, pienso, no por primera vez, con la misma autoridad que lo hacen las mellizas. El paralelismo me perturba. ¿Estoy obsesionada? ¿O hay realmente una equivalencia? ¿Una intimidad con alguien que es, como mínimo superficialmente, tu espejo?

Simon se ajusta el cuello de la camisa, almidonada, abotonada hasta arriba, y mira de frente a Ralf.

–Si tuviéramos hijos, ¿qué apellido les podríamos? –pregunta–, ¿el tuyo o el mío?

Entorno los ojos. Han discutido mucho sobre este tipo de cosas. Trivialidades, para evitar temas mucho más grandes.

–¿Qué hay en un apellido? –bromea Ralf–. Eso no importa.

–Sí que importa –dice Simon, educadamente, pero con convicción–. Una familia debe tener un apellido. Y nosotros no estamos casados.

–Bien –me meto, con cuidado de mantener el tono neutro, porque quiero dejar claro que es una pregunta, no un consejo–. ¿Por qué no os podríais casar?

Se hace un silencio y Ralf se mueve incómodo en el asiento.

–Podríamos. Pero yo no me pienso cambiar el apellido –dice al fin.

–¿Ves lo que quiero decir? –El tono de Simon contiene solo un pelín de triunfo. En su mayor parte, está lleno de tristeza.

–La verdad, no –digo lo que siento es la verdad–. Muchas mujeres sienten eso mismo hoy día. Y muchas familias tienen más de un apellido. ¿Por qué no podría tenerlos la vuestra?

–Porque –dice Simon– no se trata de las palabras; es lo que significan. Somos dos personas. Dos hombres que se aman, sí. Pero no somos una sola carne.

La frase me pilla desprevenida. Quizá sea la forma en que me criaron, pero para mí tiene tintes religiosos, moralistas. Al parecer, no es lo que él quiere decir.

–No hay nada de malo en eso –continúa Simon–. En absoluto. Pero es quienes somos. No tiene sentido fingir otra cosa…

Necesito hablar con Simon solamente, creo, para llegar a la raíz de esto. Pero antes de que pueda anotar ese pensamiento, el lápiz se me afloja en la mano. De nuevo pienso en las niñas, esas niñas sin madre; y en la muerte de mi propio padre. ¿No quieren todos los niños tener dos figuras paternas? Cruzo los dedos, preguntándome sombríamente si las niñas se sentirán a gusto alguna vez con su nueva vida, solas en la Hart House con Alfie.

«Y Black Mamba».

Ralf vuelve a usar tono de burla.

–¿Qué quieres decir? ¿Qué los niños necesitan un progenitor de cada sexo? ¿Un papi y una mami? –Se vuelve hacia mí, negando con la cabeza, incrédulo–. ¿Es eso lo que piensas, Julia?

Normalmente, evito las preguntas de los clientes, pero esta la abordo de cabeza.

–Claro que no –digo, con toda la firmeza que me es posible–. Los niños no necesitan una figura materna específicamente. O paterna. –Sin pensar, me levanto la manga de nuevo para ver el reloj–. Solo necesitan buenos progenitores.

–¿Dónde está Black Mamba? ¿Dónde está ahora mismo?

Las mellizas sonríen, aunque parecen una pizca sorprendidas; raras veces soy tan directa. Tan pronto como las traje a casa, se han quitado el uniforme para ponerse los pantalones de peto, y cada una se ha puesto un lazo en el pelo; de seda azul a conjunto; regalo, como siempre, de mi madre. Hubo un tiempo en que el pelo rubio de las niñas se hacía aún más claro cada primavera y verano hasta que centelleaba a la luz. Pero, en los últimos años, se ha ido apagando con cada equinoccio, y cada vez se parecen más a su madre. El único rasgo que las vincula con su padre pronto se habrá esfumado.

–Está aquí –dice Cassia.

–¿Dónde? ¿En esta sala?

–Sí.

Echo un vistazo por el salón, al ventanal abierto y las manchas cálidas de la moqueta donde cae la luz del sol. Es bastante tarde, pero el sol aún pega fuerte. Las noches están menguando. Me estoy quedando dormida y despertándome cuando aún hay luz, y todos los días se me están juntando en un todo borroso.

–¿Podéis ser más específicas?

Sylvie sonríe.

–Está sentado a tu lado.

Miro, incómoda, a la silla vacía.

–Bien –digo con firmeza–. ¿Y qué forma tiene?

Sylvie se vuelve hacia su hermana.

–Es un lobo –contesta.

–Ay, madre –murmuro–, apuesto a que tiene hambre. A todos los lobos les entra hambre.

Cassia me observa atentamente, pero asiente rígidamente.

–Vuestro padre me ha dicho ya unas cuantas veces que falta comida. Cereales. Dice que nunca hay suficiente por las mañanas. Me preguntaba si Black Mamba se los habría comido. ¿Es eso lo que ha pasado?

Las chicas se han quedado calladas ahora, y muy quietas.

–No pasa nada –digo–. Me lo podéis decir. ¿Sylvie?

La nombro a ella precisamente porque está empezando a mostrar nerviosismo.

–¿Sylvie? –vuelvo a decir y, lentamente, asiente–. ¿Y cuándo se lo come, Sylvie? Esto es muy importante. ¿A qué hora del día se come Black Mamba los cereales?

De nuevo se vuelve hacia su hermana. No dicen nada; simplemente se miran a los ojos. Pero cuando Sylvie responde, ha reencontrado el aplomo.

–Por la noche –dice rotundamente.

–¿Por la noche?

–Sí, cuando anochece. Cuando papá se ha ido a la cama.

Me inclino y le aprieto la mano para darle ánimos.

–¿Y papá se despierta si lo tocáis? ¿O duerme demasiado profundamente?

Ahora nada. Silencio. He ido demasiado lejos. Son leales a su padre, por instinto, si no es por elección consciente. Pero no necesito la respuesta. He olido el alcohol en su aliento cuando abre la puerta, y hace al menos una semana que sospecho que se queda inconsciente, a veces bastante temprano. Las niñas tienen que alimentarse solas.

Alfie no ha compartido conmigo cuánto está luchando. Seguro que ni él mismo se da cuenta. Si fuera un caso de la clínica, tendría que comunicarlo a las autoridades, pero es familia. No hay nada malo en mi necesidad de protegerlo. Es natural.

–Está bien –digo, frotándoles los brazos–. No pasa nada.

Sé que debería dar marcha atrás, dejarlas en paz, pero se me ocurre una última pregunta, y no puedo evitarlo.

–Decidme una cosa más. ¿Qué aspecto tiene Black Mamba cuando no es un animal?

Se hace un silencio un momento. Luego, de repente, el ánimo se levanta, como las nubes se dispersan tras la lluvia. Las niñas vuelven a sonreír, vagamente, como sorprendidas por segunda vez.

–Se parece un poco a papá –dice Cassia.

–Sí –coincide Sylvie–, se parece mucho a papá. Pero sus ojos son extraños, y sonríe más.

CAPÍTULO 7

Alfie

Esta mañana tenemos que salir; Julia ha insistido. No me gusta cómo está evolucionando esto. Salir de la casa siempre me da una sensación de momento de peligro. En el último año, he llegado a amar esta soledad sepulcral, la fría familiaridad de sus cuartos en penumbra, la quietud. Pero no me ha dado opción.

Abandonamos el oscuro interior, parpadeando ante la luz del sol, como si emergiéramos lentamente de un año de hibernación, de un año de sueños. Llevo a las niñas de las manos, con sus pequeños e irreales dedos apretando los míos. Julia no está con nosotros, pero igualmente la siento a mi espalda. Se pasará esta noche con comida humeante y revisará los armarios de la cocina, en silencio, cuando piense que no estoy mirando, para cerciorarse de que he hecho lo que le prometí. Ya no se fía de mí, y no la culpo. Yo tampoco lo haría en su lugar.

Los tres pasamos por el Peter's Park, que está lleno de flores bajo la luz primaveral. Las niñas se ríen y bromean sobre Black Mamba, y no se quedan calladas cuando pasamos bajo los castaños rosados, donde algo mordió o picó a Pippa. Y yo no me puedo callar, porque he estado callado todo este tiempo, al margen de todo, como si estuviera observando a otros hombres caminar por el parque con mis hijas.

Entramos en el supermercado, con sus pasillos limpios y fríos, suelos resplandecientes y un aire que me pone la piel de gallina. Y vagamos por el laberinto de estanterías y cestas y congeladores. Y no acierto. No acierto a encontrar lo que necesito, los artículos de la lista de Julia. No acierto a controlar mi temperamento. Las tareas domésticas me exponen, con la misma claridad que las luces claras del supermercado que tengo encima.

Sylvie lo deja caer en el carro, con el orgullo de un maestro pastelero. *Et voilà!*

–Sácalo –digo–, por favor.

El pastel de chocolate se encuentra, grande e impasible, en el centro del carro, como un artefacto explosivo improvisado.

–Pero es para… –dice Sylvie, hasta que la paro.

–Suficiente.

–Pero papá…

–No –digo–. No puede ser.

«No dejes de ser su padre –me había aconsejado Julia–. Establece una rutina. Estructura, disciplínalas si se portan mal…».

Cassia nos está observando atentamente, con las manos detrás de la espalda.

–No es ella quien lo quiere –me dice Cassia con inocencia–. Es para Black Mamba.

Seguirles la corriente en la Hart House es una cosa; en un sitio público, me parece ridículo, de vergüenza, como recordar un terror nocturno la mañana después.

–Para él tampoco puede ser.

Varias cabezas se giran al oír lo agudo de mi tono. Noto como me pongo rojo.

–Por el amor de Dios, Sylvie, haz lo que te digo.

Lamento las palabras tan pronto las siseo. Cuando Pippa vivía, nunca habíamos tenido que recurrir al «haz lo que te digo». Nunca fuimos padres perfectos, pero normalmente éramos pacientes. Les pedíamos las cosas a las niñas con amabilidad; les decíamos el porqué. Me doy la vuelta y respiro de la forma en que Julia me ha enseñado: como si estuviera soplando burbujas por el centro de un aro. Con la suavidad necesaria para no romper la delicada membrana jabonosa; lo suficientemente despacio para echar un chorro constante. Hay más compradores que se paran a mirar, pero intento bloquearlos; fingir que estamos solos yo y las niñas, solos en la Hart House.

Me vuelvo, justo a tiempo para ver a Cassia susurrando, con la mano acoplada a la oreja de Sylvie. No pillo lo que dice, pero soy testigo del efecto que tiene: cómo se encienden y se avivan las brasas de rebeldía que brillan en los ojos de Sylvie. No dice nada cuando Cassia quita la mano.

–Bien –digo–. Lo haré yo.

Saco el pastel del carro.

El efecto es inmediato, como la división de un átomo. En el mismo segundo en que levanto la caja, Sylvie grita. Lo suficientemente alto como para llamar la atención, pero con el suficiente control para alargarlo más y más: justo lo que Julia nos ha enseñado sobre la respiración. Y todo el rato, Sylvie tiene los ojos fijos en mí, con una mirada de basilisco. Desafiándome a resistir.

Miro a mi alrededor y veo a los clientes aparecer al final del pasillo, reuniéndose como montando vigilancia. Sé lo que están pensando: «Dice más sobre el padre que sobre la hija». Pero no me importa. Agarro a Sylvie de la muñeca, sujetándola con fuerza, y la arrastro, sin que deje de gritar, hacia la salida. La lista de Julia se queda arrugada en el suelo.

Los gritos continúan todo el camino hasta la puerta de la Hart House, pero yo los he desintonizado. Giro la llave en la cerradura y la puerta se abre. Del vestíbulo oscuro sale una brisa fresca y desde las sombras de mi mente vienen cantando unas palabras con voz de barítono.

«Abre tus fauces de mármol, oh tumba, y escóndeme, tierra, en tu oscuro vientre…».

Vimos Jefté por primera vez una noche cuando Pippa estaba embarazada, con la barriga abultada bajo el vestido negro como una hortaliza de otoño; grande como una calabaza, suave como un calabacín. Nos gustó tanto que después estuvimos escuchando la música durante semanas, los cuatro: yo, Pippa y las niñas. Su sonido llenaba las habitaciones de la Hart House mientras redecorábamos. Pinté las paredes de su futura habitación de blanco cáscara de huevo, vestido con la vieja bata de Pippa. Las niñas mojaban sus dedos gordinflones en las latas y

–Por la mañana.

–Sí, es lo que han prometido.

Julia hace una pausa en la puerta principal, apoyando los dedos ligeramente en la pomo.

–Han prometido que le dirían que se fuese.

Asiento, desafiante.

–Es lo mismo.

*

Solo en mi habitación, envuelto en sábanas, me quedo mirando al techo, con sus contornos apenas visibles en la penumbra, y empiezo al fin a sentirme en paz. Me viene a la cabeza en un momento la marca de la muñeca de Sylvie, y siento un pinchazo de culpa. Pero las cosas han salido bastante bien.

Me doy la vuelta bajo la fría colcha y debo de haberme quedado dormido, porque lo siguiente que recuerdo es que me incorporo rápidamente. He oído un ruido, o eso creo. El sonido de dos manos aplaudiendo. Pero cuando me incorporo, solo encuentro un silencio total. Escucho un momento, preguntándome si podría haber sido el tamborileo que he oído otras noches. Pero aquel ruido siempre ha sido débil y distante, nunca tan cercano. Nunca, antes, conmigo en mi habitación.

Dos manos dando palmas. Me reprendo. Qué cosas me imagino. «Un aplauso para Alfie Marvell, padre del año. Una reverencia». Sonrío en la oscuridad. Hasta mis delirios son sarcásticos.

Me vuelvo a hundir en el colchón, mientras aún conserva el molde de mi cuerpo. Al haberme desvelado, me toco bajo las sábanas y, en ese acto, me hundo más en la cama; a través de la cama, hacia abajo atravesando la casa, hasta el lugar de mi mente donde no me siento observado. Pienso en Julia, antes esta misma noche, poniéndose el abrigo, la línea blanca de su ropa interior visible apenas por encima de sus vaqueros.

Ahora en el fondo del sótano, me toca las caderas, me atrae hacia ella. Es lo más cercano a Pip que tengo; en algún sentido,

107

aún le soy fiel. Le beso el cuello, los pechos. Gimo suavemente en la oscuridad.

*

Cuando me despierto, hay un hombre de pie al lado de mi cama.

No sé qué hora es. Después de correrme, debo de haberme quedado dormido. Pero veo su silueta claramente en la negrura. Mi corazón late como si fuera a salirse de las costillas. Está de pie perfectamente quieto, a unos centímetros del borde del colchón. No le veo la cara, ni el blanco de los ojos –solo el cuerpo, inmenso e inmóvil en la oscuridad–, pero siento el peso de su presencia sobre mí, y el latido de una emoción que emana de él, tan tangible que espesa el aire entre ambos.

Ira.

Extiendo el brazo izquierdo despacio, medio esperando que se abalance, que grite, cualquier cosa que perfore la quietud. Pero no se mueve. Solo se queda como está, grande e inmóvil, radiando una furia indescriptible. Mis dedos viajan en silencio por el cable de la lámpara de la mesita y se cierran alrededor del interruptor. No aparto los ojos fijos de él.

Clic. Luminosidad al instante, claridad, color. La habitación está vacía. Mi corazón aún está acelerado, cabalgando con un miedo puro y animal, mientras miro el espacio donde él estaba hace solo unos segundos. Miro por toda la habitación, deslizando la mirada por los contornos de los muebles, deteniéndola un momento en los rincones vacíos.

Aquí no hay nadie.

Compruebo el baño, después el descansillo. Bajo los escalones hasta la habitación de las niñas. Algo se ha despertado en mí: el instinto animal de proteger a mis hijas. El miedo que sentía al verlo junto a mi cama, todo el peso de su ira, no me ha abandonado, aunque él lo haya hecho. Entro de repente en la habitación de ellas, apresurándome para encender la lampara de la mesilla, pero luego me detengo. Por primera vez desde que me desperté, algo me detiene, me hace pensar. No llega a ser vergüenza, pero sí algo parecido, un primo lejano. Un entendimiento repentino. El retorno de la razón. En silencio, abro las puertas del ropero, luego miro debajo de la cama. Y solo entonces, a medida que mi pulso se ralentiza y mi visión se adapta a la penumbra, percibo algo en las sombras. Cassia tiene los ojos abiertos, y se mueven conmigo. Está despierta.

Sylvie no. Las niñas están haciendo la cucharita bajo el edredón. Cassia tiene los brazos y piernas envueltos sobre el cuerpo curvado de su hermana durmiente. Y me está observando en silencio en la oscuridad.

Camino hacia atrás, hasta salir al descansillo, y cierro la puerta sin decirle una palabra. ¿Qué puñetas iba a decirle?

«Cass, ¿hay un hombre en mi habitación?».

CAPÍTULO 8

Julia

Crescent Place parece tan tranquilo que me parece un sacrilegio perturbarlo. Las nubes se ciernen inmóviles sobre el número 2 como nieve apilada, y las cortinas de malla apenas se mueven cuando toco la aldaba.

La tía Sue abre la puerta. Sonríe al verme, pero es una sonrisa fugaz, que rápidamente vuelve a ser un entramado de líneas de preocupación.

–Pasa, amor –dice casi sin aliento, mirando a ambos extremos de la calle como si pensara que alguien nos observa, cosa que supongo que siempre hace. El crucifijo le cuelga entre los pliegues color canela de la blusa, y brilla a la luz de la mañana. Una vez cerrada la puerta, sacude la cabeza, tristona.

–Tu madre no tiene un buen día.

–Gracias por el aviso –digo, preparándome, e intentando suprimir el mismo pensamiento cínico que siempre tengo sobre los días malos de mi madre: «que me está castigando». Mi madre sufrió el ictus tres días después de que me mudara por fin de la Hart House, donde ella quedaba viviendo sola. Se las arregló para llamar a una ambulancia después de veinte minutos, acostada en el suelo y con dolor. Para entonces, el daño permanente ya estaba hecho: a su movilidad, sus niveles de energía, su estado de ánimo. Nunca me ha culpado explícitamente, por supuesto. Nunca le ha hecho falta.

–¿Abajo?

–Sí. –Sue abre la puerta que lleva a los aposentos de mamá en el sótano, y me hace una señal para que pase delante de ella–. Apenas ha desayunado nada. Le cuesta masticar y tragar.

Asiento mientras voy pasando.

–Pobrecilla.

La escalera que lleva a las habitaciones de mamá es oscura y estrecha, y el aroma del perfume de Sue empalaga en un espacio tan reducido. Oigo los gemidos de mamá mucho antes de que alcancemos el tramo final.

–¿Julia? –Está sentada, apenas incorporada, en un sofá de terciopelo, moviendo una mano débilmente en el aire–. ¿Eres tú? –pregunta, como si el dolor de su cuerpo le impidiera también la visión.

–Soy yo –digo–. Es miércoles.

Suspira. Sus ojos medio cerrados y ojerosos le confieren pinta de oso panda, al habérsele corrido el rímel con las lágrimas.

–Creía que no ibas a venir.

–Yo siempre vengo.

El piso del sótano de mamá es perfectamente cómodo, aunque un poco lúgubre.

No hay ni una superficie desnuda; está todo lleno de moqueta o papel pintado. Las ventanas están muy arriba en las paredes («como en una celda en prisión», dice ella a veces) y la luz que dejan entrar se rompe a intervalos regulares («también como en una celda») por una serie de barras de hierro: las barandillas que bordean Crescent Place. Mis ojos tardan un momento en ajustarse a la falta de luz.

–¿Cómo estás de los huesos, Marian? –pregunta Sue con seriedad, y mi madre se pone una mano en las costillas y gruñe, como si la pregunta misma le hubiera atravesado los costados–. ¿Crees que podrás tomar un poco de té?

Me vuelvo. Sue está saludando al pie de las escaleras, con un pie en el último escalón, el otro flotando justo encima del suelo del sótano, como si se resistiera a irrumpir totalmente en el espacio de mamá.

–Sí, por favor –digo, contestando en su lugar.

Arrastro una silla de respaldo alto que hay pegada a la pared más alejada y me siento delante de mi madre. Nos miramos con el ceño fruncido en silencio mientras Sue reanuda su lento ascenso hacia la cocina.

Poco a poco, mis ojos empiezan a distinguir más detalles en la penumbra: una librería baja ocupa la pared trasera (nunca ha habido en ella más que dos libros: los textos sagrados de la iglesia) y, justo debajo, una serie de motivos de grisalla –creo que son tallas de madera– en diminutos marcos negros. Cada uno representa una escena de las Escrituras: el arcángel San Miguel, con un demonio bajo los pies; Cristo, haciendo un exorcismo al hombre de Gerasa; Pablo, expulsando un demonio del interior de una joven esclava, y, por supuesto, la bruja de Endor, escuchando solemnemente la petición del rey Saúl. Si me inclino en el asiento, casi puedo leer las palabras de Saúl, escritas en una caligrafía florida bajo la talla: 1 Samuel 28:8.

«Invoca para mí el poder de ese demonio, y úsalo para contactar con el alma que te nombro…».

Demonios. Las cosas que nos encantan, las que nos tientan. Ser cristiano es estar en control de tus demonios; eso es lo que nos enseñaron cuando crecíamos, aunque el dominio que tenía mi madre de los suyos siempre me pareció, al menos a mí, inestable: una reserva para días ocasionales y momentos especialmente seleccionados.

Este no es uno de ellos.

El clic de la puerta que se cierra, cuando Sue llega arriba a lo alto de la escalera, me recuerda que no estoy aquí para ver cuadros.

–¿Qué tal estás? –pregunto, con toda la ternura que me es posible.

–Oh, no me puedo quejar. –Cambia ligeramente de postura en el sofá y da un respingo–. O quizá sí puedo. Después de todo, todos los que me han amado alguna vez están muertos.

Intento no poner los ojos en blanco. Ya está metida en todo el melodrama, y también intentando herirme. Es un golpe estándar (al menos según los estándares de mi madre), familiar en todos los respectos, hasta en la misma base de su arquitectura: el momento fugaz de falso estoicismo, seguido del puñetazo en el estómago. Uno, dos… ¡zas!

La mayor parte del tiempo, mamá tiene los ojos cerrados, como si le pesara el sufrimiento, pero aún veo que mira por debajo del párpado, solo un poquito, mientras sopesa mi respuesta. No por primera vez, me imagino a mi madre como un niño extragrande. Es un pensamiento incómodo, pero oportuno. Los niños que trato en la clínica muestran muchos de sus atributos: depresión, hipocondría, ansiedad, evitación de la exigencia, baja autoestima. Y, por supuesto –echo un vistazo de nuevo a los demonios con alas y colmillos que adornan la pared–, una inclinación por la fantasía y la ilusión.

–No es cierto –digo contundente–. Las mellizas te aman. Al menos, eso creo.

(Lo del uno-dos-zas no es solo prerrogativa de mi madre.)

Gruñe y se toca la cabeza. Luego, tras una pausa, dice con voz fría y baja:

–En lo que a mí respecta, como si estuvieran muertas.

–¿De qué estás hablando?

Mamá vuelve a suspirar. Sus suspiros tienen un tono musical, como si quisiera convertirlos en auténticos lamentos, pero, como un contralto envejecido, carece de potencia muscular.

–Ya no son mis niñas. Las estoy perdiendo.

–Eso tampoco es verdad.

–Oh, claro que lo es. Alfie me detesta, siempre lo ha hecho. Ya le gustaría que lo dejara en paz.

«También es lo que quería Pippa», pienso, con acidez, pero no lo digo.Hay reglas tácitas cuando me peleo con mi madre: podemos pincharnos entre nosotras, pero solo con falsedades. La verdad siempre está fuera de toda consideración.

Al principio de todo, a mamá apenas se le permitía acceder a las vidas de Pippa y Alfie, y siguió excluida hasta que Pippa se quedó embarazada de las mellizas. Ahí fue cuando se coló de nuevo. Pippa necesitaba ayuda y Alfie estaba ocupado con el trabajo. Mamá tenía derecho a conocer a sus nietas y las niñas también tenían derecho a conocerla. Una vez les hubo dado la casa, prácticamente no había manera de detenerla.

Por supuesto, intentaron cortarle el rollo, pero no era fácil, especialmente visto lo feliz que estaba, lo emocionada, ante la perspectiva de las mellizas. Su alegría era tan grande – alcanzando cotas que no se habían observado desde la muerte de papá– que, al principio, Pippa incluso le toleraba algún que otro versículo de las Escrituras.

–Mejor son dos que una –la oí decir, masajeando la barriga hinchada de Pippa a los seis meses–. «porque si se caen, una levantará a la otra». Y luego, el día en que nacieron, rosaditas, chillonas y perfectas: «Si dos se acuestan juntos, se darán calor… y aunque uno solo pueda ser vencido, dos podrán resistir…». Pero luego lo llevó demasiado lejos, el día del primer cumpleaños de las mellizas, cuando dijo, como un cascabel: «Una cuerda de tres cabos no se rompe con facilidad…» y Pippa, que sabía que el tercer cabo era Dios, anunció entonces que recitar las Escrituras quedaba prohibido, en adelante, en presencia de sus hijas.

Pippa siguió creyendo hasta el final, creo, solo que no en una religión organizada; la burla que siempre hacía Alfie se encargó de eso y, en el proceso, envenenó sus relaciones con mamá. Ahora sería el momento perfecto para compartir con ella mis preocupaciones sobre su problema con el alcohol, mis críticas sobre sus labores como padre, o su ausencia. Pero resisto la tentación.

–Se ha portado muy bien contigo –digo, en cambio–. Desde el accidente. (Es un poco verdad. Como mínimo, ha sido paciente. Nada que ver con lo que hacía en vida de Pippa.)

–Te deja ver a las niñas siempre que quieres. Ha dejado que sigas formando parte de sus vidas.

Mamá se ríe, una risa rasposa y hueca.

–Exacto. Ya no se pelea conmigo. Porque no le hace falta. Estoy a su merced. –Hace una pausa inapreciable–. Y a la tuya.

–¿A mi merced?

Me quedo de piedra un momento, segura de que ha oído hablar de Black Mamba y de que sabe que se lo he estado ocultando, pero luego pienso «relájate. No puede ser. Solo ve a las niñas cuando está Alfie. Y él me lo habría dicho».

–Qué significa eso?

Mamá se encoge de hombros, abatida.

–Nada –dice al fin.

No me pongo a su altura. ¿Le gritarías a la lluvia? Los días malos de mamá son como el mal tiempo; van y vienen, no se pueden evitar. Y no son culpa mía.

–Ojalá pudiera ayudarte –digo, y lo digo de verdad.

–Y yo –responde con tristeza. Durante un segundo parece tan triste que casi me dan ganas de tocarla, pero entonces se recompone–. Si quieres ayudar –dice– no dejes que me muera de sed. Ve a ver qué hace Pastelito de Fruta. Mira por que encuentre la cocina.

Arriba, el hervidor de agua está intacto, las tazas aún están bien alineadas en la estantería. Mi tía se ha distraído con algo –o con nada–. Regreso por el pasillo, siguiendo el sonido de una voz, débil e incorpórea. Me esfuerzo por escuchar. Al principio, creo que es la radio, pero luego me doy cuenta de que es Sue. Contrariada, abro de un empujón la puerta de la sala de estar y me encuentro a mi tía hablándole a la nada.

–De acuerdo –susurra–, pero luego te vas directamente a la cama…

–¿Tía?

Sue se vuelve, despacio, y se endereza, hasta donde aún puede, claro está. Sonríe alegremente.

–¿Va todo bien, querida?

–Sí, todo… –frunzo el ceño. Se le da bien esconder su confusión, a veces de una forma que te desarma–. ¿Te encuentras bien?

Sue aspira aire con fuerza entre los dientes delanteros.

–Oh, deberías haber visto esta sala el domingo. ¡Migas por todas partes!

Se ríe, con una risa fuerte y exagerada, luego da un paso al frente y me coge las manos entre las suyas.

–Deberías volver a la iglesia, Julia. –Sus ojos castaños están indescriptiblemente serios.

Yo me suelto.

–Te encantaba de pequeña –insiste–. ¿No te acuerdas?

Me acuerdo. Con toda claridad. Si cierro los ojos, el sentimiento aún me envuelve: esa sensación de pertenencia perfecta, escondida tras las paredes de esta casa anónima. La huella de mil horas dedicadas a la comunión con Su pueblo. Mi familia.

Despacio, a regañadientes, asiento.

–¿Bien? –dice, amablemente y perpleja–. ¿Y qué ha cambiado?

No sé qué decir. Que mi fe se ha desvanecido. Que se fue pelando de las paredes de mi mente como viejo papel pintado tan pronto como empecé a pensar por mí misma. Que sus detalles, la existencia de Dios y los demonios, se transformaron, primero en una metáfora y luego en irrelevancia al alcanzar la adolescencia.

Son los clichés habituales, pero no toda la verdad. Nunca había tenido fe, en realidad. Ni siquiera cuando creía en Dios.

De repente, Sue da un respingo y me salvo gracias a un rayo de su memoria.

–¡El té!

–No te preocupes –digo–. De verdad, yo lo haré.

Pero se tapa los oídos, juguetona, y sacude la cabeza.

–Deja al menos que te ayude. –Sigo a mi tía hacia el pasillo. Antes de cerrar la puerta, echo un vistazo al esbozo a lápiz de Michael sobre la chimenea, resplandeciente a la luz de la mañana.

De vuelta en la cocina, se pone con las bolsitas de té y golpea con las uñas distraídamente el cilindro de metal del hervidor de agua. Saco las tazas moteadas del estante superior.

–¿Vas aún a Redd Hall? –pregunto. Pero ella acaba de abrir el grifo y no puede hablar por encima del fuerte chorro que resuena dentro del hervidor. Redd Hall es el centro comunitario. Una vez a la semana, se celebra una reunión para personas en estados tempranos de demencia, una especie de actividad de grupo. Sé que sus hijas la han estado llevando.

Ella cierra bien el grifo.

–No, cariño. No puedo. Es muy loable lo que están haciendo, pero no tengo tiempo de seguir ayudando, entre tu madre y todas las cosas de la iglesia de las que me tengo que ocupar.

–Ah –digo–, ya. «Piensa que va como voluntaria».

Sue le da al interruptor del hervidor y mientras empieza a calentarse parece quedarse muda.

–Siento –dice un minuto después– haberte presionado. Con lo de la iglesia. No ha estado bien.

–No pasa nada.

–Solo pensaba en lo que me preguntaste el otro día, ¿recuerdas?

Me agacho para coger la leche de la nevera.

–¿El qué?

–Me preguntaste si Él aún me da consuelo. El Señor.

–¡Ah! –Dejo el brik con cuidado sobre la encimera–. De eso hace semanas. Pero sí, me acuerdo.

En verdad, me sorprende que ella lo recuerde.

Mi tía se vuelve a quedar en silencio. Pasa los dedos arriba y abajo por las tazas, y ajusta sus posiciones en la encimera hasta que las asas están paralelas entre ellas.

–Me molestó –dice, en un hilillo de voz.

–Oh –digo–. No pretendía…

Me mira y sonríe.

–No en ese sentido. Que lo tuvieras que preguntar me dio que pensar. –Me aparta un mechón de pelo oscuro que me ha caído sobre los ojos y me lo pone detrás de la oreja.

–¿Cómo va tu fe, querida?

–Oh –digo, mirándome los pies–. Ya sabes, viene y va.

Sue parece dubitativa.

–¿Sí?

«No».

–Porque yo no sería nadie sin la mía –dice–. Ni un solo día.

Sonríe y veo que espera que responda, que reconozca la verdad en lo que acaba de decir. Pero no puedo. Desde muy pequeña, supe que yo era diferente. No era como Pippa, con sus dibujos, y sentimientos y sueños. Yo nunca sentí el espíritu de

Dios. Creía que era real, desde luego, pero nunca sentí Sus ojos sobre mí; nunca me he sentido «vigilada». Antes de que se me ocurriera que quizá Él no existiera en absoluto, pensaba que era problema mío; que algo me faltaba o tenía algún defecto.

Una parte de mí aún lo piensa.

El hervidor de agua empieza a silbar y lo levanta para llenar la tetera. El vapor sale en una columna vertical perfecta.

–¿Sabes que nuestra familia no fue siempre religiosa?

No lo sabía, aunque tampoco es que me sorprenda mucho. Sue se quedó embarazada a los dieciséis y nunca se casó, ni siquiera supo jamás el nombre del padre.

Se inclina hacia mí para susurrarme, con solemnidad:

–Encontramos al Señor cuando Michael murió…

De repente, parece que en la cocina falte el aire, y me doy cuenta de que estoy aguantando la respiración. Nunca la he oído decir su nombre en voz alta antes.

–¿Sabes lo que le pasó a mi hijo? Tu primo.

Asiento en silencio. Pasó antes de que yo naciera, claro. Antes incluso de que papá conociera a mamá. Pero conozco la historia. Papá y Sue estaban de vacaciones juntos, en la Selva Negra, y se suponía que papá tenía que estar vigilando a Michael, su único sobrino, pero lo dejó solo, jugando en el Danubio. El hielo se rompió.

–Todo está en manos de Él –dice Sue–. Todo. Si no tienes eso, ¿qué te queda? Pensar «si no hubiéramos ido a Alemania». O «si no lo hubiera dejado solo con Eric…».

Su forma de expresarse es inconexa y me doy cuenta de que se está enojando, pero sé lo que está intentando decir. Le froto el brazo y me vuelve a coger de la mano, esta vez con una fuerza sorprendente.

–Tu padre era igual –dice sombría–. Su fe iba y venía. Como la tuya. Como la de tu madre.

Me sorprende y no me sorprende al mismo tiempo. En el revoltijo de mis recuerdos, papá siempre tiene una fe ferviente. Pero después pienso en cómo murió.

–¿Te acuerdas de Tomás? ¿El discípulo que tuvo que tocar las heridas de Cristo antes de creer que había resucitado? Ese era tu padre.

Me suelta el brazo, sacudiendo la cabeza.

–No podía simplemente aceptar que Michael estaba bien. Que todo pasó como tenía que pasar. Él necesitaba pruebas.

–¿Pruebas…?

Sue asiente con pesar. Sus ojos se encuentran con los míos y, al hacerlo, siento un escalofrío que se me esparce veloz por el pecho.

–¿Qué tipo de prueba?

De repente, su angustia aumenta. Murmurando, se golpea la frente con un puño frágil.

–No debimos hacerlo –gimotea–, sabíamos que era peligroso. Su fe era demasiado débil. No estaba preparado. Oh, Julia, no estaba preparado…

–Sue –le digo, intentando calmarla–. ¿Qué tipo de prueba?

Pero está demasiado consternada para hablar. La rodeo con mis brazos y siento sus finas extremidades temblorosas, como un cadáver resucitado.

–No pasa nada –digo rápidamente–, tranquila.

Los números de teléfono de sus hijas están pegados en la nevera exactamente para este tipo de ocasión. Una vez he tranquilizado a mi tía lo mejor que puedo, las llamo a las dos. En cualquier otra casa también estarían sus fotografías, especialmente ahora que la memoria le empieza a fallar. Pero en el número 2 nunca se ha exhibido fotografía alguna.

CAPÍTULO 9

Alfie

Sujeto las flores que vamos a dejar en la tumba de Pippa; iris azules y blancos atados con un lazo plateado, y Cassia me mira fijamente, como una esfinge, sentada al pie de la escalera de caracol, con los zapatos colocados cuidadosamente a su lado.

–No se va a mover –explica Sylvie– hasta que él diga que ya puede.

Hoy es el cumpleaños de Pippa. Habría cumplido treinta y tres. La razón me dice que es solo un día más, y destacarlo de alguna manera es inútil. Que en algún sentido más profundo, hoy ya no es su cumpleaños, y fingir otra cosa, como si estuviera internada en algún lugar o perdida en el extranjero, es un delirio. El tipo de cosa que harían la chicas o Marian. Pero, simplemente, no lo puedo pasar por alto. He temido este día durante semanas, lo he recordado cada vez que miraba el calendario que cuelga en la cocina; he resentido la forma en que me acechaba, inocentemente, entre todos los demás días, preparándose para herirme con su falta de trascendencia, su falta de consecuencia. Lo he sentido mirándome a los ojos, desafiándome a ignorarlo, a dejar que se pierda en la silenciosa monotonía entre sus compañeros. Pero no puedo. Ya sea por debilidad o por fortaleza, tengo que hacer de él algo que no es; tengo que, de algún modo, celebrarlo.

Las niñas no tenían ni idea del día que era hasta que se lo dije hace un momento, tropezando con mis palabras, acunando las flores de forma patética en los brazos. No han contestado. No tenían cara de felicidad ni de tristeza, solo neutra. Así que les he dicho «poneos los zapatos», y he tomado su ausencia de expresión como señal de consentimiento. Pero solo me ha hecho caso Sylvie.

–Por favor, Cass –digo–. Hoy no, te lo ruego…

Despacio, casi imperceptiblemente, mueve la cabeza.

–No puedo –susurra con voz ronca–. Dice que no puedo. Dice que tenemos que quedarnos.

Las puntas de mis dedos me hormiguean cuando Sylvie se sienta al lado de su hermana y la rodea con sus brazos.

–¿Él? –pregunto.

–Black Mamba –me dice Sylvie de forma solemne.

–Pero… se ha ido.

–No –dice Cassia–. No se ha ido.

–Miradme –les digo a las niñas; algo redundante, porque ya me están mirando–. Os dije que tenía que irse. ¿Os acordáis? Y se fue.

Me lo había casi creído. Las niñas no lo habían mencionado desde la noche de su desalojo. Sobre el asunto se había instalado un silencio inquietante, como si en algún espacio entre nosotros se hubieran trazado las líneas de una tregua, marcadas con tiza invisible sobre un terreno accidentado.

–No es culpa nuestra –dice Sylvie, que siente mi ira–. Nosotras le pedimos que se fuera. Se lo dijimos. Te lo prometo. Pero no le da la gana de irse.

–Black Mamba dice que tú no puedes hacer que se vaya. –La voz de Cassia es distinta a la de su hermana. Es dura y fría, pero no tiene aristas, al menos que yo pueda detectar.

–Cassia –digo–. Para, por favor.

Sylvie se estira hacia arriba y me tira del brazo, suplicante.

–No es culpa nuestra. No se quiere ir.

Cassia asiente de nuevo con rigidez, con ojos inexpresivos, como si estuviera en trance.

–Black Mamba dice que se quiere quedar para siempre…

Tomo aire. Relajo los puños.

–Ya hablaremos de esto más tarde. Vámonos. Es el cumpleaños de mamá. Vamos, tenemos que ir.

Empiezo a dar la vuelta, pero la voz de Cassia, que ahora se levanta, ronca e insistente (ahí está la arista), me detiene:

–Él no quiere ir.

–Cass…

–Ella no es su madre.

Las flores se inclinan al aflojar la muñeca. Agarro la barandilla con mi mano libre para mantenerme firme, los nudillos se me vuelven blancos.

–¿Qué has dicho?

–Que no es madre de él. No es nada de él. No quiere ir. Quiere quedarse aquí con nosotras y jugar. Black Mamba dice que te puedes ir solo.

Siento que la cabeza me tiembla y escucho mi voz quebrarse de incredulidad. No sobre lo que dice Cassia, sino sobre lo que digo yo.

–No, no lo ha hecho.

–¿No ha hecho el qué?

–Él no ha dicho eso.

–Lo ha dicho.

–No, Cassia, no lo ha hecho.

–Tú no puedes oírlo –dice, con voz aún más alta–. No lo puedes oír porque él no quiere…

–¡No lo ha dicho –grito, cortando su voz como si de un tallo se tratase–, porque no es real!

Y entonces, silencio. Un silencio de un tipo que nunca antes había oído. Es como si la respiración de las niñas se hubiera parado; como si los pájaros de afuera se hubieran quedado mudos; como si el tráfico se hubiera desvanecido y el viento hubiera cesado. Me miran fijamente, abriendo y cerrando la boca, como peces en tierra.

–Es real –resopla Sylvie–. Lo es.

–No –digo, aún temblando, aunque ahora hablo tan suave como puedo–. Es solo una historia. Os habéis imaginado…

–Para ya. –Cassia se echa hacia delante e intenta ponerme la mano sobre la boca–. ¡Para, para, para!

Alejo de mí sus dedos.

–No, no voy a parar. Esto ha llegado demasiado lejos. Ha durado demasiado. Black Mamba no es real. Nunca lo ha sido. Lo habéis inventado. Es todo mentira.

Sylvie empieza a llorar.

–Papá, por favor –gimotea–. Por favor, no...

–Era un juego. Eso es todo. Una forma de enfrentaros... a todo lo que nos ha pasado.

Me detengo en seco, de repente sin equilibrio. Me doy cuenta de que también estoy llorando.

–Por el amor de Dios –me oigo decir–. Es mamá de quien hablamos. Mamá. Por favor. Esto tiene que acabarse. Se tiene que acabar.

Sylvie suelta un grito. No el ruido que hizo en el supermercado, un grito controlado y calculado, sino algo gutural, casi animal. Se pone de pie en los escalones, luego comienza a encorvarse, agarrándose el estómago.

–¿Sylvie? ¿Qué te pasa?

–Me siento mal –susurra–. Muy mal.

Respira profundamente, frotándose las piernas, agitada.

–¿Sylvie?

Me ignora. Intento tocarle el hombro y ella se mueve para evitarlo, perdiendo el equilibrio en los escalones. La agarro, y la devuelvo al equilibrio.

–Estás bien –digo esperanzado–. Estás bien.

Ella me mira, casi sin enfocar, y entonces le entran arcadas. No le sale nada, pero es una convulsión violenta, como si algo en sus pulmones, en su garganta, estuviera intentando liberarse.

Miro a Cassia, que sigue sentada en los escalones.

–Lo has conseguido –me dice, suavemente. Sus ojos arden de ira. Pero su tono es temeroso.

Sylvie vuelve a tener arcadas.

La cojo en brazos.

–Necesitamos llevarla al cuarto de baño –digo–. Ayúdame.

Cassia sube por las escaleras por delante de mí. Ella abre la puerta y yo llevo a su hermana adentro.

–¿Sylvie? Sylvie?

La dejo en el suelo. Apenas se tiene en pie. Cojo una toalla, la mojo con agua fría y se la paso a toquecitos por la cabeza. Aún lleva puestas las botas y el abrigo.

–Ayúdame a… –empiezo a decir, pero Cassia ya está desatando las botas de su hermana.

–Respira –digo–. Así, respira. Estás bien.

No lo está. Sylvie se cae al suelo, aún agarrándose el estómago.

–Me duele –lloriquea–. ¡Papá, me duele!

Me agacho y la apoyo contra el borde de la bañera, intentando estabilizarla; desesperado por no verla tendida en el suelo del baño. «Como Pippa, la noche que se cayó». Pero no sirve de nada. Sigue dejándose caer sobre un lado, deshecha en lágrimas.

–Sylvie, dime algo. Dile a papá qué es lo que te pasa.

–¡Es él! –grita–. Lo está haciendo. Black Mamba. ¡Es él!

Me pongo de pie, temblando, usando mi altura como distancia entre nosotros.

–¿Estás fingiendo? –Mi voz suena fría, pero las manos me tiemblan–. Sylvie, ¿estás fingiendo?

Ni siquiera responde. Está acurrucada formando una bola chiquitita, abrazándose las rodillas. Luego avanza dando tumbos hacia el inodoro. Sin mediar sonido, casi en calma, vomita exactamente dentro de la taza.

Esto sobrepasa mi comprensión.

–Voy a llamar a Julia –digo, sacando el móvil del bolsillo.

–Pero ¿y mamá?

La voz de Cassia me pilla desprevenido. Me vuelvo. Está de pie, callada, al lado de su hermana, con las manos perfectamente plegadas tras la espalda y la cara inescrutable.

–¿Qué?

–Es el cumpleaños de mamá –continúa–. ¿Qué hay de la visita? ¿Y las flores?

–Olvídalo –digo, buscando el nombre de Julia en el móvil–. No importa.

Y mientras hablo, Sylvie da un grito ahogado, cayendo de nuevo en el piso del baño, agotada; como si lo que fuera que afectaba a su estómago hubiera dejado de atormentarla por fin.

–¿Sylvie? –Me vuelvo a acuclillar, dejo el móvil a un lado y empiezo a masajearle la espalda.

Con cautela, con las extremidades temblorosas, se va incorporando y tose y escupe en la taza.

–Se han ido –dice con voz trémula, casi aterrada; como si apenas lo pudiera creer–. Los dolores de estómago… se han ido.

–¿Estás segura?

Asiente, alcanzando dócilmente a tirar de la cadena, con los brazos aún temblorosos.

Le recojo el cabello hacia atrás.

–Chist, tranquila, estás bien. –La tomo en brazos y la abrazo con cuidado–. Estoy aquí.

–Por favor –me dice al oído, con voz rasposa–. No lo vuelvas a hacer.

–¿Hacer el qué?

Su aliento caliente y agrio me cosquillea la piel.

–No digas que no es de verdad.

Sigo acariciándole la espalda.

–Lo has enfadado tanto. Tantísimo. Por favor, no dejes que me vuelva a hacer daño.

–Vamos a llevarte abajo –murmuro–. Te haremos una cama en el sofá, delante de la tele.

–Prométemelo –dice Sylvie insistentemente, rodeándome el cuello con sus brazos–. Promételo.

Inspiro hondo cuando, de repente y casi por los pelos, caigo en la cuenta.

Julia se equivocaba. No están fingiendo. «Piensan que él es real».

–De acuerdo –digo vencido–. Lo prometo.

–Gracias.

No hay ni sombra de triunfo en el tono de Sylvie; también ella suena un poco derrotada. La aprieto fuerte contra mí y se relaja. Al fin parece que el abrazo la tranquiliza y me siento muy útil. La levanto del suelo del baño y la llevo abajo. En la cocina, le hago un chocolate caliente, su bebida favorita, y un café para mí, con un toquecito de algo que me anime. Luego, tal como he prometido, pongo cojines y mantas en el sofá y enciendo la tele.

–Ya estás bien –digo una vez más, besándole la frente y, esta vez, esas palabras me suenan verdaderas–. Papá te quiere muchísimo.

Nos quedamos tumbados juntos cinco minutos, luego diez, solo viendo la tele, respirando en armonía, dejando que el pulso se nos estabilice. Cassia no quería chocolate caliente, y no quería ver dibujos. La llamo un par de veces, pero no contesta ni entra en la sala. El agotamiento y el peso de Sylvie me tienen pegado al sofá. No vuelvo a oír a Cassia hasta que un crujido en el vestíbulo, que Sylvie parece no haber oído, me alerta de su presencia. Estiro el cuello para ver, por la puerta a medio abrir, que entra en la cocina y lleva algo en brazos. Una sensación de inquietud se apodera de mí al vislumbrar lo que está haciendo: está tirando a la basura, dos puñados cada vez, las flores azules y blancas.

CAPÍTULO 10

Julia

Tengo un sueño sobre papá. Estamos acurrucados juntos en un dormitorio cálido y oscuro, con su brazo derecho sobre mi pequeño omóplato. Inhalo la calidez de su cuerpo, el almizcle de su jersey. Si me inclino hacia atrás para mirarlo a los ojos, mi frente roza su barba. Tiene aspecto de alambre, pero en realidad es suave. Pippa también está aquí, a su izquierda, pero no pasa nada. Somos niñas, y este sueño, este recuerdo, es de antes de que nuestros caracteres emergieran y cristalizaran; antes de que ella se convirtiera en su favorita. Ahora mismo, todo es paritario. Papá tiene un brazo alrededor de cada una de nosotras, y ambas tenemos un libro en el regazo. En el mío descansa la Biblia, negra de tapa dura, encuadernada en cuero de textura arrugada, con un crucifijo plateado grabado en la portada. Y en el regazo de Pippa...

El libro de la princesa. No lo llego a ver en el sueño, pero noto su presencia, siento su peso y sus proporciones, como si estuviera en mi regazo y no en el de mi hermana. No lo he mirado bien desde hace años, pero recuerdo la cubierta: cuero negro estriado con una serpiente plateada grabada en la parte delantera. Recuerdo el olor de las páginas, viejas y polvorientas, como lavanda seca, y recuerdo las marcas que tenían. Letras inglesas y hebreas, combinadas para enumerar los nombres de los príncipes y sus habilidades: brujería, telepatía, clarividencia, teriantropía, necromancia...

Papá está hablando de la princesa. Oigo su voz y es exactamente como debe ser: el ritmo, el timbre robusto, el deje del suroeste del país. Mi cerebro ha conservado su recuerdo, encerrado a salvo todos estos años, y ahora lo reproduce a la perfección.

–Hubo ángeles una vez –dice–. Príncipes del Cielo. Pero se rebelaron contra Dios, así que Él los expulsó, los arrojó al pozo. Al Sheol… el lugar de las tinieblas. Después de eso, se les conoció como demonios.

Estiro el brazo sobre la cintura de mi padre y cojo la mano de mi hermana, que está caliente y sudada. Esta historia es familiar; la hemos escuchado cien veces.

«Cuéntanosla otra vez».

–Dios hizo al Hombre, pero un príncipe de las tinieblas trepó hasta el Jardín y lo hizo ir por el mal camino. Entonces el Hombre también fue expulsado, fuera del Edén, para que vagara por la Tierra y viviera entre los demonios, para que fuera su presa. Pero Dios no abandonó a Su creación. Todos aquellos que lo adoraban podían conseguir que los demonios se acobardaran y se largaran. Todos aquellos que le servían a Él, podían doblegar la voluntad de los demonios a su antojo. Todos aquellos que besaban al Hijo podían controlar aquellos demonios, y usar sus habilidades celestiales…

Me despierto del sueño de una vez. La voz rítmica de papá aún resuena en mis oídos. Estoy sola en la oscuridad de mi piso. Durante una décima de segundo, aún siento la curva de su brazo y la forma de los dedos de Pippa; aún siento el peso de sus cuerpos. Pero están helados.

Es avanzada la tarde y aún estoy en la clínica. Todo lo que estoy haciendo para las mellizas y Alfie me está pasando factura, así que he decidido reducir la carga de trabajo y pasar clientes a mis compañeros, quedarme solo con aquellos casos que, por algún motivo, no puedo abandonar.

Como Simon y Ralf. Ahora los veo por separado. Hoy Ralf, mañana Simon.

Ralf es alto y con barba, con un acento que parece hacerse más fuerte cada vez que hablamos, y cuando me saluda recuerdo el sueño de anoche con una punzada fría. Se recuesta en el sofá y cierra los ojos (ambas cosas, irónicamente, supongo). Aún piensa que Simon es el problema; que Simon, con su reticencia a formar una familia, es el que necesita terapia.

De todos modos, me siento incómoda en presencia de Ralf. Desear tener hijos es natural, por supuesto, pero no cuando se vuelve algo que te consume en tu totalidad. Quiero hacerle preguntas, como si está satisfecho o no con su carrera, pero me da la sensación de que parecería descortés, cosa que no hace más que aumentar mi incomodidad. Me estoy cuestionando a mí misma; si él fuera una mujer, pienso irritada, le haría esa pregunta sin problema.

–¿Hay niños en tu familia? –pregunto en cambio.

–Sí, tengo una hermana. Ella y su marido acaban de tener una niña. –Abre sus ojos castaños y sonríe–. No estoy seguro de que hayan pensado en ello, lo de tener o no tener hijos. Imagínate...

Vuelvo a dudar. Temo, quizá, lo que pueda decir después.

«Las sobrinas no son suficiente y nunca lo serán».

Inspiro, intentando mantener la neutralidad.

Quizá malinterpreta el silencio, porque vuelve a hablar, rápidamente.

–A ver, entiéndeme. Me alegro por ella. De verdad. –Exhala mucho rato–. Simon cree que estoy en negación sobre quién soy... o quiénes somos. Pero no es eso. Sé que no puedo tener la vida que tiene mi hermana. Sé que tenemos límites.

–¿Límites?

Se encoge de hombros, pero no mucho.

–Ese hijo no tendría nuestra sangre.

–Hoy día hay opciones –digo.

Sacude la cabeza.

–Incluso si usamos una madre subrogada, el niño no sería suyo y mío. Habría ese... otro elemento. Mi sangre, mezclada con la de otra persona. No puede ser sencillo. No será fácil.

Asiento, comprensiva, intentando estar en lo que estoy; parar las paredes de la Hart House que se cierran sobre mí. Pero no puedo. Su franqueza me está aturdiendo. De alguna forma, me siento expuesta.

–No –dice en voz baja–. No puedo tener la vida de mi hermana, pero podría tener algo parecido. Algo similar. –Vuelve a cerrar los ojos–. Y eso es lo que quiero. Lo siento –añade, encogiéndose de hombros, sin que parezca que lo siente en absoluto–. Es lo que quiero.

*

A las cuatro en punto ya ha acabado la sesión y yo me dirijo hacia la familia de mi hermana; la vida de mi hermana.

El tiempo ha sido tan bueno últimamente que voy caminando a todas partes en lugar de conducir, y mi ruta desde la oficina hasta la Hart House me lleva por algunas de las partes más pintorescas de Londres, incluido un viejo cementerio que siempre me ha encantado. Cuando dijo viejo, lo que quiero decir en realidad es que está en desuso (aunque supongo que eso no es verdad para los que estén enterrados allí). Las puertas están arrancadas de sus bisagras, y las mismas tumbas están hundidas y desgastadas, opacadas por las hierbas rebeldes. La mayoría de las tumbas pertenecen a personas vivas, pero no han enterrado a nadie aquí desde el siglo xix y los que alguna vez vinieron a llorarles murieron ya hace mucho tiempo también. Así, al contrario de la mayoría de los cementerios, no es un sitio para el dolor sino un lugar para la paz. Puedo caminar sola por entre sus serafines alados de piedra, felizmente y sin religión; sin sentirme hueca.

Las calles se vuelven más animadas al aproximarme a la Hart House. El Peter's Park empieza a llenarse de familias jóvenes, e incluso de adolescentes que se han escapado de sus familias. Uno o dos grupos están merodeando bajo castaños de indias rojos, cuyas flores empiezan a abrirse ahora como salpicaduras de sangre. Los pétalos justo empezaban a emerger el día que murió Pippa; esta es la primera vez que han vuelto a florecer desde el accidente.

Salgo del sotobosque que lleva a Allington Square, y la casa se levanta ante mí como una marea de pintura blanca descascarada. Las grandes ventanas abiertas incrustadas en la fachada permiten ver el interior claramente, pero no veo a Alfie ni a las niñas. La puerta principal está pintada de verde viña, también descascarillado. Voy a tocar el timbre, pero me paro cuando noto algo extraño: la puerta está abierta. La empujo, y cruzo el umbral.

–¿Alfie? –Me quedo quieta en el recibidor, frío y oscuro. En el aire se percibe ligeramente un olor peculiar, el olor a incienso y a chamuscado, y eso me revuelve el estómago. Hace décadas que no lo huelo, pero lo reconozco al instante; otro recuerdo que había cerrado con llave dentro de mi cabeza, fuera de mi alcance, pero de algún modo está aún en perfecto estado.

Es el aroma que flotó en la Hart House durante días tras la muerte de papá.

¿Podría estar imaginándolo? Esa parece la única explicación lógica. La fantosmia es inusual, pero no desconocida; hemos tratado casos en la clínica. Me toco las sienes, temblorosa. Me perturba la idea de que el sueño de anoche anide aún en mi mente, distorsionando mi percepción.

Las voces que provienen de la sala de estar vuelven a centrar mi atención. Primero, la de una mujer, suave y melosa. Después, la de un hombre, aguda y nasal.

–… solo para hacernos una idea –dice el hombre– de cómo lo llevan las niñas.

–No hemos notado ninguna tensión en la escuela…

Giro el pomo de la sala de estar y abro con suavidad. La mujer, que está de pie en el centro de la sala, me mira y cierra la boca al instante, limpiamente, como si cerrara un libro. Es alta, con cabello oscuro y encrespado, y su delgado cuerpo está envuelto en una gabardina gris. Nunca la había visto. El hombre está sentado en el sofá de espaldas a mí. Cuando entro, no se da la vuelta, así que no le veo la cara. Pero estoy bastante segura de que es también un desconocido, como la mujer. Durante un par de segundos, me quedo mirando sorprendida mientras las pálidas paredes de la sala brillan a la luz del verano como si estuvieran temblando; como si estuvieran intentando disipar esta presencia ajena.

Es solo entonces cuando veo a Alfie, de pie en el rincón como un niño castigado. Tiene los brazos fornidos cruzados de modo defensivo sobre el pecho, y se está mordiendo el labio inferior.

–Julia. Aquí estás. –Su voz indica alivio.

La mujer sonríe.

–Hola, ¿qué tal?

–Hola –repito con incertidumbre. Me quito la chaqueta y la pliego sobre el aparador, marcando algo de territorio.

Alfie se vuelve hacia los visitantes.

–Esta es Julia Harris, la tía de las niñas. Hermana de Pippa. –Luego, se vuelve hacia mí–: Esta es la señora Addison.

El nombre me resulta familiar, pero no recuerdo de qué.

–Llámeme Bella –dice, extendiéndome una mano. Sus dedos son delgados y enjoyados, y su palma está fría al tacto.

–Y este es el señor Lewer –dice Alfie, tragando, lo que hace que la nuez del cuello suba y baje–, de servicios sociales.

–¿Servi...? –No puedo acabar de decirlo. Una docena de pensamientos me vienen a la mente, todo lo que he presenciado en estos últimos meses. Alfie y la bebida, sus lapsus, su negligencia... Odio llamarlo así, pero es la palabra que se utilizaría en un juzgado... Su depresión. Su incapacidad. Al menos ahora comprendo sus nervios, y el alivio que ha sentido al verme. Está acorralado, en más de un sentido.

El señor Lewer, sentado en el sofá, aún me da la espalda. Paso al centro de la sala y, al fin, gira la cabeza. Nuestras miradas se cruzan. Es calvo y con gafas, con el cuerpo escondido en un traje apagado. Naturalmente, tiene las comisuras de los labios bajadas, pero las levanta adormilado para saludarme con una sonrisa que pretende ser tranquilizadora.

«No puede ser él», pienso, con el corazón desbocado. «Aquello fue hace décadas». Mi mente me vuelve a traicionar...

Me quedo mirando al hombre fijamente, con sus gafas de montura gruesa y ojos inescrutables que me son tan dolorosamente familiares. Abro la boca y tartamudeo.

«No debería decirlo. Es una locura».

—Yo le he visto antes.

Él arruga el entrecejo.

—No creo —dice educadamente—. No, no. Seguro que no. —Y niega con la cabeza.

—No, le conozco. Definitivamente. Usted estuvo... —paro ahí, al notar que los ojos que Alfie me están perforando la parte de atrás del cráneo.

—Creo —dice el señor Lewer con firmeza, pero sin ser desagradable— que me confunde con otra persona.

Y tiene razón; debo de estar confundida. Son los paralelismos lo que me está atormentando, confundiendo mis pensamientos. Dos desconocidos —dos funcionarios— de repente presentes en la Hart House. «Justo igual que después de morir papá». Cierro los ojos e intento imaginarme al hombre que habló con nosotras cuando éramos niñas, ver más allá de su maletín y sus gafas, y de la fría mirada que no revelaba nada. Pero esa cara se me escapa. Lo único que puedo ver es al señor Lewer, que me sigue mirando con curiosidad cuando abro los ojos.

—Es una confusión —dice Alfie—. Debe de serlo. —La verdad es que él también parece confundido.

—No necesariamente. —La señora Addison sonríe amablemente cuando interviene—. La señora Harris es psicoterapeuta, ¿cierto? Alfie ha dicho que ha estado usted aconsejando a las niñas.

—Es correcto.

—Quizá sus caminos se hayan cruzado profesionalmente, entonces.

—Quizá —admite el señor Lewer. Se mueve con torpeza en el sofá, inseguro, ante mi silencio, de hacia dónde tirar.

Me aclaro la garganta, consciente de la sangre que me sube al rostro, e intento recuperar mi compostura.

—¿Dónde están las niñas? —le pregunto a Alfie.

—Arriba. —Me pone una mano en el hombro—. Están bien. —Aparece un momento de silencio tenso, ya que empieza a sentirse incómodo con lo que acaba de decir. Hunde las manos al fondo de sus bolsillos—. Bueno...

Me vuelvo hacia el señor Lewer.

–¿Qué le trae por aquí? –No pretendo ser brusca. Por fortuna, no parece inmutarse.

–Ha habido un incidente –dice.

–¿Un incidente?

–Sí –dice la señora Addison–. En la escuela.

–Bella es la maestra de las niñas –explica Alfie.

–Ah, vale –digo. «De eso reconocía su nombre».

–Sé que no es ortodoxo –continúa, levantando las palmas de las manos, como si se sintiera culpable de su presencia–, pero quería venir con el señor Lewer para explicarles lo que ha pasado. A Alfie. A usted.

–¿Qué ha pasado?

Le echa una mirada al señor Lewer, aparentemente reacia a sobrepasar los límites de su autoridad.

–Señora Harris –dice él–. Sabemos que ha sido un año duro para las niñas. Para todos ustedes. A la luz de sus sesiones con las niñas, ¿cómo diría que están llevando el tema?

Inhalo muy profundamente, y hablo rápido.

–Bien, dadas las circunstancias. Ambas sufren de estrés y ansiedad, que están intentando regular. Siempre han tenido un vínculo especial como mellizas, pero se han vuelto aún más codependientes. Sin embargo, las veo varias veces a la semana y estamos trabajando en la situación.

Me vuelvo a la señora Addison.

–¿Qué tipo de incidente?

–¿Ha habido tensión entre las niñas? –dice el señor Lewer.

–¿Entre ellas?

–Sí. ¿Se han estado peleando?

–No que yo haya presenciado –digo, con cuidado–. No que yo sepa.

El hombre toquetea sus gafas y noto, con un espasmo de aprensión, que tiene una carpeta de plástico sobre el regazo. Con el borde da golpecitos ligeros contra su rodilla y se inclina hacia delante, con la boca contraída mientras considera sus palabras.

–Lo siento, pero tengo que presionarla. ¿Está diciendo que no ha presenciado ningún problema de comportamiento? ¿Algún tipo de violencia? ¿Desobediencia?

Pienso inmediatamente en lo que Alfie me dijo la noche en que acordamos que Black Mamba debía irse, en la pataleta de Sylvie en el supermercado y en la furiosa respuesta de Alfie.

–Supongo –empiezo– que hubo...

–Hemos tenido problemas con Cassia –dice Alfie, cortándome.

Lo miro fijamente, pero no me devuelve la mirada.

–Siga –dice el señor Lewer.

–Esta semana era el cumpleaños de Pippa y Cassia se negó a salir de casa para ir a dejarle unas flores.

–Pero ¿no se puso violenta? –presiona el señor Lewer–. ¿Hacia su hermana?

Hay algo en los ojos de Alfie que no puedo descifrar.

–No –dice bajito y, un momento después, añade–: Sylvie se angustió cuando intenté disciplinar a Cassia. Estaba muy angustiada. Pero Cassia no le hizo nada, en sí. Ni siquiera dijo nada. Ella solo... Bueno. Fue muy raro. –Se encoge de hombros débilmente.

Se hace un momento de silencio, que yo lleno con la repetición:

–¿Qué tipo de incidente?

Miro al señor Lewer de frente, y me cruzo de brazos.

–Lo siento... pero no voy a decir nada más sobre el comportamiento de las niñas, o sobre nuestras sesiones, hasta que me digan qué ha pasado y por qué están aquí.

Él asiente. Ni siquiera parece ofendido. Como trabajador social, supongo que ha visto cosas peores.

Mi hostilidad me sorprende incluso a mí. Intento mantener un tono neutro, pero el resentimiento se sigue filtrando. Es un sentimiento primario que surge de lo más profundo de mis entrañas, entrelazado con unos recuerdos difíciles de eliminar.

Por fin, el señor Lewer abre su carpeta y me pasa una foto.

–Hace unas semanas, la señora Addison...

–Bella, por favor…

–…observó una marca en la muñeca de Sylvie.

Tomo la fotografía y la reconozco al instante. Es el morado que Alfie le hizo a Sylvie cuando la arrastró hasta casa desde las tiendas, después de su pataleta.

–Me pareció que alguien la había agarrado de la muñeca –dice la señora Addison, sacudiendo sus rizos con tristeza–. Muy fuerte.

–Dios. –Intento fingir sorpresa, para ganar tiempo.

–A veces –interviene Alfie, cuidadosamente y con una frialdad sorprendente–, los niños pueden ser un poco bestias cuando juegan. Quizá Cassia…

Aprieto los dientes. Comprendo cómo pasó, por supuesto. Estaba enfadado, avergonzado, privado de sueño y –como ahora– aún roto por el duelo. Entiendo también por qué miente. Pero, de todas formas, una pequeña parte de mí se enoja en nombre de Cassia cuando, aunque sea implícitamente, le echa la culpa a ella.

La señora Addison asiente fervientemente.

–Es lo que pensé también. Cassia no le haría daño a su hermana a propósito. Es una niña dulce. Ambas lo son. Pero ¿quizá algún accidente de algún tipo…?

–¿Le preguntó a Sylvie lo que había pasado? –digo.

El aplomo del señor Lewer me desconcierta. Creo que es mejor conocer todos los datos antes de ir demasiado lejos. No queremos enredarnos en nuestras propias palabras.

La señora Addison asiente muy seria.

–Pero no quería decir ni pío del tema. Supuse que estaba protegiendo a su hermana. –Sus ojos vuelven a la imagen que tengo en la mano–. Honestamente, se desvaneció muy rápido. Yo tenía que comunicarlo, entiéndanme. Es una cuestión de protección. Pero no era tan horrible.

El señor Lewer se aclara la garganta, un poco irritado.

–Lo cual –dice con tristeza, metiendo de nuevo sus dedos larguiruchos en la carpeta– no podemos decir de estas…

Me pasa una segunda imagen: esta vez, del brazo de mi sobrina.

–Lo siento mucho –susurra la señora Addison–. Sé que esto es muy desagradable.

Me quedo mirando la foto con total incomprensión. Una piel de alabastro, cubierta de un sarpullido de moratones que hacen de la marca de la muñeca una menudencia. Manchas rojas, azules y moradas, por todo el brazo. Por todas partes.

–¡Jesús! –Me entran ganas de vomitar–. ¿Esta es Sylvie?

El señor Lewer niega con la cabeza.

–Cassia. Parece que ambas han tenido hematomas. Aunque los de Cassia, como pueden ver, son mucho más graves…

Es una imagen horrorosa, pero si hay un rayo de esperanza, se encuentra, curiosamente, en lo horrible que es. Porque sé, instintivamente, hasta la médula, que Alfie nunca podría haber hecho algo como esto. Ni a Sylvie ni a Cassia. Eso es imposible.

Me tomo un momento para pensar. Alfie está a mi lado, pero no me permito mirarlo a los ojos.

–Escuchen. No estoy segura de lo que saben, o creen que saben. Pero debo afirmar, desde el principio… –Paro para tomar una respiración dolorosa–. Si hay alguna sospecha de que su padre pueda ser responsable de esto, no lo es. Lo juraría ante un juez, y lo haré si es necesario. Lo digo como profesional, y como tía de las niñas. Son mi familia. Son lo único que me queda de mi hermana. Nunca pondría en riesgo su seguridad.

–Señora Harris –empieza el señor Lewer. Pero es que yo no había acabado.

–Tienen razón: este año pasado ha sido duro para todos nosotros. Alfie ha estado teniendo dificultades. Ambos las hemos tenido, cada uno a su manera. Y él es un buen hombre. Un buen padre. Si ustedes lo dudan…

Pego un brinco. Una mano en el hombro me silencia. Pero no es de Alfie.

–No lo dudamos –dice la señora Addison apresuradamente–. No se preocupe. Sabemos que Cassia no se ha herido en casa. Por eso estoy aquí. –Traga saliva–. A Cassia le hicieron estos morados ayer, en la escuela.

Miro al señor Lewer.

–¿Está seguro?

Su mirada sigue impenetrable, pero asiente rígidamente.

Noto que me pongo roja. Siento los ojos de Alfie encima de mí, pero aún no soy capaz de mirarlo.

–En la hora del patio, a Cassia se le cayó agua en la camisa, así que se la tuvimos que cambiar –explica la señora Addison–. La ayudé a quitársela, con mi ayudante. Entonces no había nada en los brazos de Cassia. Se lo prometo, no había ninguna marca. Usó una blusa de repuesto mientras la otra se secaba. Pero entonces, después de comer, cuando le devolvimos la suya, se negó a cambiarse.

La señora Addison se muerde el labio como si se sintiera culpable.

–Admitiré que estaba enojada al principio. Le dije que era propiedad de la escuela, que no podía seguir llevándola. Que, para empezar, no debió ser tan torpe.

Se tapa la boca con la mano.

–No se hacen una idea de lo mortificada que me sentí cuando se la quitó. Cuando vi los morados que escondía.

Le paso la foto de nuevo al señor Lewer, que la desliza delicadamente al interior de la carpeta de plástico.

–Entonces, ¿cómo sucedió? ¿Quién le hizo los morados?

Alfie se ríe de un modo hueco. Es un sonido incongruente e inapropiado. Pero al menos me prepara para lo que viene después.

–Ella dijo que era Black Mamba. –Alfie se vuelve a encoger de hombros–. Ha vuelto. De hecho, nunca se fue.

Me tomo un momento para procesar todo esto. Para estar segura de lo que pienso. Entonces digo:

–Fue Sylvie.– No con frialdad, espero, sino con propósito–. Tiene que serlo. Siempre ha sido la más agresiva. Y Cassia no mentiría por nadie más.

Me vuelvo hacia el señor Lewer.

–¿Ha hablado usted mismo con las niñas?

–Todavía no –responde–. Pero quiero hacerlo.

–¿Ahora?

–Bien, si no les importara...

«Él también tenía preguntas», pienso. «El hombre que vino después de que papá muriera». Por dentro me crece un instinto de decirle que no, pero lo controlo. El pasado es el pasado. No me veré forzada a revivirlo.

–Por supuesto. Y mientras lo hace –digo, volviéndome y señalando–, me gustaría hablar con usted.

La señora Addison parpadea.

–¿Conmigo?

–Sí –le respondo.

«Ella tiene que saber más». Es su maestra, después de todo. Y sus miradas nerviosas al señor Lewer me han sugerido, todo el rato, que no ha venido aquí solo por sentirse culpable. «Tiene algo en mente. Otra cosa que quiere contarnos».

*

–Es una casa preciosa –dice Bella (insiste en que deje de llamarla «señora Addison»). Sentada a solas conmigo en la mesa de la cocina, se calienta los dedos colocándolos alrededor de la taza de té que le he hecho. Le he dado mi taza de las estrellas. No estoy segura de por qué. Por algún motivo insondable, me da tranquilidad verla bebiendo de ella, sin que sepa que es mía. Sin saber que la casa es mía también –o lo era–, y que yo todavía ocupo un lugar en ella.

–Sí –digo–. Tiene mucha historia.

Bella asiente.

–Las niñas tienen mucha suerte de vivir aquí. De tener a Alfie. De tenerla a usted.

–¿De tenerse la una a la otra?

Aparta la mirada, al parecer avergonzada, aunque no sabría decir si es por mí o por ella. Dentro de mí se remueve un vago recuerdo, de repente, de un conflicto que tuvo lugar el último septiembre entre mi familia y la escuela. Esto fue cuando había tomado distancia de Alfie y las niñas. Por eso lo recuerdo solo como un esbozo: fragmentos de detalles transmitidos, sentenciosamente, por mi madre. Las chicas nunca habían estado en la misma clase. Desde la recepción, la escuela las mantuvo separadas: una estrategia deliberada para favorecer las identidades individuales de las niñas, para enseñarlas a ser independientes. Pero después del accidente, Alfie insistió en que se necesitaban mutuamente. Así que fue a ver al director para defender su postura. Mamá fue también y, por primera vez en sus vidas, ella y Alfie trabajaron en tándem. Ella también pensaba que las niñas debían estar juntas. Incluso antes del accidente, nunca entendió el motivo para separarlas.

El director contraatacó. Mamá ganó.

Bella levanta la taza, aún con un cinturón de estrellas brillantes. Toma un sorbito y hace una mueca. Demasiado caliente. (Podría habérselo dicho.)

Me pregunto qué posición tuvo ella en el asunto de reunir o no a las mellizas, y cuál es su posición ahora. Todo este tiempo, he tratado a mis sobrinas como una unidad, y he visto a Black Mamba como hijo del vínculo entre mellizas; de cómo se sienten con Alfie; de cómo se sintieron con Pippa. Pero los morados del brazo de Cassia hablan de algo más: un cambio en la dinámica de poder; una grieta abierta entre ellas.

–Dígame –digo, cuando ella ya ha recuperado su compostura–. ¿Cómo les va en la escuela?

–Les está costando –responde Bella sin dudar–. Pero eso no me sorprende.

–¿A las dos?

Asiente con firmeza, casi quitándole importancia. Después se para y piensa un momento.

–Especialmente a Cassia. Parece haber retrocedido ligeramente.

–¿Retrocedido?

–Sí.

–¿En todo?

Hace una pausa, vuelve a pensar.

140

–Especialmente en matemáticas. Pero no debe preocuparse. Tras un duelo, es normal que a los niños les cueste centrarse en la escuela y que su progreso se estanque un poco. Cassia se recuperará, con el tiempo.

–Sé que lo hará.

–Por supuesto. –Bella sonríe–. Además, a Sylvie siempre le han costado las matemáticas. Es una de esas cosas típicas.

–Ajá.

Empiezo a elaborar una hipótesis, pero antes de que pueda darle voz, noto que la sonrisa de Bella ha desaparecido y sus labios se han separado ligeramente, dejando los dientes a la vista.

–¿Por qué ha venido aquí, Bella?

Se queda totalmente inmóvil, como si estuviera tomando una decisión.

–¿Qué más han hecho las niñas? Dígamelo.

Rebusca en el interior de su bolso.

–No le he enseñado esto a nadie –susurra–. Ni a Alfie. Ni al señor Lewer. No sabía cómo interpretarlo…

Coloca dos delicados cuadernos de ejercicios de color salmón sobre la mesa de la cocina. Tienen escritos los nombres de las niñas en sus respectivas tapas.

–Hace una semana, en inglés, pedí a todos los niños que escribieran sobre su mejor amigo. Las mellizas querían escribir la una sobre la otra, por supuesto, pero dije que no podía ser sobre un hermano o hermana.

Bella se cierra más la gabardina alrededor del pecho.

–Así es como me enteré de que él existía.

Me desliza los cuadernos por la mesa.

–Ábralos –dice–. Lea lo que escribieron.

Abro primero el cuaderno de Sylvie, y voy pasando páginas rayadas hasta que encuentro la entrada relevante. Aguanto la respiración y leo:

Mi mejoramigo es BLACK MAMBA. Es una maravilla, alusinante. Puede hablar sin mober los labios. Se convierte en cuanquier animal que quiera. Mi favorito es el oso grande negro. Nadie lo ve ecsepto yo y mi melliza.

Black Mamba dice que nos quiere pero abeces se enfada y me da miedo de sus dientes. Una vez nos llevó bolando ala luna y volvimos. Otra vez nos llevo al mar Black Mamba vive con nosotras pero la Heart House no es su casa, su casa es en otrositio. Queremos que nos lleve ayí pero él dice que no es la ora.

Cuando sea la ora nos llevará pero entonses no podremos volver a Heart House. No me gusta porqué charía de menos a mi papá.

Cierro el cuaderno, la cabeza me da vueltas. Desde luego, las chicas han compartido algunas de esas fantasías. La idea de Black Mamba llevándoselas para una noche de juego, disfrazado de pájaro o de pez, no es nueva, pero sí lo es la posibilidad de llevárselas para siempre. Por los estudios que he leído, sé que no es raro, después de una pérdida, que los niños tengan miedo de que los secuestren.

Sin embargo, pienso, inquieta, que en las fantasías de las niñas no hay solo miedo. El deseo también está implicado. Quieren irse.

–¿Puedo hacer una foto? –pregunto–. Para mis registros.

Bella asiente y espera mientras busco el móvil.

Cojo el segundo cuaderno y paso hasta la página de la historia. La descripción de Cassia es más corta que la de Sylvie, pero me cuesta más digerirla. La leo una segunda vez, después otra vez, y otra vez:

No puedo escrivir sobre Sylvie pero black Mamba es mi segunda mejor amigo. Estaba con nosotras antes de nacer, en la barigita de mamá. Nos cuentó historias en la oscuridad Se nos olvidó pero cuando mamá se fue él vino a protegernos. Le gustamos yo y Sylvie porque somos peciales y black Mambas es pecial para nos. No hay nadie mas fuerte o listo.

Cuando papá senfada y pasan cosas malas ¡Black Mamba nos hace sentir seguras!

Vuelvo a leer la última frase una y otra vez, aún luchando para aceptar que Cassia la ha escrito. Intento oír esas palabras en su voz y no me lo puedo imaginar. Miro a Bella.

–¿Qué significa esto?

–No tengo ni idea. –Cambia de postura en la silla–. Conozco a Alfie un poco. Siempre me ha parecido un padre maravilloso. –Se pone ligeramente rígida mientras vuelve a guardar los cuadernos en la bolsa–. Creo que deberíamos tener cuidado.

–¿Por qué? –pregunto–. ¿Qué quiere decir?

Pero antes de que Bella pueda responder, Alfie abre la puerta de la cocina.

–El señor Lewer se va –nos dice, levantando los hombros–. No han querido hablar con él.

Regreso a la sala de estar. Las chicas están sentadas en el suelo con las piernas cruzadas, igual que Pippa y yo aquel día, pero se levantan en perfecto unísono, como un solo ser, y me abrazan. Subrepticiamente, estudio el brazo de Cassia. Las marcas se están moteando, y pronto se esfumarán, pero por ahora no tienen mejor pinta en vivo que en la foto.

Froto la espalda de las niñas, masajeando su piel cálida. Con la cabeza entre sus hombros, veo un cachito del señor Lewer por el ventanal, de pie y escribiendo en su carpeta, frunciendo el ceño ocasionalmente cuando mira hacia la casa.

*

Al fin, el recuerdo de su cara regresa a mi mente. Hasta ahora, ha estado fundida con la del señor Lewer: un borrón de gafas grandes, patas de gallo y sonrisas tranquilizadoras. Pero ahora las imágenes se han separado, como formas que se desligan en un caleidoscopio, y recuerdo la suciedad bajo sus uñas; el tono rojizo del pelo estirado sobre la base de su cabeza; su mirada zorruna.

Era una semana después de que papá muriera, o por ahí. No puedo estar completamente segura, aunque recuerdo que el olor aún estaba allí: el olor extraño, dulce y carbonizado que permaneció en el aire durante días, como si se filtrara de las paredes mismas de la casa. La visita fue inesperada. Una tarde soleada, dos cuerpos genéricos y neutros de los servicios sociales tocaron el timbre. No recuerdo la cara de la mujer; pidió hablar con mi madre a solas en la cocina. Solo me acuerdo de él. Hoy en día no creo que dejaras que un perfecto desconocido hablara con tus hijos sin tu presencia, por muy armado que viniera con papeles oficiales y un maletín. Pero mamá estaba aún hecha pedazos, aún vagando por la casa de noche y mirando fijamente las paredes, así que quizá su juicio no estaba en el mejor de los estados.

–Siento mucho vuestra pérdida –dijo.

Sus palabras hicieron eco en el silencio. Incluso ahora, no me puedo imaginar qué esperaba que le contestáramos. Éramos demasiado jóvenes como para darle las gracias; demasiado mayores para confiar en un desconocido.

Pippa y yo nos miramos una a otra, y luego miramos al suelo. Toqueteábamos el tul azul de nuestros vestidos idénticos e intentábamos evitar sus ojos.

–Estabais en la iglesia, ¿no es cierto? ¿Cuándo sucedió?

«Cuando papá se ahorcó», me entraron ganas de decir, de forzar las palabras en su fea boca caída, pero nos quedamos en silencio; nos limitamos a asentir.

–En la iglesia –repitió–. ¿Con vuestra madre y vuestra tía…?

El sonido de la voz de mamá, enojada y tensa, flotaba por el pasillo desde la cocina mientras ella misma se enfrentaba a preguntas incisivas.

(La respuesta a esta última pregunta era que no. Aunque de alguna forma sabíamos que no debíamos decirlo. Pippa y yo estábamos en Crescent Place cuando papá murió. Pero no estaban todos los miembros de nuestra congregación. Y mamá y Sue no estaban por ninguna parte.)

–El forense –continuó, oyendo el enfado de mamá y quizá sintiendo que su tiempo con nosotras se iba a acortar– registró un veredicto inconcluso en la investigación. ¿Sabéis lo que significa eso?

Negamos con la cabeza.

–¿Qué os enseñan, en vuestra iglesia, sobre las personas que se mueren? ¿Adónde van?

Levanté la vista y luego me volví a apartar de su mirada.

–¿Nos pueden ver a nosotros, los vivos, aquí en la Tierra? ¿Nos podemos comunicar…? –Se inclinó y nos tocó los hombros–. ¿Sabéis por qué os habéis mudado a esta casa?

Su voz era apremiante, insistente, pero ahora los pasos de mamá se oían venir rápidamente por el recibidor y sabíamos que el rescate estaba cerca. Apreté la mano de Pippa.

«Solo unos segundos más».

–¿Sabéis –susurró– lo que pasó aquí…?

Entró como un huracán, temblando toda ella y, antes de que el hombre pudiera hacer otra pregunta, Pippa y yo saltamos y nos fuimos corriendo. Empujamos incluso a nuestra madre para salir al recibidor y subir por la escalera de caracol, hasta el piso más alto. Cuando llegamos a la puerta del desván, nos resistimos y nos tumbamos delante, en el rellano. Sacamos las cabezas por las barandillas y escuchamos.

–Lo sentimos –estaba diciendo el hombre, tres pisos más abajo. La mujer también estaba disculpándose.

–Es nuestro trabajo –insistían–. Usted comprenderá que tenemos que preguntar.

Pero mamá solo gritaba.

–¡Fuera, fuera de aquí! –hasta que se fueron, y la Hart House quedó de nuevo en silencio exceptuando sus sollozos, sola en el vestíbulo, y el viento que silbaba entre los listones de madera de la habitación que había sobre nuestras cabezas.

CAPÍTULO 11

Alfie

Pasó una hora con ellas, quizá más, haciéndoles preguntas, cada una de las cuales era una variante de: «¿Por qué me estáis mintiendo?». Pero ellas no dijeron nada. Así que estamos de vigilancia, en silencio, en el dormitorio que una vez compartí con su hermana. Las persianas están medio cerradas, balanceándose en el calor de la brisa. Julia y yo estamos de rodillas sobre la suave moqueta. Tiene la cabeza apoyada contra el alféizar, con mechones de pelo oscuro bailando sobre los hombros.

La Hart House no tiene jardín, solo un patio de piedra cuadrado salpicado por malas hierbas y plantas en maceta y rodeado de otras tres casas, cada una de la misma altura que la nuestra. Desde mi dormitorio, en el piso de arriba, podemos oír el chorrito del agua de las niñas arreglando las plantas, y el sonido de sus Crocs, transportado por el aire húmedo. También vemos a las niñas, aunque en miniatura desde esta altura, como liliputienses ocupándose de sus asuntos en silencio, ajenas a los gigantes que las observan desde sus asientos en el cielo.

Julia está observando con más atención que yo, aunque de vez en cuando mira a la cama de matrimonio con una expresión de curiosidad. Esta fue la habitación de sus padres, hace décadas, así que pensará en ellos, no en mí y Pip. Otras veces, vuelve la cabeza hacia la puerta, inclinándola sutilmente, como esperando que no me dé cuenta, hacia arriba, hacia el desván. Su expresión no es fácil de descifrar, pero oigo su suave respiración entrecortada.

Luego vuelve a mirar a la ventana, como si yo no estuviera.

–¿Por qué hacemos esto? –pregunto, después de aclararme la voz con énfasis, aunque no sirve de nada.

—Ya sabes por qué. —Las palabras le salen en una gran respiración melancólica, mientras continúa mirando fijamente al patio.

—¿Por qué estás tan segura de que fue Sylvie? Pudo haber sido cualquier otro niño en la escuela.

—No fue otro niño —murmura.

Yo resoplo, pero no agresivamente; estoy demasiado ansioso para eso. Necesito la atención de Julia de una forma en que nunca, jamás, la he necesitado, y es una sensación horrible, desgarradora. Lo prefería cuando estaba intentando aplacarme activamente; agarrándome de la muñeca, andándose con pies de plomo. Ahora, es como si necesitara su confianza. El equilibrio ha cambiado.

Julia no aparta los ojos de las niñas.

—Como he dicho, Cassia no mentiría por nadie más.

—¿Qué te hace estar tan segura de que miente?

Ahora sí que he captado su atención. Julia me mira de frente, con su cara tan cerca de la mía que veo sus pupilas dilatarse al volverse desde la luminosa ventana.

—¿Qué quieres decir?

—Mentir es un acto consciente. Deliberado.

—¿Sí?

Me encojo de hombros, un poco avergonzado. Es la primera vez que digo esto en voz alta:

—Creo que las niñas creen que Black Mamba es real.

—Eso sería psicosis —dice Julia, un momento después—. Una folie à deux o locura compartida. ¿Qué te hace pensarlo?

—Es solo… —Hago una pausa, eligiendo las palabras, desesperado por no sonar idiota. O al menos no demasiado idiota—. La forma en que Sylvie actuó el día del cumpleaños de Pippa, cuando Cassia se estaba portando tan mal… El dolor que veía su cara…, los vómitos. Todo parecía muy real.

Julia considera la posibilidad, y luego sacude la cabeza y regresa a su puesto de vigilancia.

—No. No lo creo. —Exhala con fuerza y junta los dedos de las manos: signo inequívoco de que se está poniendo en modo psicóloga–. Todo este tiempo, esto ha sido un mecanismo de afrontamiento. Una manera de aliviar el estrés, que está causado, creo, por una falta de control. Una incapacidad para gestionar su pérdida; para expresar sus emociones verbalmente. Es posible que Sylvie sintiera dolor el día del cumpleaños de Pip. Podría perfectamente haberse enfermado ella misma. Pero siempre ha sido irascible. La violencia hacia Cassia no estaría fuera de lugar, dadas las circunstancias.

No digo nada, y ella empieza a toquetear la moqueta.

–Cualquier tipo de violencia es de su parte, Alfie. Es suya. No puede simplemente culpárselo a un amigo imaginario.

Julia me mira intensamente y yo asiento, por supuesto. ¿Qué otra cosa espera que haga?

–Y –murmura, volviendo la cara de nuevo– tú tampoco puedes.

–¿Qué significa eso?

Un momento de reflexión y allá va:

–Sylvie siempre ha sido tu favorita.

Las palabras son como si me hubiera abofeteado.

–Eso no es verdad. –Ahora le toca a ella resoplar.

–No lo es –insisto–. Yo no prefiero a Sylvie. Nunca lo he hecho. Es solo que Sylvie… me ha preferido siempre a mí. Y Cassia ha preferido a Pip, también, ¿sabes? ¿Tan raras son estas cosas?

Julia no responde inmediatamente. Mira hacia la cama de nuevo, apartándose el pelo de los ojos.

–A veces puede pasar con los mellizos. Un fenómeno en el que… muestran una preferencia. La melliza de la madre, y la melliza del padre.

Mi irritación se calma un poco, atenuada por la intriga.

–¿Y es real? ¿Esa preferencia?

–A veces no –dice ella suavemente, casi como en un sueño–. A veces es solo… una creación de la dinámica de mellizos. Una forma de asegurarse la atención completa. Pero a veces es real, creo. De parte del niño y de los padres.

Julia juguetea con la moqueta de nuevo, mirando al suelo fijamente, y luego dice con rotundidad:

–Mi padre siempre prefirió a Pippa y eso yo lo sentí de forma muy real.

–Oh.

Sonríe con tristeza.

–Digo «siempre». En realidad, fue conforme íbamos creciendo. Conforme nos fue conociendo. –Su voz tiene más de apagada que de amarga.

Cambio de postura en el suelo, incómodo, dejo caer la espalda contra la pared, estiro las piernas para aliviar las rodillas. A lo largo del año pasado, Julia habrá querido decir «los dos estamos en duelo» y «yo también la amaba» todas las veces que he sido insoportable. Pero, bajo su duelo, también ha habido otra cosa presente, una maraña de infelicidad que siempre estuvo allí, incluso cuando Pippa vivía.

Por supuesto, Pippa se sentía deprimida de vez en cuando, pero eran estados de ánimo que iban y venían. Se enfadaba y se volvía paranoide y se desanimaba. Y luego se volvía a levantar. Marian era del mismo modo. Eran personas apasionadas.

Julia ha sido diferente desde que la conozco. Siempre calmada y serena, sonriente; aunque algo oscuro se adivinaba justo bajo la superficie.

«Tú te pareces más a ella que yo», me comentaba Pippa de vez en cuando, cuando Julia y yo compartíamos una broma irónica o cínica –o manteníamos la cabeza fría cuando Pip entraba en una espiral de alegría, o hundiéndose en la desesperación. Y era cierto: éramos parecidos. Julia y yo, exceptuando aquella tristeza. De dónde salía, no podría decirlo. Antes de este momento, nunca me lo había preguntado.

La observo un poquito más de tiempo, deseando que se abriera más conmigo. Siento una fuerte necesidad de abrazarla y sentirla contra mí. Pero algo impide que sea capaz de intentarlo. Aún pienso en la defensa que hizo de mí ante el señor Lewer. Segura, apasionada… y totalmente inmerecida.

–Julia–digo, por fin–, ¿piensas que…

Pero antes de que acabe la frase me corta en seco:

–Alfie, mira.

En el patio se ha creado un silencio espeluznante, a pesar de la presencia continuada de las niñas. El ruido del agua ha cesado, igual que el chis-chis de las Crocs.

–¿Qué? –susurro.

–Tú mira.

Las niñas han acabado de arreglar las plantas. Cassia está acuclillada en el patio y Sylvie está delante de pie. Tienen las manos entrelazadas y se están meciendo, como si fuera un baile. No, de repente me doy cuenta de que están luchando; intentando ver quién puede con la otra. También están hablando entre ellas, pero no lo suficientemente alto para que lo oigamos.

–¿Se están peleando? ¿No deberíamos…?

Julia me hace callar, mirando atentamente.

Ellas siguen luchando hasta que, de repente, Sylvie echa atrás el pie derecho. Sé lo que viene ahora, pero no tengo tiempo para gritar. Con todas sus fuerzas, Sylvie le da una patada a su hermana en el estómago. Cassia pega un grito, cayéndose con fuerza sobre el suelo de piedra.

«Jesús». Me pongo en pie y me mareo.

–¿Alfie? Alfie, intenta calmarte –dice Julia, pero yo ya he salido de la habitación y estoy bajando por las escaleras y llego al patio.

–Lo hemos visto –digo, sin aliento, al acercarme a Sylvie–. Lo hemos visto todo.

Tiene la cara pétrea, rígida por un propósito violento, pero tiembla cuando me acerco.

–¿Qué demonios estabais haciendo?

–Ha sido él –gime Cassia, que ya vuelve a estar sentada, aturdida–. Black Mamba. Le ha hecho hacerlo.

–Alfie, llévate a Sylvie arriba. –No había notado que Julia me había seguido, pero la tengo al lado.

Reacciono con obediencia irreflexiva. Me inclino y cojo a Sylvie de la muñeca, igual que hice en el supermercado. Tan pronto como la toco, grita tan fuerte que me da la sensación de que las paredes se nos van a caer encima.

–Alfie, llévatela –dice Julia, aún con más firmeza.

Me llevo a Sylvie hacia dentro a rastras.

–¡Para! ¡Para, por favor! –Pero es como si no me pudiera oír; como si no pudiera controlar su cuerpo. Se resiste y patalea mientras la llevo hasta arriba, con la cara contraída por la furia. Cuando llegamos al descansillo del segundo piso, la empujo al cuarto de baño, que es el único cuarto de la Hart House que se puede cerrar con llave, y cierro bien. Me quedo al otro lado de la puerta e intento calmar mi respiración. Tengo las manos contra la madera, donde puedo sentir los puñetazos que da; vibran contra mis palmas.

–Quédate ahí –le ladro. Es una orden redundante, ya que tengo la llave en la mano–. Quédate ahí y piensa en lo que has hecho.

Su furia no hace más que amplificarse, pero el cuarto de aseo la contiene. El eco de los gritos rebota en los azulejos y hace que se redoblen. Regreso corriendo al patio. Julia, con una compostura que desarma a cualquiera, está sentada al lado de Cassia, que aún está encorvada, sin aliento, sobre el suelo pavimentado. La tomo suavemente del brazo, el que no está cubierto de morados, y la ayudo a levantarse.

–Ay, Señor –digo, abrazándola muy fuerte–. Lo siento tanto.

Pero Cassia parece más irritada que enfadada.

–No escucha –se queja.

–¿Quién? –pregunto–. ¿Tu tía?

Cassia parece aún inestable a pesar del abrazo. Debe de estar aún mareada de la caída.

–¡Sí! Díselo, papá. –Se mueve para separarse de mí–. Dile que ha sido él. Él ha hecho que Sylvie me pegue.

–No, amor –dice Julia, acariciándole la mejilla–. No fue él. Sylvie es responsable de sus propias acciones. –Y después–: Black Mamba no es real, cariño. Creo que quizá… Ella se lo

151

inventó. ¿No es eso? Nos puedes decir la verdad. ¿Se lo ha inventado ella?

–¡Uy! –Cassia se pone la mano en la frente y da un gritito ahogado.

–¿Cass? –Le coloco una mano detrás para que no se caiga.

–Es Sylvie –dice–. Él está allí dentro con ella ahora. Está en el cuarto de baño con ella. Por favor, tienes que ayudarla. ¡Tenéis que sacarla de ahí!

–Alfie… –empieza Julia.

Pero Cassia se agarra la cabeza aún más fuerte.

–¡Rápido!

–Quédate con tu tía –le digo, mientras vuelvo corriendo hacia el cuarto de baño.

–¡Alfie!

Me tiemblan los dedos al intentar pescar la llave del bolsillo.

–Alfie, no les sigas la corriente. –Julia está al pie de la escalera, y Cassia asoma por detrás de sus piernas–. Es una locura.

Dudo. Tiene razón, desde luego que sí, pero en ese momento algo me hiela, forzando mi mano: el cuarto de aseo está completamente en silencio. Me cuesta un momento girar la llave, como si se hubiera hinchado por el calor, pero, de repente, hace clic y la puerta se abre con facilidad. Vuelvo los ojos enseguida al espejo de la pared izquierda, donde la luz resalta una veta de algo rojo. Un rastro de sangre, igual que la noche en que Pippa se cayó. Y Sylvie, como Pippa, está inmóvil en el suelo. Me acuclillo y la cojo en brazos.

–¡Julia –grito–, llama a una ambulancia!

Levanto la vista, pensando que está en el umbral, pero en su lugar veo a Cassia, que tiene un aspecto lamentable; igual que aquella noche terrible. Nuestras miradas se cruzan. Esa mirada fija es aterradora.

No es posible que se acuerde. Era demasiado pequeña. Solo recuerda la historia. La que yo le narré tantas y tantas veces.

«Mamá ha tenido un accidente. Había bebido demasiado. Se cayó».

Cierto, o bastante cierto. No es una historia inventada. Solo una versión abreviada.

Julia aparece detrás de Cassia. Se tapa la boca de la impresión. Miro a Sylvie, que se tambalea al borde de la consciencia, con sangre brotando de la frente. Se está formando un pequeño charco color cereza en el suelo de porcelana.

–¡Julia –digo de nuevo–, hazlo ya!

Pasan cuatro horas y seguimos en admisión y urgencias. Un joven enfermero, con un pijama de esos verdes que no es de su talla, está acabando la exploración de la frente de Sylvie. Parece cansado, pero tiene las manos firmes. Tiene un palo con luz en el extremo, que apunta a los ojos de Sylvie y luego mueve de lado a lado.

–Sigue la luz con los ojos, cariño. –Sus ojos azules siguen las instrucciones, de un lado a otro, y él parece satisfecho. Unas cuantas notas en el portapapeles, una media sonrisa.

–Estará bien.

–Gracias –le digo.

Está buscando entre sus papeles, y luego añade, con naturalidad y sin mirar a los ojos:

–La policía aún está aquí.

–Ya.

Señala con un gesto el pasillo.

–Quieren hablar con ella…, su… ¿compañera?

Julia está en mitad del pasillo, comprando café. Siento que la cara se me sonroja.

–La tía de Sylvie.

Se encoge de hombros, con indiferencia.

–¿Se lo puede decir?

–Por supuesto –digo–. Iré a por ella.

–¿Papá? –Sylvie está acostada como una princesa, inmóvil bajo las sábanas blanco puro de la cama de hospital. Vuelve a estar en modo asustada: la voz insegura, infantil. Todo rastro de ira y amenaza se ha desvanecido de su cara. Pero yo no lo puedo olvidar.

Le beso la mano, porque me da cosa besarla en la cabeza.

–Volveré enseguida. Lo prometo. –Me vuelvo al enfermero otra vez–. Gracias –repito.

Él asiente veloz mientras vuelve a colocar el portapapeles al pie de la cama. Luego me encamino por el pasillo hacia Julia.

–Sylvie está bien –le digo–. No hay conmoción. No hay que arreglar nada.

Es una expresión chocante en estas circunstancias, y me siento extraño al decirlo. Señalo a los agentes con chaquetas fluorescentes al final del pasillo, hablando con otra familia; otra crisis.

–Quieren hablar contigo.

Julia asiente, tomando un traguito de café.

–Ya se lo he dicho todo. Probablemente solo quieren…

–Sí.

Nos estudiamos de una forma incómoda.

–¿Está Cass…? –pregunto.

–Ahí dentro.

–Vale. –Me froto los ojos–. Esperaré con ella.

Julia pestañea.

–¿Y qué hay de…?

–Ya te lo he dicho –digo–. Sylvie está bien. Me esperaré con Cass.

Ella asiente, con cansancio.

–Muy bien.

Le toco el brazo superficialmente; ella me devuelve el gesto. Entonces nuestros caminos se separan.

Cassia está sentada en una sala de espera vacía. Cuando entro no mueve ni un músculo. No me ha dicho ni una palabra desde el accidente de Sylvie.

–¿Te importa si…? –Sonrío débilmente, haciendo el gesto de sentarme delante de ella.

Aún nada.

Me siento, con las piernas pesadas como el plomo, y cierro los ojos. También los siento dolorosamente pesados. «No necesitamos hablar», me digo. «Estar con ella es suficiente». Cassia me observa en silencio.

–Lo siento –digo al fin–. Te he estado ignorando.

Cassia abre mucho los ojos, pero sigue sin hablar. (En realidad, ambos sabemos que es al revés.)

Me inclino para acariciarle el cabello. Pero ella se retrae ante mi avance.

–¿Qué te pasa? –le pregunto–. ¿Qué es lo que va mal? Me lo puedes decir.

Ella inclina la cabeza.

–¿Puedo?

Asiento, dándole ánimos.

Sus fosas nasales se dilatan ligeramente y se encoge de hombros.

–Creía que no querías oírlo.

–Sí que quiero. Siempre quiero.

Niega con la cabeza, entrecerrando los ojos.

–Creía que no querías oír hablar de él.

–Cass…

–Es verdad. No quieres que hablemos de Black Mamba. Aunque –añade muy flojito–, quizá deberías.

–¿Qué quieres decir?

–Uf –dice–. Tiene muchas cosas que decir. Tantas ideas.

–¿Cómo cuales? –me burlo, no puedo evitarlo–. ¿Hacer que Sylvie te dé una patada en el estómago?

–Black Mamba dijo que dijera que eras tú.

Oigo sus palabras, pronunciadas tan ligeramente, sin malicia; casi como en trance –pero no puedo digerirlas. Parecen rebotar de mi comprensión.

–Black Mamba –continúa– dijo que yo debería enseñarles la barriga a los médicos. Que debía decir a la policía que tú me pegaste la patada. Que yo debería decir que tú me hiciste los morados en el brazo…

–Los sonidos del hospital van menguando, y mi campo de visión parece estrecharse.

–¿Por qué? ¿Por qué ibas a…? –Trago saliva, con la garganta irritada, y me corrijo–. ¿Por qué te diría él que hicieras eso? ¿Por qué te diría que mintieras?

Contesta con calma, sin dudar en absoluto.

–Porque así volveríamos a estar solos. Solo nosotros tres.

Me encojo en el respaldo de la silla. Su voz es fría, tan fría, tan helada como las palabras mismas.

Sus palabras. O las de él.

La miro fijamente a los ojos, en busca de algún destello de emoción, de algo que pueda reconocer y a lo que poder agarrarme. Pero sus ojos también están helados.

–¿Alfie?

Vuelvo la cabeza hacia la puerta. Julia está ahí de pie, con el ceño fruncido, y Sylvie detrás.

–Alfie –dice–, ¿qué pasa?

Vuelvo en coche a casa; me veo a mí mismo conduciendo hasta casa, con los dedos temblando sobre el volante. A ambos lados de la carretera, luces anaranjadas se extienden y se derraman como en un sueño. La Hart House nos está esperando, pacientemente, en la oscuridad.

«Abre tus fauces de mármol, oh tumba, y escóndeme, tierra, en tu oscuro vientre, antes de que manche el nombre de mi padre, y obtenga mayor aflicción de la conquista…».

Dejo que Julia lo haga todo cuando llegamos a casa. Desviste a las niñas, las baña y las mete en la cama. Estoy tumbado en la sala de estar, con las luces apagadas, boca abajo en el sofá como un cadáver. Cuando acaba, ni siquiera veo que está de pie delante de mí hasta que habla.

–Cassia me lo ha dicho. –Su voz es baja y disciplinada–. Lo que te dijo. Lo que él dijo… –Niega con la cabeza, suavemente, como si no lo creyera–. Quizá tengas razón. Quizá estén alucinando. Quizá sí piensen que Black Mamba es real.

–Quizá lo es.

Julia se me queda mirando fijamente, con el rostro helado en la tibia luz del vestíbulo. Si pudiera encogerme de hombros, lo haría. Pero ya no me queda fuerza en los hombros.

–Me puedo quedar esta noche –dice ella, finalmente–. Unas cuantas noches, tal vez. Puedo quedarme aquí, contigo y con las niñas. Podemos averiguar qué hacer, juntos.

Me levanto apoyándome en los antebrazos, casi sin creerlo.

–Pensé que odiabas esta casa.

–Oh –dice con indiferencia–, la odio.

CAPÍTULO 12

Julia

Nunca creí que volvería a vivir aquí de nuevo. Pero aquí estoy, en mi antigua habitación, justo delante de la de las chicas, que también fue mía una vez. Mía y de Pippa. Cada centímetro de esta casa me es familiar. Podría andar por aquí con los ojos cerrados y no me equivocaría de escalón, ya que siempre conozco la distancia entre puerta y puerta. Las niñas podrían taparme los ojos con un pañuelo, darme unas vueltas enteras y empujarme en cualquier dirección, y aun así, ninguna de las habitaciones me engañaría; los surcos de las tablas del suelo las delatarían.

Las niñas ahora están en la cama, dormidas profundamente, por lo que sé. Cuando volvimos del hospital tenían los ojos como platos y vigilantes, pero los rituales de irse a la cama han ayudado a calmarlas. Les he quitado la ropa sucia y las he bañado con agua tibia. La mancha de sangre de Sylvie, que se me había olvidado, se había quedado incrustada en el gran espejo como un tosco icono. Me acuclillé para inspeccionar la marca y, de repente, parecía estar en mi propia frente, o la de mi melliza del espejo. Sylvie echó una mirada a la mancha al entrar en el cuarto de baño, tocándose levemente los puntos de la ceja, como si se estuviera marcando con cenizas, aunque su estado de ánimo parecía lejano al del dolor o la penitencia. Cassia estaba más inestable; le ha echado un ojo a la marca desde la bañera con recelo, como si se hubiera obsesionado por sus bordes oscuros y secos, y solo se ha relajado cuando la he limpiado.

Cuando las niñas ya estaban limpias y acostadas, desaparecidas entre la nube del edredón, no dejaban de bostezar. El trauma vivido durante el día las había alcanzado en una ola repentina y abrumadora. He apagado la luz y he podido sentir, casi al instante, cómo caían en las profundidades del sueño, con la respiración estabilizándose rápidamente hasta un ritmo superficial y mecánico.

Si están despiertas, no han salido de la habitación, las habría oído. No hay nadie que viva en la Hart House y que pueda cruzar sus tablones tan silenciosamente como yo. Por eso sé también que Alfie tampoco ha subido todavía. Lo dejé estirado en el sofá, con los ojos vidriosos, como si el pensamiento consciente lo hubiera abandonado. Quizá lo oiga entrar en la cocina pronto. Quizá oiga ruido de botellas. No hay nada que lo detenga.

Me mudé a esta habitación poco después de que papá muriera, cuando Pippa empezó a tener un sueño demasiado interrumpido para seguir compartiendo cama. Alfie y Pip no modificaron nada cuando mamá les dio la casa, simplemente la dejaron como habitación extra, así que está más o menos igual que el día que la dejé, como si hubiera estado esperando, todo este tiempo, a que volviese.

Me quedo tumbada en la cama, intentando relajarme. Pero las cortinas beige, las paredes sin adornos y la solitaria silla de madera me evocan un contraste deprimente con mi acogedor piso.

No me quedaré mucho más de tres días y tres noches. El tiempo que Jonás pasó en la barriga de la bestia. El tiempo que Cristo pasó en el lugar de las tinieblas.

Alargo un brazo para apagar la lámpara de la mesilla y, al hacerlo, oigo unos ruidos abajo. Alfie está por el pasillo, parece que se ha levantado del sofá. La casa gruñe mientras él busca el camino en la oscuridad. Cierro la mano en torno a la lámpara antes de que vea que estoy despierta. Las palabras que intercambiamos en la sala de estar, hace menos de una hora, aún retumban en mi cabeza.

«Quizá piensen que Black Mamba es real».

«Quizá lo es».

Le doy al interruptor y la habitación se queda a oscuras. Pero esa oscuridad ha llegado un segundo tarde; conforme alejaba la cabeza de la lámpara para tenderme en la almohada, mis ojos pasaron momentáneamente por la silla de madera solitaria del rincón del cuarto, y en esa milésima de segundo vi a un hombre sentado en ella, sonriéndome. Luego desapareció entre la negrura.

En pánico, intento a manotazos encontrar el interruptor, tumbando cosas en la espesa oscuridad. Cuando lo vuelvo a encontrar, la silla está vacía. Miro de un lado a otro, aterrorizada por la posibilidad de encontrarme al hombre a mi lado. Miro incluso en el techo, como si pudiera encontrármelo ahí tendido, como una araña esperando para caerte encima. Pero es un lienzo en blanco, con solo una bombilla desnuda colgando del centro.

Intento calmar mi respiración. Jamás me había pasado algo así. Aunque haya imaginado ver ese tipo de cosas, he temido verlas, he deseado verlas, todo mil veces. Sé, racionalmente, que no es nada raro ni preocupante. Que esta visión es el tipo de cosa que el cerebro puede producir con facilidad cuando estás estresada o falta de sueño. Pero, de algún modo, aún me siento alterada.

Me levanto, temblando, y abro la puerta de la habitación. El descansillo está tan vacío como el cuarto. No hay nadie en las escaleras. No viene ningún ruido de abajo, ni de la habitación principal, dos pisos más arriba. Alfie debe de haber ido muy rápido a la cama, porque, si no, todavía estaría abajo. Tengo ganas de subir hacia su habitación para saber seguro que está allí, pero me reprimo. Salir de la habitación sería arriesgarme a despertarlo, y necesita dormir. Todos lo necesitamos.

Cierro la puerta y me vuelvo a meter entre las sábanas. Me quedo mirando la silla vacía, con el corazón latiendo fuerte. Parte de mí quisiera sacar esa silla al rellano, pero sé que no debería. Me quedo perfectamente quieta, intentando engañar a mi cuerpo para que se duerma.

Así es como ella me solía encontrar, las semanas después de la muerte de papá: rígida e inmóvil en la cama. Me solía pasar a este cuarto para que no me molestara cuando se despertaba sollozando por la noche. Mamá nunca venía a consolarla. Con el océano de pastillas que se echaba al cuerpo, a medianoche mamá estaba ya muerta para el mundo. Todas las lágrimas de Pippa cayeron sobre mí.

Me había mudado a la habitación al otro lado del rellano, pero no podía evitar que se despertara o que entrara. Primero la oía empujar la puerta, luego sentía su peso cuando se metía en la cama conmigo.

—Lo he vuelto a ver —susurraba. Su cara húmeda rozaba la mía—. Al fantasma de papá...

—Solo ha sido un sueño —respondía yo.

—No ha sido un sueño. Era real.

—Vuelve a dormir.

Pero no servía de nada decirle a Pippa qué tenía que hacer cuando estaba disgustada.

—He visto su cara en la oscuridad. Estaba de pie al pie de nuestra cama.

Yo me movía al otro lado, de mala gana, para dejarle sitio.

—Ya no es nuestra cama. Es la tuya. Y esta es la mía.

—Tú me crees, ¿verdad? —solía decir, sin que le importara mi frustración—. Lo he oído en el descansillo, subiendo y bajando las escaleras. Agitando el sonajero...

El cascabelero. Ese detalle siempre me hacía temblar. Cuando estaba vivo, papá vagaba por la Hart House de día, fotografiando los cuartos vacíos, como si buscara algo en el espacio en blanco; algo escondido de la vista. Y, por la noche, cuando no podía dormir, subía y bajaba por la escalera de caracol, agitando el sonajero. Mamá gritaba desde abajo, desesperada, «déjalo hasta por la mañana», pero él raras veces le hacía caso.

El sonajero era una antigüedad, con el mango de madera lleno de arañazos y los cascabeles cubiertos de tela gastada. Papá nunca nos explicó lo que hacía, por qué lo hacía sonar, por qué lo hacía por las noches. Parecía que estuviese llamando a algo. Algo en las tinieblas.

«¿Sabéis por qué os habéis mudado a esta casa?» —nos preguntaba el hombre de servicios sociales—. «¿Sabéis lo que pasó aquí?».

–Cierra los ojos –le decía yo a Pippa, la última noche que vio al fantasma de papá–. Cierra los ojos e imagínate una puerta. Roja, con cerradura; como la caja en la que papá guarda sus fotos.

–Sí –decía Pippa–. La veo.

–Bien. Ahora imagínate que papá está detrás de esa puerta. Detrás de la cerradura. Eso es. Ahora no puede salir, ¿verdad? Cuando pienses que lo ves o lo oyes, recuerda que está atrapado.

Pippa se acurrucaba a mi lado.

–Te quiero, Julieta –decía.

–Yo también te quiero.

Ahora, cierro los ojos con la luz encendida, pensando aún en mi hermana. Siguiendo mi propio consejo, nunca le contó a mamá que tenía esas visiones. Con mi ayuda, empezó a apartarse de la iglesia y, finalmente, se alejó de mamá también. Se mudó. Empezó a vivir la vida que quería para sí misma.

Entonces conoció a Alfie, y nunca más me pidió ayuda. Nunca hasta la semana antes de su muerte.

Me estremezco, luchando aún por creerme que pereció en el sótano de esta casa. En el espacio donde papá revelaba sus fotografías; donde guardaba la caja roja; donde guardaba el sonajero. Sin atreverme a abrir los ojos, vuelvo a alcanzar el interruptor. Esta cuenta como la primera noche de tres.

*

–¿Tienes hijos?

Estoy en la clínica. Esta será mi última cita durante un tiempo; me voy a coger otra excedencia. Tan pronto como acaben mis tres días en la Hart House, me voy de Londres. A la costa, quizá. Necesito escapar.

Pero, antes de eso, voy a visitar a Simon una última vez. Viene arreglado y vestido con elegancia, pero está ojeroso y cuando habla de Ralf baja la voz, como si tuviera miedo de que se le rompa. Soy vagamente consciente de que me acaba de preguntar algo, pero me cuesta entenderlo. Desde el inicio, esta pareja me ha desconcertado. El amor que se tienen es tan fuerte que el conflicto entre ellos parece injustificado, insostenible. Sin embargo, está claro que también les está pasando factura.

–¿Eh?

Con paciencia, me vuelve a preguntar si tengo hijos. Lo normal sería que tuviera una regla de oro en cuanto a contestar preguntas personales en la clínica. Pero la verdad es que la mayoría de clientes no las hacen. Para la mayoría de los clientes, yo no tengo vida interior. Soy un espejo, su yo externalizado. Algo a lo que hablar, no con quién hablar.

Así que respondo:

–No.

–¿Los querías?

Para mi sorpresa, me entra una especie de resquemor por el uso que hace del tiempo pasado.

–Sí –contraataco, sincera–. Siempre.

–Oh –dice abruptamente–. Lo siento.

–No, no. No pasa nada. Nunca parece ser el momento adecuado. Nunca he estado con el tipo adecuado.

Asiente, con la mirada un poco perdida, lo que me da la oportunidad de reflexionar. Es verdad: no tengo hijos por accidente, igual que muchos de mis clientes han tenido hijos antes de estar preparados. Simon y Ralf no gozan de ese privilegio. No puede haber accidente que arregle su disputa, permitiendo a uno racionalizar lo que quiere y al otro controlar sus emociones, aceptando lo que debe ser. Esa es su condición, su maldición. Ellos deben hacer una elección.

–No es que no quiera ser padre –dice él, un momento después–. Solo me parece que sería como fingir. Como jugar a papás e hijitos.

–¿El qué...?

–Adoptar niños. Que ellos me llamen papá. Supongo que me acostumbraría. Pero no sé si podría quitarme de encima la sensación de que soy...

Hablando automáticamente, le acabo la frase:

–Un impostor.

–Sí –dice fervientemente–. Con el padre verdadero en algún lugar entre sombras. –Se encoge de hombros–. Estoy seguro de que los querríamos. De que los criaríamos bien. Estoy seguro de que puedo hacer ese papel, disfrutarlo incluso. Pero luego... Miraría a Ralf y recordaría que nada de eso es verdad. Que estoy viviendo la vida de otra persona. O, al menos, no la vida que me corresponde. ¿Se entiende lo que digo?

Se inclina hacia delante, mirándome fijamente, como si realmente esperara que le respondiera. Pero no puedo. Si digo que lo entiendo, sonará simplista. Aunque sí que lo entiendo. Lo he sentido desde que era niña: el miedo de que lo que yo quiero y quien soy no esté alineado, y de que nunca lo estará.

Voy acabando la sesión. Casi hemos llegado a la hora. Le recuerdo cordialmente su nuevo horario y el nombre de mi colega. Normalmente, me siento culpable cuando endoso clientes; un terapeuta nuevo puede deshacer semanas de progresos, ralentizarlo o detenerlo del todo. Pero en este caso no me pasa. He hecho todo lo que he podido por esta pareja; todo lo que se puede hacer.

Acompaño a Simon a la salida, se lo devuelvo a Ralf, y a lo que quiera que el futuro les depare, o no. Dejo que ellos lo elijan.

Cuando llego a casa, las niñas están aún en la escuela. Alfie está sentado en la sala, mirando por el ventanal hacia el Peter's Park. La barba sin afeitar se le ha vuelto densa. Nunca me lo he podido imaginar con barba, pero pronto no hará falta. Alfie siempre ha sido guapo, pero la tensión de haber perdido a Pippa y, ahora, la posibilidad de poder perder a las mellizas también, le ha vuelto desaliñado, descuidado.

Menos atractivo. Más al alcance.

–He terminado el trabajo –digo. E inmediatamente pienso «no he terminado»–. ¿Podemos hablar?

Gruñe lo que parece ser una afirmación.

Me siento en el sillón que tiene delante.

–Anoche dijiste que pensabas que Black Mamba podría ser real. Me pregunto si lo decías de veras.

Silencio. Luego suspira y se frota la frente.

–Te traje aquí para que ayudaras a las niñas –dice–. Ahora quieres hacer terapia conmigo.

Abro la boca para objetar, pero él levanta la mano.

–Está bien –dice con cuidado–. Quizá sea buena idea que lo quieras. Quizá fuera ahí donde debimos empezar.

Asiento, y considero cómo poner palabras a mi primera pregunta; la mejor manera de no desvelar demasiado. La visión que tuve anoche del hombre en mi habitación parecía remota en la clínica. Pero ahora que vuelvo a estar en la Hart House, está conmigo de nuevo.

–¿Has tenido alguna… alucinación?

Alfie sonríe con ironía.

–¿Cómo iba a saberlo?

–Bien, ¿lo has visto? A Black Mamba, quiero decir.

–Solo en sueños.

–¿Nunca durante el día?

–Nunca.

–¿Ni por el rabillo del ojo?

Se frota los dedos sobre los labios, pensando.

–He visto a Pippa –dice, muy bajito, poco después–. Empezó como una fantasía. Cerraba los ojos e imaginaba que estaba en la habitación de al lado. O los abría y fingía que estaba en la habitación de al lado. Luego empezaba a hablarle y a inventar las palabras que ella me daría por respuesta. Después de un tiempo, empecé a oír su risa, saliendo de la nada, como una burbuja en el aire. A veces pienso que la veo, también. En los cristales de la ventana, en espejos. Siento su presencia, a veces, por la noche.

–¿Y por qué crees que pasa?

Se toma un momento, pasándose la lengua por la boca. Toda su energía parece haberse agotado.

–Porque la echo de menos. Y no puedo creer que nunca más hablaremos. Ni nos besaremos. –Duda un momento, pero muy breve–. Ni nos pelearemos.

Lo miro con atención. Esta puede ser la primera vez que admite que existió alguna tensión entre ellos. «Se peleaban». Siento un extraño escalofrío cuando esas palabras salen de sus labios, algo oscuro se remueve en mi interior. Yo ya conocía este hecho, por supuesto, porque Pippa me lo contó, muchas veces. Pero escucharlo de boca de Alfie, en su ausencia, es más potente. La necesidad de hurgar más profundamente es irresistible, y me ayudo de lo que ya sé.

–¿De quién fue la idea –pregunto débilmente–, de tener hijos? Una mirada perpleja.

–¿De Adán y Eva? No fue idea de nadie. Es lo que hace la gente.

–¿Las parejas no hablan de esas cosas normalmente? Se encoge de hombros, aún desconcertado.

–Quizá fuera el momento.

–De acuerdo, pues. ¿Quién los quiso primero? Hay como un destello en sus ojos.

–No me acuerdo –dice dulcemente. Después, cambia de idea. Quizá se le ocurre que yo pueda saber ya la verdad. O quizá simplemente decide ser honesto.

–Ella.

Asiento, de forma contemplativa.

–¿Por qué no querías hijos?

–Sí que los quería –me corrige–, solo que no…

–¿Entonces?

–No.

–¿Por qué no?

Sacude una mano vagamente.

–¿Tiene relevancia esto? No hacía tanto que nos conocíamos. Vivíamos en un piso minúsculo.

Me aclaro la garganta instintivamente. Su primer piso era más grande que el que yo tengo ahora.

—Cosa que no estaba mal —añade, retractándose—. Teníamos espacio suficiente para tener hijos, supongo, justito. Pero ese espacio era nuestro, mío y de ella, ¿sabes?

Asiento. (Está empeorando las cosas, por supuesto. Pero no tiene por qué saberlo.)

—Me parecía espinoso el tema de compartir el espacio con alguien más.

—¿Espinoso?

Ladea la cabeza.

—Supongo.

—Es la palabra que has usado.

Se queda mirándose el regazo.

—Supongo que me preguntaba si yo aún sería suficiente para ella. ¿Suena eso demasiado ridículo?

—No —respondo con sinceridad. Debería haber sido un pensamiento ridículo. Pero sé de buena tinta que no lo era.

—Cuando nos conocimos —dice Alfie—, nunca cuestioné su amor por mí. Parecía innegable, desde el principio, como una fuerza de la naturaleza.

—Lo recuerdo —digo—. Estaba muy enamorada de ti.

Alfie sonríe.

—Me sentí halagado.

—Sentiste mucho más que eso —le indico—. Tú la amabas.

—Desde el momento en que la vi. Pero era un tipo de amor distinto, creo.

—¿Distinto a qué?

—Al suyo.

Cruzo las piernas, me aliso la falda. Intento parecer imparcial.

—¿Qué quieres decir?

Junta las puntas de los dedos, como si fuera a rezar.

—Mi amor por Pippa empezó pequeño, luego creció, día a día, hasta que no era capaz de ver a nadie más. Hasta que no podía verme a mí mismo con nadie más.

—¿Y el amor de Pippa hacia ti?

Vuelve a sonreír, esta vez con tristeza.

–Fue al contrario. Unos años después se empezó a inquietar. Quería más. Quería hijos. –Se encoge de hombros, con inseguridad–. Todavía me amaba. Estaba bien. Nuestro amor se encontró en el medio. Teníamos suficiente para arreglarnos, entre nosotros…

–¿Por qué no os casasteis?

–Al principio ella lo quiso. Ser la señora de Marvell. Yo no. Entonces tuvimos a las niñas.

–¿Y?

Se encoge de hombros.

Entonces era yo quien quería casarme. Y ella no.

Dudo antes de hacerle mi siguiente pregunta, pero creo que es seguro.

–¿Por qué discutíais?

Vuelve la cara, mira de nuevo por la ventana.

–Ya sabes cómo era Pippa. Lo intensa que podía ser. Apasionada.

–Quieres decir coquetona –pregunto. Aunque en realidad no es una pregunta, y él no lo trata como si lo fuera–. ¿Tuviste celos alguna vez?

Se hace un silencio frío. Después, me da todas las respuestas posibles, como si quisiera que eligiera una:

–No. Quizá. Sí. A veces.

–¿Alguna vez te sentiste amenazado?

–¿Qué?

–Por un rival. Otro hombre.

–No. Bueno, nadie específico. A veces salía con amigos. A beber, a pasarlo bien —resopla de repente–. Quizá por eso lo odio tanto.

–¿A quién?

–A Black Mamba.

–¿Porque…? –digo, tanteando. Pero no me ayuda–. ¿Porque reaviva esos sentimientos? ¿Los celos de otro hombre; la amenaza de un fantasma? ¿Te recuerda al modo en que Pippa te hacía sentir?

168

–No –responde Alfie–. Me recuerda a mis fallos.

Fallos. Pippa los veía también de ese modo. Me lo dijo una tarde de verano, no mucho después de que mamá le diera la Hart House. Tenía vacaciones de la clínica y ella se pasó por mi piso con un vestido de algodón y una pamela y se tumbó en el sofá, con el pelo largo colgando por encima del reposabrazos de un extremo, las piernas columpiándose en el otro, como si estuviera flotando en el aire. Sujetaba una copa de vino blanco; había traído dos botellas. Veía cómo hacía rodar el tallo de la copa entre sus dedos mientras hablaba de los defectos de su amante.

–No lo entiende –dijo, tomando traguitos–. Por qué no puedo yo decírselo también. «Siempre te amaré».

–¿Y por qué no puedes? –le pregunté, sirviéndome también una copa. Podría perfectamente haber estado en el diván de loquero, como a veces lo llamaba de broma, pero yo no estaba trabajando.

–Bueno –dijo Pippa–. ¿Cómo sé que siempre lo amaré? ¿Cómo lo sabe él? –Y sacudió la cabeza y cerró los ojos, y yo agarré con todo el puño el tallo de mi copa de vino.

–Lo pondrás nervioso –sugerí.

Pippa solo se rio.

–Celoso, entonces.

–No debería.

–¿Por qué no?

La pregunta pareció tumbarla.

–¿No piensas nunca –insistí– en hombres, aparte de Alfie?

–Oh, Julieta –dijo–. Por supuesto. Igual que miro, a veces, zapatos en los escaparates. Y no significa que vaya a tirar los que tengo… tan cómodos y fáciles de poner… como meterse en un baño tibio.

Por aquel entonces solía hablar mucho de ese modo: despreocupada, como en sueños, desviándose; mezclando metáforas; con frases llenas de elipsis. Antes había sido más precisa, más considerada, pero yo entonces estaba saliendo con alguien, un tipo del trabajo que era dolorosamente callado; y a quien pronto dejaría, así que ella hablaba con más libertad.

–El otro día me preguntó a quién quería más: ¿a él o a las mellizas? –dijo, soltando otra risa.

–¿Y qué le dijiste?

Píppa arrugó la nariz.

–No iba a mentir. Pero tampoco podía decirle la verdad.

Mi cara debió de mostrar la confusión.

–No lo entendería. Es inmaduro en algunos sentidos, como un niño obsesionado con a quién quieren más sus padres.

(Esa me dolió.)

–Aunque Alfie era hijo único –dijo–, y no creo que hubiera tenido ese tipo de preocupaciones. Cosa que tampoco ayuda.

–¿Entonces? –instigué–. ¿Qué le dijiste?

–Que amo a las niñas, y que no las criaría con ninguna otra persona más que él. –Se encogió de hombros–. ¿No es eso suficiente? ¿No es eso todo?

«Para una mujer podría serlo», pensé. «No para un hombre». Pero no lo dije. Evito los clichés, sobre todo los misándricos. Además, dudo que hubiera sido suficiente para ella.

(Por supuesto, esa era la razón por la que podía ser tan indiferente; no tenía ninguna necesidad de temer nada. Los sentimientos de Alfie por mi hermana, por entonces, habían llegado al punto en el que ella nunca más tendría que dudar de su amor. Ni matar sus propias puñeteras arañas.)

Me humedecí los labios, intentando formular algún tipo de buen consejo. Pero entonces me di cuenta de que ella no quería oír mis pensamientos; solo quería hablar.

–Amor es una palabra deshonesta –cavilaba, moviendo el vino frío por la copa–. La usamos para describir todo tipo de sentimientos, para todo tipo de personas. Pero no hay dos versiones que sean idénticas.

Pego un brinco. Alfie acaba de darme un toque en la rodilla.

–¿Estás bien? –pregunta–.

Sí. Perdona. No es nada.

Me ha dado la impresión de que esa mano se ha quedado un momento sobre la pierna, solo un segundo. Pero intento deshacerme de ese pensamiento.

—Todas las relaciones sufren —digo automáticamente, gracias a mi experiencia—. Eso no quiere decir que estés fallando.

—Pero las cosas se pusieron bastante mal —dice, con los ojos transparentes y graves— entre Pippa y yo. Justo antes del accidente.

—Oh —digo, aunque no es en realidad una sorpresa. Algo en el comportamiento de las niñas, la agresión de su migui, desde el inicio, hablaba de problemas que empezaron antes del accidente. Y ahora que he rascado en la superficie, Alfie quiere abrirse. O se siente obligado a hacerlo—. ¿Durante cuánto tiempo?

—Un año, quizá.

—¿Y por qué fue...? —empiezo a decir, pero mis pensamientos atropellan a las palabras y la pregunta se muere en la lengua al recordar. Me sonrojo—. Claro. Debí haberlo pensado. Lo siento.

—Sí.

Lo cojo de la mano. Es la primera vez, creo, que no la retira instintivamente. Tiene la palma increíblemente suave, como la mejilla de un bebé.

—Gracias.

Nos quedamos sentados en silencio un momento. Por fin, pregunto:

—¿Le pusisteis nombre? —No puedo creer que nunca haya hecho esa pregunta. Pero hace un año era todavía demasiado reciente—. No todas las parejas lo hacen —añado rápidamente—, cuando los embarazos no llegan a término. Es normal si le pones nombre al bebé, y normal si no lo haces.

—Tranquila —dice Alfie—. Lo hicimos. Le pusimos Peter.

Sonrío y le aprieto la mano.

—Precioso —digo—. Como el parque.

—Sí. —Los ojos de Alfie parpadean brevemente hacia el follaje, visible desde el ventanal; hojas brillando en la brisa; luego vuelven hacia mí—. El niño que nunca creció.

Un pensamiento crece en mi mente; uno oscuro. «El amigo imaginario de los Darling».

–Aún sueño en el día en que esparcimos sus cenizas –continúa Alfie, sonriendo con tristeza–. Llevamos un puñadito cada uno, yo, Pip y las niñas, y dejamos que el viento las llevara hacia el mar.

–¿El mar?

Asiente.

–Fuimos hasta la Collier Beach…

Siento que su mano empieza a moverse en la mía, como un pescado atrapado, así que aflojo. Se pasa los dedos rápidamente por el pelo.

–Las cosas cambiaron después de perderlo. Pippa empezó a tener problemas.

–¿Qué es lo que quieres decir? –pregunto. Aunque, más o menos, lo sé.

–Se encerró en sí misma. No me hablaba. Empezó a tener problemas para dormir. Tenía pesadillas…, era sonámbula.

Alfie me mira fijamente.

–Me dijo que le pasó lo mismo cuando murió su padre.

«Era mi padre también», pienso.

–Sí.

La cara y el lenguaje corporal de Alfie se están volviendo extrañamente rígidos.

–El día del accidente…

–¿Ajá?

Traga saliva y lo intenta de nuevo.

–Iba sonámbula hasta el sótano, las semanas antes de morir. El día del accidente, después de aquel mordisco, o lo que fuera, en el pie, la llevé a la casa y fue a acostarse. Parecía estar bien, la verdad.

Su pierna izquierda se agita; su pie tamborilea constante sobre el suelo de madera.

–Pero volvió a tener el sueño. Debió de tenerlo. Soñó, se levantó, bajó al sótano… y se murió allí.

Me quedo callada, toqueteándome el dobladillo de la falda.

–Nunca me dijo de qué iba el sueño –dice–. ¿Te lo dijo a ti? –Tiene los ojos entreabiertos y el rostro tenso. Es casi una acusación.

–No –digo, y lo acepta sin problema, disipando aquella intensidad como el rocío bajo el sol naciente.

CAPÍTULO 13

Alfie

Por fin, empiezo a ver las cosas con más claridad. Tiene algo que ver con sentirse niño otra vez.

Julia se está ocupando de todo. Hace las cosas ella sola o me pide que las haga. Divide cada tarea en pasos que, individualmente, no requieren pensar. Su voz me calma y me guía por esas tareas; me recuerda qué es ser padre o madre.

Mis propios padres se separaron cuando yo era más pequeño que las mellizas ahora. Las últimas noticias que tengo son que mi padre estaba en Nueva Zelanda; mi madre, trazando una ruta por Estados Unidos: Illinois, Iowa, Dakota del Sur. Desde que se separaron, ninguno de los dos ha dejado de moverse, como si no pudieran irse más lejos aún el uno del otro. Siempre hay algo nuevo esperándoles, atrayéndoles: una ciudad o un trabajo; una aventura o un amante. Me pasé la segunda mitad de mi juventud rebotando de uno al otro. Veía a cada uno de ellos la mitad del tiempo que antes, y ellos me querían el doble, como moneda de cambio.

Luego, como el rayo, vino Pippa. Locamente enamorada de mí, y con necesidad de mí, al menos al principio. Tanto que no pensé que las diferencias entre nosotros importaran o importarían alguna vez. No hasta que yo la amé también; hasta que no pude imaginarme una vida sin ella. Ella quería echar raíces. Tener hijos y hacer de ellos el centro de nuestras vidas. Era mayor que yo, aunque solo fueran unos años. Era impaciente. Yo quería que las cosas se quedaran como estaban, al menos un poco más de tiempo. Quería que siguiéramos viajando, libres.

Pippa no paraba de insistir; yo lo reconsideré. «¿Tan malo sería?». Quedarse en un sitio, sentir que eres de allí. Tener una familia y criarla en un lugar, en esta casa preciosa, ¿incluso si eso significaba quedar en deuda con su madre para siempre?

La verdad: era mejor de lo que jamás pude imaginar.

Verdad también: era demasiado joven para tener hijos. Y aún me siento demasiado joven para criarlos solo.

Cuando nuestra conversación ha acabado, Julia se va para recoger a las niñas de la escuela. No tengo nada que hacer, así que vago por la casa, entrando y saliendo de las habitaciones y mirando a los techos que, me doy cuenta por primera vez, no son totalmente blancos, sino que tienen ligeras venas, como el mármol.

Veo las cosas con mayor claridad ahora, pero eso no significa que las comprenda. Al contrario, es como si la casa se estuviera revelando ante mí tímidamente, un trocito cada vez. Estoy viendo cosas en las que no había reparado hasta ahora; cosas que solo un niño notaría. Como los ojos que te miran desde los paneles de madera de la pared. Como las grietas que dibujan letras en las baldosas.

Como la trampilla del desván. La sólida línea blanca que marca su borde solía estar llena de telas de araña, pero se han desgarrado, dejando unos restos colgando y ondulando al viento que silba a través de las lamas del tejado.

Alguien ha abierto la trampilla. Ni yo ni Julia, y mucho menos las niñas. Cosa que solo puede significar una cosa: «Alguien ha entrado en esta casa».

Lo he sospechado desde la amenaza de Cassia en el hospital de mentir sobre mí. Aunque cuando me siento a hablar con Julia, mi confianza se hace añicos y pienso, «debo de estar loco». Solo cuando vuelvo a estar solo y me fijo en cosas como esas telarañas que faltan, mi fe vuelve a emerger; a hacerse fuerte. Sé que lo supernatural no existe. Pero Black Mamba y su intromisión en nuestras vidas, este veneno que fluye por la sangre de nuestra familia, no puede ser solo un producto de la imaginación de mis hijas.

«Alguien ha entrado en esta casa».

Bajo corriendo de nuevo por la escalera de caracol, con la intención de comprobar la llave extra, escondida en una fisura del porche, pero algo me ralentiza. Son las paredes. Hay algo diferente en ellas. Me apoyo en ellas y huelo un aroma especiado que se filtra por el ladrillo, dulce pero ahumado, como incienso encendido. Nunca he olido nada igual.

Cuando llego al recibidor, abro la puerta principal y meto la mano en una grieta de los ladrillos que recubren la casa, en busca de la llave extra. Ya no está. Saco la mano rápidamente, raspándome la piel.

Entro de nuevo, cierro la puerta principal y me paro. Del sótano viene un ruido, un débil traqueteo seco que me hiela todo el cuerpo. Las llaves del sótano están colgadas en un pequeño gancho de hierro. Abro la puerta, le doy rápidamente al interruptor y empiezo a bajar por los gastados escalones. Los lienzos de Pippa descansan en uno de los lados, cubiertos por enormes sábanas blancas. Sobre mi cabeza, la bombilla solitaria ilumina los cables que cuelgan ahí desde que Eric lo usaba como cuarto de revelar, arrojando sombras que se entrecruzan por todo el espacio.

Vuelvo a oír el traqueteo, más fuerte esta vez, y viene desde el lado más alejado de la habitación, que está lleno de cajas de cartón. Voy hacia ellas, y luego retrocedo de un salto al ver que una se mueve. Ahí está ese ruido de nuevo. Me inclino y separo la caja de la pared.

Un roedor, canijo y negro, chilla al verse expuesto. Antes de que tenga tiempo de reaccionar, se escapa, desvaneciéndose en un agujero de la pared.

Inspiro y luego leo las palabras de la caja de cartón que tengo a mis pies.

HART HOUSE.

Me agacho, arranco la cinta marrón. Cuando levanto las solapas, el traqueteo vuelve a emanar del corazón de la caja. Con cautela, empiezo a examinar su contenido. La capa superior comprende una serie de recortes de periódico, amarillentos y arrugados. Elijo uno al azar y aliso la página. Es de la prensa local, un recorte de hace dos décadas que cubre la muerte de Eric. Escaneo el contenido en silencio. «La apariencia de un suicidio... episodios de depresión, desde el trágico fallecimiento de su sobrino...». Luego lo aparto. La historia me es familiar y, aunque quizá sea morboso, no veo nada extraño en guardar esos recortes; después de todo, tengo una caja en mi habitación con el letrero: pippa.

Cojo otro recorte y lo aliso. Al instante, la imagen, turbia y oscura, se me revela. Es una foto de la Hart House de hace décadas, antes de que nacieran Pippa y Julia, al lado del título: «Un loco casi pega fuego a la calle entera». Escaneo el artículo, extrayendo lo que puedo. El anterior propietario creía que el inmueble estaba maldito, aunque el recorte no menciona por qué. Él también murió en esta casa. Pereció mientras estaba intentando destruirla.

Rebusco un poco más profundo y saco una carpeta de cartón viejísima, polvorienta y amarillenta, que lleva el letrero «susan harris estates». Lo inclino y de ella se caen documentos legales que detallan la compra de la Hart House por parte de Marian y Eric. Los hojeo y, casi al instante, años de culpa residual se disuelven. No nos aprovechamos de Marian cuando nos vendió la casa por una ganga. Ella también había pagado una miseria.

Profundizando más, doy con algo duro en las profundidades de la caja: un objeto grande y pesado, envuelto en más papel cetrino. Lo desenvuelvo y veo que es un sonajero de bebé antiquísimo. La cabeza bulbosa está cubierta de tela y el mango está repleto de marcas de arañazos, marcas que, por un instante fugaz, me recuerdan a los arañazos de mi estómago. Entrecierro los ojos para ver más claro y me doy cuenta de que las marcas no son arañazos sino letras. Letras en un alfabeto que desconozco.

Echo el sonajero en la caja, pero me llama la atención el papel, que aún tengo en la mano. Al principio pensé que era más periódico, pero es demasiado grueso; esta página ha sido arrancada, a lo bárbaro. La plancho: la impresión es antigua, tendrá unos cincuenta años al menos. Es un libro de referencia; el título está impreso en el encabezado. Guía espiritista: sitios ocultos de Inglaterra. Y justo debajo, el nombre de la entrada que han arrancado.

HART HOUSE:

Levanto la página, con hormigueo en los dedos, y soplo para quitarle el polvo. El almizcle del papel me cosquillea la nariz.

– casa victoriana adosada en Allington Square, Londres, que toma el nombre de su primer propietario, Stefan Hart, un químico que había emigrado desde Baden, Alemania, con su hermana Lina en 1851. Como miembro fundador de la Sociedad para la Investigación Alquímica, Stefan se convirtió en una figura prominente en los círculos científicos de Londres, habiendo coincidido con el Príncipe Consorte al menos en tres ocasiones.

Al año de su llegada a Londres, los Hart adoptaron dos niños, Frank y Mary Dawlish. Poco se conoce de sus padres naturales, exceptuando su fervor religioso. En el juicio de 1863 de Mary y Frank, sus padres fueron descritos como «asiduos penitentes… cuyo solo objetivo en la vida era hacer las paces con Dios…». Con este objeto, pegaban a los niños, los regañaban y los despertaban a cualquier hora de la noche, y se dice que llegaron a la casa de los Hart «mudos y desnutridos». La naturaleza del accidente que segó la vida de sus padres no es clara.

Al parecer, la adopción fue desafortunada desde el principio. En el juicio, el fiscal tildó a Frank de «maligno, salvaje y desalmado», y a Mary de «fría e insensible». Ambos hermanos renunciaron a aceptar a Stefan como padre, resistiéndose a su autoridad y rechazando su amor.

Poco después de que Frank y Mary alcanzaran la mayoría de edad, Stefan viajó a Baden durante un mes, para visitar a su madre. A su vuelta a Londres, le sorprendió descubrir que Lina estaba al borde de la muerte, habiendo caído gravemente enferma en su ausencia. Mary y Frank habían cuidado de ella, solos, en la Hart House. Tras la defunción de Lina, Stefan informó de sus sospechas a Scotland Yard. En el espacio de una semana, un forense determinó que Lina había sido envenenada, y Frank y Mary fueron acusados conjuntamente de su asesinato.

El juicio que siguió fue una sensación en la época, debido a la intervención de la secta espiritista a la cual los Dawlish habían pertenecido anteriormente: la Sesión del Señor en Tabor, ahora desarticulada. La Sesión del Señor y varias de sus iglesias hermanas fueron antagonistas de toda la vida de Stefan y su asociación. Al contratar a un abogado para defender a los hijos de los Dawlish, las iglesias publicaron una serie de panfletos fantásticos, que afirmaban que Stefan había traído con él a un demonio de la Selva Negra, donde los «demonios acechan en la tierra, en el río y en las casas de los hombres también…». Sus acusaciones, cargadas de xenofobia, continuaban: que Stefan había sido controlado por el demonio; quien lo había coaccionado para que abrazara la brujería y el uso de drogas que alteraban la mente; que lo había llevado al conocimiento carnal de Lina, y hacia una vida de «lo más contra natura… hermano y hermana unidos como en matrimonio, socorriendo a los hijos de otro…».

Cuando Frank y Mary subieron al estrado, las calumnias prosiguieron. Testificaron que Lina se había quedado embarazada del hijo de Stefan; que, a cambio de dos gotas de la sangre de Frank y Mary, el demonio había prometido destruir al bebé; que, como resultado de este pacto, ambos se hallaban ahora «poseídos por un espíritu pitónico, como la damisela de los Hechos», y no tenían ninguna culpa. Durante el interrogatorio, se dieron escenas escandalosas: Frank habló en varias lenguas y Mary se desmayó repetidamente. Los feligreses de la Sesión del Señor, sentados en la galería pública, hicieron sonar instrumentos musicales en un intento de obligar al demonio a materializarse; la galería quedó despejada.

En el plazo de tres días se emitieron los veredictos de culpabilidad contra Frank y Mary; que pronto fueron ahorcados.

Le doy la vuelta al papel, pero no hay nada más; solo la entrada siguiente de la 'H', hatfield peverel, así que la arrugo bien y la devuelvo a la caja. Los detalles de la historia son difíciles de asimilar, que esto sucediera en mi propio hogar. Me siento defraudado, como si algo familiar para mí de repente se hubiera vuelto extraño. Igual que mis hijas.

Una corriente de aire frío recorre el sótano. Me siento en el suelo de piedra, abrazándome las rodillas. La posibilidad de que no tenga razón –que nadie ha entrado en la casa; que, en cambio, la oscuridad había estado presente todo el tiempo, dentro de la niñas y enterrada en las paredes– me resulta casi insoportable.

Oigo un sonido sibilante, me doy la vuelta y veo que una de las sábanas que cubren las pinturas de Pippa se resbala hasta el suelo, primero despacito, y luego, todo a la vez en una gran ola ondulante. La pintura inacabada: la última obra de Pippa, empezada en las últimas semanas de su vida, entre aquellas noches fracturadas acosadas por pesadillas. Me quedo mirando las dos siluetas, el hombre y la mujer: él, alto y orgulloso en el centro del lienzo; ella, con la mano extendida hacia él. Me pregunto por el anillo de humo rojo que serpentea sobre sus cabezas. La forma de ese halo de rubí siempre me ha parecido vagamente familiar, pero hasta ahora, sentado en el suelo del sótano donde murió Pippa, no he podido ubicarlo.

Sin embargo, ahora miro el canal en forma de anillo que hay en el techo, de donde colgaba el sistema de iluminación, y veo las cosas más claras que nunca. La pintura no es una alegoría; no tiene una temática clásica. Está ambientada aquí mismo, en el sótano; el rojo, la luz de seguridad del cuarto oscuro que fue.

Cuando Julia llega a casa con las niñas, les da un minuto para que se saquen los uniformes y luego las sienta en el suelo de la sala de estar con papel y bolígrafos. Incluso si las chicas ya han clasificado estas sesiones de dibujo, con razón, como una forma de interrogatorio, aún no se han rebelado.

—Ven con nosotras —me dice Julia. Es un ofrecimiento, no una orden, pero lo hago igualmente.

Las chicas miran a su tía con expectación.

—Vamos a dibujarnos todos a nosotros mismos —dice— dentro de diez años.

Las mellizas fruncen el ceño.

—¿Diez años?

—Sí. Tendréis prácticamente dieciocho. Seréis adultas. Quiero que os imaginéis. Dónde estaréis, qué pinta tendréis, con quién estaréis. ¿Me lo podréis hacer?

Las chicas ladean la cabeza, mordisqueándose el pelo con incertidumbre, y Cassia se pone el pulgar en la boca.

—Estaremos con Black Mamba —murmura Sylvie, mirando a su hermana.

Julia reflexiona un momento y luego dice:

—Imagínate que nunca hubieras conocido a Black Mamba. ¿Dónde estarías dentro de diez años? Pero sin él.

Cassia saca el dedo de la boca y niega con la cabeza.

—Creo que no puedo.

Sin rendirse, Julia sonríe, animándola.

—Inténtalo, va.

Dibujan de forma diligente, las tres, durante veinte minutos, mientras yo miro la página en blanco. Si soy incapaz de ver más allá de los siguientes diez días, ni te cuento en años.

«¿Dónde estaría yo en un década? Sin Black Mamba». Cierro los ojos e intento dejar que mis dedos me guíen, rindiéndome a la automaticidad. Pero no sale nada coherente en la página. Es como si mi futuro simplemente no existiera.

Las chicas han acabado. Julia se inclina para inspeccionar su trabajo. Cassia primero. Se ha dibujado ella y a Sylvie, altas, con vestidos largos y vaporosos, con cabellos que les llegan a los pies. No estoy en el dibujo.

—Precioso —dice Julia con entusiasmo, pasando un dedo por el pelo de las chicas, admirando los finos destellos dorados.

—¿Y el tuyo?

A regañadientes, Sylvie gira su dibujo. Todos nos inclinamos a mirar. Ha hecho un boceto de sí misma, alta y delgada, en bata de pintora, al lado de un hombre dibujado de forma muy tosca, al menos para los estándares de las niñas.

–¿Quién es este? –pregunta Julia. Sylvie se encoge de hombros.

–Un hombre.

–¿Tu padre?

–No.

Julia frunce el ceño.

–¿Y no es Black Mamba?

Sylvie niega con la cabeza tímidamente y vuelve a encogerse de hombros.

–Es solo un hombre –murmura–. Cualquier hombre.

Cassia no dice nada. El silencio es total. De hecho, es una pausa tensa y dolorosa.

–Muy bien –dice Julia con suavidad, recogiendo mis penosos garabatos con los suyos–. Creo que es suficiente por hoy. Cuando se estira para coger los dibujos de las mellizas también, Sylvie le arrebata el suyo, encendida y nerviosa, y lo arruga con fuerza dentro del puño.

Julia

La noche cae despacio alrededor de la Hart House en esta época del año. El Peter's Park tiene aspecto de bronce durante horas en el ocaso, y la oscuridad llega solo de forma muy gradual. El cielo pasa de un rosado cálido a un azul helado y a un púrpura apagado, hasta llegar, finalmente, a un negro frío y duro. Al mismo tiempo, dentro de la casa, las paredes y los techos también cambian de color en la luz que se desvanece, mientras las sombras se extienden silenciosamente desde los zócalos y los marcos de las puertas hasta cubrir todas las alfombras. Es la segunda noche de tres.

Ya estoy medio dormida cuando empiezan los ruidos: el crujir de una puerta al otro lado del descansillo; la puerta de la habitación de mis sobrinas, y luego, pasos. Me levanto de la cama sin encender la luz y voy de puntillas hacia el umbral. Las chicas andan en el rellano en fila india, fuera de su habitación y hacia la escalera de caracol. En esta luz, no puedo distinguir quién es la que va primera, pero sí que veo que ambas tienen el dedo índice levantado, como para ver de dónde viene el viento, aunque el aire del rellano está, por supuesto, bastante quieto.

Les digo en un susurro que se vuelvan a la cama, pero me ignoran. Solo cuando las sigo por las escaleras me doy cuenta de que están dormidas. Nunca se debe despertar a un sonámbulo. Lo recuerdo de mi experiencia con Pippa; pero tengo curiosidad por ver dónde acaba esto.

Cuando llegan abajo del todo, se vuelven inmediatamente hacia el sótano. La niña que va delante agarra el pomo con la mano y le da la vuelta. La que va detrás imita el gesto exactamente, agarrando solo el mero aire.

«No entrarán», pienso. Alfie tiene el sótano cerrado con llave todo el tiempo; sellado, igual que el desván.

Se abre con facilidad. Moviéndose casi como máquinas, las niñas bajan arrastrando los pies por los escalones de piedra del sótano. Las sigo, buscando a tientas el interruptor para no tropezarme –o que se tropiecen–. La bombilla que cuelga del techo es grande y sin pantalla. Debería iluminar bien el sótano, pero la sala es profunda, como si se estuviera hundiendo en la tierra misma, y la luz en sí parpadea como una vela: fruto de una conexión defectuosa.

Las chicas llegan al final de la escalera, y siguen hacia el centro de la habitación. Bajo la tenue e intermitente bombilla, se vuelven y se miran entre sí, y ambas levantan una mano. Suavemente, las puntas de sus dedos se tocan. Doy pasos a su alrededor, observando sus caras impasibles. Tienen los ojos azules abiertos, pero inexpresivos. Sus labios se fruncen haciendo formas, pero de ellos no sale ruido alguno. Nunca he sabido que eran sonámbulas, y Alfie tampoco lo ha mencionado nunca, aunque supongo que eso explicaría unas cuantas cosas: la luz que venía del cuarto de baño de él, sin que ellas recordaran haberlo usado; los ruidos que él ha oído por las noches.

Las miro unos minutos, de pie –dormidas– sobre el lugar en el que murió su madre. Pero cuando me doy cuenta de que nunca voy a oír en voz alta las palabras que parecen pronunciar, me pongo entre las dos y les cojo las manos. Las manos que no están levantadas, y les susurro:

–Venga, es hora de volver a la cama.

Parecen oírme, aunque no se despiertan.

–Vamos. Eso es. Por aquí.

Las tres volvemos hacia la escalera, pero, antes de alcanzarla, me vuelvo y miro por encima del hombro de Sylvie; doy un respingo. La pared más lejana del sótano está llena de cajas de cartón, que contienen lo que yo creía que eran solo cosas viejas de Pippa. Pero, encima de una de esas cajas veo el sonajero de papá. El mero hecho de verlo me deja pasmada. No lo he visto en más de veinte años; no tenía ni idea de que aún estaba en la Hart House. Si tuviera las manos libres, iría y lo levantaría, para estar segura de que no es un error, aunque la prueba no es necesaria. La cabeza de cascabeles forrados en tela y el brazo de madera todo gastado y arañado son reconocibles instantáneamente; el sonido que produce cuando lo levantas está grabado en mi memoria.

–Vamos. Venga, a la cama.

Suelto las manos de las niñas solo al llegar al más alto de los escalones del sótano. Me desplazo para apagar la luz y cerrar la puerta. Lo único que veo es la pintura que Alfie me mostró hace meses, la única que no estaba cubierta.

La temática no tiene misterio para mí.

Pippa me contó su pesadilla tres días antes de morir. Pasó por mi piso con otro de sus vestidos de verano fluidos, con otra botella de vino. Con brazaletes en las muñecas y el flequillo por

184

debajo de los ojos. Me abrazó muy fuerte cuando abrí la puerta. Fue la última vez que vi a mi hermana.

–Vuelvo a ser sonámbula –anunció. Intentaba ser informal, relajada en el sofá de la forma habitual, con la copa de vino en la mano, pero yo veía que algo la perturbaba.

–¿Cuántos…? –empecé a decir. Pero ella me interrumpió con otra pregunta propia.

–¿Has soñado alguna vez con papá?

Estaba a punto de ponerme una copa también, pero se me congeló la muñeca al oír sus palabras; la botella quedó suspendida horizontalmente en el aire.

–No –dije, cruzando los dedos.

–¿Nunca?

–Francamente, últimamente, sin fotografías apenas puedo recordar la cara que tenía… –Esa parte, al menos, era verdad.

Pippa tomaba sorbitos de su sauvignon, mirando a su alrededor como ausente.

–Yo tampoco –dijo–. Pero recuerdo su voz o, al menos, creo recordarla. La oigo cada noche. He tenido el mismo sueño, una y otra vez. Me despierto en casa, en cama y todo está a oscuras. Pero papá me está llamando, así que sigo su voz, bajo por las escaleras, hacia –dejó de hablar, dándose unos golpecitos en la rodilla–. ¿Cuándo convirtió papá el sótano en cuarto de revelar? ¿Cuando teníamos seis o siete años?

–Más o menos.

Los cuartos de revelar no eran raros en aquella época, cuando papá montó el suyo. Aun así, supe desde hacía mucho tiempo que nuestra familia –nuestra iglesia– veía las fotos de una forma distinta a la de otras personas. Nosotros creíamos que poseían un poder especial: el de revelar; de invocar. Es el motivo por el cual no he visto una fotografía de papá durante años; el motivo por el cual nunca se han expuesto fotografías en Crescent Place. Hasta que mamá se deshizo de la Hart House, allí tampoco se expuso ninguna. Todas nuestras fotos se guardaban en una caja cerrada con llave en el sótano. Una caja escarlata con una cruz blanca dibujada en la tapa. Igual que la caja en la que Sue guarda todas sus fotos de Michael. Selladas. Protegidas.

–¿Y qué pasa después? En el sueño.

–Pues bajo los escalones del sótano hacia la oscuridad. Pero no es el sótano tal como lo conocemos. Vuelve a ser un cuarto oscuro. La luz de seguridad vuelve a estar instalada, con su bombilla roja, y toda la habitación resplandece… como si fuera un incendio.

–¿Y?

–Papá me está esperando, en medio de la sala. De pie de espaldas a mí. Voy a tocarlo, pero cuando lo hago…

–¿Sí? –la azucé. Se paró, luego se acabó la copa.

–Se vuelve, y yo me despierto, sabiendo… que no era él. Que era otra persona. Un impostor que ocupaba su lugar.

Me quedo callada un momento, asimilándolo.

–¿Cuándo empezaron, estos sueños…, estas pesadillas…?

–Cuando… –Se paró y lo volvió a intentar–. Cuando… –Y cerró los ojos y se tocó la barriga ligeramente, como si tuviera miedo de que la piel pudiera romperse.

Bajé de mi sillón y me arrodillé a su lado, mientras estaba tumbada en el sofá. Le cogí la mano y le apreté con cuidado la palma.

–Alfie me ha encontrado un par de veces en el sótano. Sola. Aterrorizada. Me ha guiado de nuevo hasta la cama. Pero no se lo he dicho. Lo de los sueños. Sabes cómo se pone con ese tipo de cosas…

–¿Sí?

–Sí. No es fan de…

–¿Los vuelos con la imaginación?

Era solo una sugerencia, pero Pippa me miró muy seria.

–Así es como él los llama también.

Las mellizas no recuerdan nada de anoche. O al menos dicen que no recuerdan, y yo las creo. Estamos en la sala de estar: ellas en el sofá y yo en el suelo. Es un truco que a veces uso con los niños en la clínica. Te haces más pequeña, en un nivel inferior. Menos intimidante.

Describo sus movimientos de anoche y reaccionan con sorpresa, que también me parece genuina.

–¿Qué soñasteis? –les pregunto, como si nada. Alfie no está con nosotras; aún no ha emergido de su habitación, aunque las chicas y yo ya hemos desayunado y nos hemos vestido.

–No soñamos –dicen al unísono.

–Todo el mundo sueña –les digo–. Todas las noches. Solo que a veces es difícil recordarlo.

Es sábado, así que tengo todo el día para hablar con ellas. Para ver si llegamos a alguna parte.

–¿Está aquí? –pregunto, y ellas sonríen. Aunque no creo en él, me han forzado a volver a jugar a las mentirijillas. Que para ellas es toda una victoria.

–Sí –dice Sylvie.

–¿En forma de qué?

–De polilla –Cassia mira hacia arriba, señala a un lugar vacío con un dedo delicado–. Ahí va.

Observo como sus ojos van de una parte del cuarto hasta otra, rastreando los movimientos de Black Mamba en perfecta armonía.

Entonces, el dedo de Cassia se dirige a la puerta abierta.

–Se ha ido –dice con indiferencia–, arriba…

Me inclino más hacia las niñas, colocando mis manos en sus rodillas.

–¿Arriba, dónde?

Veo, al instante, que mi pregunta ha dado en un punto sensible. Comparten una mirada, aún sonriendo, como si estuvieran debatiendo si compartir conmigo un secreto. Decido esperar su respuesta, pero luego, de repente, antes de saber lo que voy a decir, encuentro que vuelvo a estar hablando.

–La gente…

Se me quedan mirando muy fijamente.

–La gente que se mueve por arriba. –Las palabras me vienen automáticamente, y me lleva un momento recordar dónde las he oído–. Es lo que papá os dijo que oíais… la noche de la tormenta.

–Sí –dice Sylvie–. «Sí».

Saco el móvil y deslizo hasta la instantánea del cuaderno de Sylvie.

–Black Mamba vive con nosotras –leo–, pero la Hart House no es su casa. Su casa está en otra parte. Queremos que nos lleve allí, pero dice que aún no es hora. Cuando llegue el momento, nos llevará, pero entonces no podremos regresar a la Hart House–. Hago ahí una pausa.

–¿Dónde está la casa de Black Mamba? ¿De dónde vino? ¿Cómo se puede ir?

–Viene de detrás de la puerta –dice Cassia, perfectamente en calma.

–¿Qué puerta?

–La roja. La roja con la cruz blanca. La puerta que solo nosotras podemos ver.

Me tapo la boca con la mano. Por supuesto. «¿Cómo no me he dado cuenta de esto antes?».

Lo he tenido delante de mis narices, desde la primera vez que les hice una pregunta, la noche en que dijeron su nombre por primera vez.

«¿Y cómo es que entró en la casa?».

«Chica, por la puerta, claro».

En el fondo, lo he sospechado todo el tiempo, pero ahora sé que es verdad.

Todo esto es culpa mía.

CAPÍTULO 14

Alfie

Y ya estamos de nuevo en la playa, la Collier Beach, con sus fríos vientos y su costa de guijarros, y las chicas se elevan en remolino hacia el cielo, como ángeles; con sus puños blancos agarrados muy fuerte a los cordeles de sus globos rojos; sus zapatos dando patadas por encima de mi cabeza. Justo delante de mí, veo a Pippa. Corre por la playa hacia el mar. Rápido hacia las aguas negras y lo que sea que la espera ahí abajo, listo para arrastrarla hasta el fondo del mar, sin que pueda verla, sin que pueda oírla. Sé cómo va a acabar el sueño, porque siempre acaba de la misma forma: con Pippa recuperada y avanzando a grandes zancadas por el mar, sonriendo maniáticamente con algas en el cabello, gritando: «¡Te lo has creído, te lo has creído!». Así que cierro los ojos y espero que vengan a llevársela y, cuando empiezan los gritos, me cubro los oídos para bloquear eso también.

«Unos segundos más», pienso, y entonces...

Levanto mis palmas con cautela de los oídos y escucho atentamente el viento, y cada sonido que se hilvana con él: los graznidos de las gaviotas; el romper de las olas contra la orilla. Los gritos de Pippa han cesado. Abro los ojos.

El pánico se apodera de mí. De algún modo, me he movido por la playa y ahora estoy más cerca del borde del agua, tan cerca que puedo sentir el mar frío empapando el tejido de mis zapatos. Miro hacia arriba en el aire y veo a las niñas, flotando muy por encima del agua, aún agarradas a los globos rojos. Me miran con expresiones vacías.

–¿Pippa?

Miro por toda la orilla y hacia el mar. Pero no se la ve por ninguna parte. Al frente, el mar es vasto y rutilante; vacío exceptuando una sola figura: una grulla alta y negra, solo unos pies delante de mí, con sus larguiruchas patas medio sumergidas en el agua. La cara está girada en dirección contraria a mí, lo que acorta su pico en forma de espada, y sus alas están cuidadosamente plegadas detrás de la espalda. Observo su cuerpo subir y bajar con la respiración, a la par que mi respiración, y miro fijamente las plumas de la parte trasera de su cabeza, preñada de pensamientos escritos en un código que yo desconozco. Empieza a respirar más y más rápido, imitando mi propia respiración cada vez más rápida, y de repente se vuelve hacia mí. Sus oscuros ojos miran a los míos fijamente, brillantes como cuentas negras en sus cuencas, y todo su cuerpo empieza a temblar, como si se estuviera preparando para extender las alas.

«¡Alfie!».

Casi me explota el corazón de alivio al oír el sonido de la voz de Pippa justo detrás de mí. Me vuelvo a verla, tan pronto como la garza volvió su cabeza hacia mí. Está de pie con una concha en la mano, llena de ceniza negra. Sin decir palabra, empuja el brazo hacia delante, volcando la ceniza en mi cara, y yo grito mientras mis ojos se queman.

Me despierto sudando, frotándome la cara como un loco, con olor a ceniza y agua salada aún en la nariz. Me lleva un momento calmarme. Ha sido incluso más real que de costumbre. Paso un dedo por la superficie de mi memoria, intentando encontrar la costura entre el momento presente y mi sueño. Todavía conmocionado, salgo tambaleándome de la cama hacia la ducha. Levanto la palanca y el agua tibia sale a borbotones, como si la hubiera sorprendido, y luego pasa a ser un flujo constante. Me froto el cuerpo con las manos, limpiando la pesadilla y, no por primera vez este año, noto que estoy ganando peso, como si me estuviera derritiendo poco a poco, perdiendo la forma. Es una mañana templada, pero, incluso así, la mampara de la ducha se empaña hasta quedar casi completamente cubierta de una incongruente escarcha. Corto el agua, me vuelvo para salir y me quedo helado ante lo que veo, de forma imperfecta, a través del vaho.

La grulla negra está justo al otro lado de la puerta de la ducha. Veo su silueta inconfundible; las patas largas y esbeltas y el cuello delgado; el pico de sable. Huelo las plumas húmedas y saladas, y puedo oír el traqueteo de sus respiraciones lentas y constantes. Mi columna toca la fría pared del cubículo cuando retrocedo, sintiéndome como un niño otra vez, débil y aterrorizado. Entrecierro los ojos, sin atreverme a cerrarlos por completo, hasta que se reduce a una forma contra el vidrio.

«Toma el control», me digo.

Pero es solo la voz de Julia, que me llama desde otra parte de la casa, lo que me devuelve a mis cabales. Abro la puerta de la ducha y me quedo mirando afuera como un tonto, al cuarto de baño, que está iluminado y vacío exceptuando una negra polilla minúscula que revolotea sobre el toallero, abriéndose paso hacia la ventana abierta con sus alas venosas.

—Tengo una teoría —susurra por la rendija de la puerta de la habitación— sobre lo que pasa con las niñas. Y de lo que podemos hacer.

Julia está de pie en el rellano de afuera de la habitación principal, directamente debajo del desván. Deja la cara girada en la otra dirección, discretamente, mientras me seco y me cambio.

—Hace unos meses, empecé a preguntarme si las niñas habían creado a su migui juntas, o si era una de ellas la que empezó. ¿Recuerdas lo que te dije sobre ser producto del hecho de ser mellizas? ¿Cómo las niñas se estaban retrayendo en sí mismas... usando al migui para afianzar el vínculo entre ambas? Pues bien, empecé a pensar... ¿Y si una de ellas está usando a Black Mamba para atar a la otra a ella con más fuerza?

Las sombras juegan en la moqueta mientras Julia se mueve nerviosamente.

—Al principio pensé que sería Sylvie. Siempre ha sido la de personalidad más volátil. Como más necesitada, menos independiente que Cassia. Y las heridas de Cassia parecían encajar en el patrón. También pensé en algo que me dijo su maestra. La señora Addison dijo que Cassia se estaba quedando atrás con las matemáticas, precisamente la materia con la que Sylvie siempre ha tenido problemas. Me preguntaba si Cassia estaba quedándose atrás a propósito. Por miedo de la reacción de Sylvie.

Hay un momento de silencio. Como si estuviera esperando que diga algo. Cuando ve que no lo hago, continúa, como si estuviera en un confesionario:

—Te culpé a ti. Pensé que estabas subestimando la ira de Sylvie. Ignorando cómo estaba tratando a Cassia. De las...

—¿Qué? —pregunto, receloso—. ¿Favoritismo?

—Sí. Igual que la favorita de mi padre era Pippa.

—Quizá.

Sorprendo a Julia girando la cabeza ligeramente, mirando por la rendija de la puerta. Se apresura a apartar la mirada.

—Pero luego, después de enterarme de lo que Cassia te dijo en el hospital, pensé: ¿y si me equivoco? ¿Y si era Cassia la que se inventó a Black Mamba? Siempre hemos pensado que ella es la fuerte. Que Sylvie es la sensible, la que realmente necesita a su hermana. Ahora pienso que podría ser al revés. Cassia siempre estuvo más cerca de Pippa, Sylvie, más cerca de ti. El accidente debió de hacer que Cassia se sintiera vulnerable. Con miedo a ser excluida, ¡piensa en los dibujos de las niñas! Temerosa del rechazo...

—¿Por mi parte?

La voz de Julia se hace pequeña, pero responde.

—Por tu parte.

Me escuece la cara al ponerme el jersey por la cabeza. No quiero creerla, pero la teoría es convincente.

—Entonces te está rechazando de forma preventiva. Te está apartando a ti y atrayendo a Sylvie hacia ella. Quedándose atrás en la escuela a propósito, haciendo lo que puede para proteger su vínculo y reforzarlo. Incluso si eso implica aceptar, o incluso, animar, el maltrato. —Julia se detiene, se aclara la garganta—. Tenemos dos problemas: la rabia de Sylvie y la dependencia de Cassia hacia su hermana. Pero juntos creo que los podemos arreglar. Yo puedo ayudar a Sylvie a controlar sus emociones. Y tú puedes trabajar tu vínculo con Cassia.

Me siento al borde de la cama, totalmente vestido ya, y escucho con atención. Esto es algo que quiero creer.

—Separémoslas. Me llevaré a Sylvie a pasar el día fuera, solo nosotras dos, y hablaré con ella, sobre todo. Intentaré averiguar de dónde viene esa rabia. Y tú…, tú debes quedarte aquí en casa con Cassia. Solos tú y ella, sin presión para hablar sobre nada. No si tú no quieres. Podéis jugar juntos, cocinar juntos, relajaros…, y, con suerte, los dos podréis empezar a reconectar. Eso le hará recordar lo mucho que la quieres. —Julia duda—. Después —concluye, con voz temblorosa— volveremos a estar todos juntos de nuevo. Los cuatro. Como una familia.

Se hace un silencio un momento. Puedo oír su suave respiración por esa rendija.

—¿De acuerdo? —pregunta.

—De acuerdo —digo.

Julia

Sylvie me sigue hacia afuera, no muy convencida. Puede que su reticencia se reduzca a la desconfianza, o simplemente al calor. En cualquier caso, sonrío; intento tranquilizarla.

Vamos —la animo con un gesto—. No iremos muy lejos.

Hoy es el día más caluroso del verano. El sol hace que todos estén en sus madrigueras, al abrigo de las casas frescas y oscuras que rodean la plaza. El Peter's Park resplandece del calor. Ando con Sylvie por los caminitos de piedra que se curvan alrededor de los parterres de flores. El día está demasiado pegajoso para cogernos de la mano, así que mejor las usamos de visera o para abanicarnos la cara. Nos desviamos hacia el oeste, hacia las profundidades de los jardines, para admirar las rosas y las peonías, pero la espalda de mi camiseta está manchada de sudor y Sylvie empieza a flaquear, así que salimos del sendero y vamos hacia donde la hierba está crecida a la sombra de los árboles. Cuando llegamos a los castaños de flores rosadas, nos tumbamos en la hierba, cerramos los ojos y casi nos dormimos. No hay ni brisa entre las hojas; el único sonido es el trinar de los pájaros, y el de cuando Sylvie se incorpora, de repente.

–¿Tita Julia?

No me mira, sino que está toqueteando las briznas altas de hierba. Ha estado muy dócil desde que regresó del hospital, como si sus actos de aquel día la hubieran sorprendido incluso a ella misma. Me inclino hacia ella y le aparto un mechón de pelo dorado de la cara. Los puntos de la frente hace tiempo que se disolvieron, pero se puede ver apenas una delgada cicatriz, marcándola como a Caín. Ver a las mellizas separadas no es tan desconcertante como de costumbre.

–¿Me voy a morir?

La pregunta me pasma por la franqueza, y no estoy segura de cómo responder. La Hart House no se ve desde aquí, escondida por las hojas y las ramas. Por algún motivo, eso facilita las cosas.

–Todos nos vamos a morir un día u otro…, sí. Pero tú no te vas a morir hasta dentro de mucho, mucho tiempo. Así que no te preocupes.

–Y… –Frunce el ceño, vacilante. Tiene entre los dedos una brizna de hierba perfecta, la parte por la base y, con cuidado, va separando las dos partes–. ¿Tú qué crees que pasa cuando te mueres?

La voz rítmica de papá; zumbando en mis oídos. Siento la curva de su brazo, el peso de su cuerpo.

–Algunas personas creen que vas al cielo. Has oído hablar del cielo, ¿verdad?

Sylvie levanta la mirada, entrecerrando los ojos.

–Claro.

–Pues bueno. –Trago saliva–. Probablemente sabrás también que no todo el mundo cree del todo en él cuando se hace mayor. Incluida yo.

Se hace un silencio, mientras la incógnita de Sylvie queda suspendida en el aire. Recuerdo, de repente, lo que Alfie me dijo sobre la muerte del conejo que tenían como mascota; cómo las niñas no habían llorado, sino que se quedaron quietas e impasibles, y llenas de preguntas. «¿Adónde se ha ido?». «¿Puede volver?». «¿Lo volveremos a ver?». Preguntas que Pip no pudo contestar, tumbada en el sofá aún afectada por la muerte que había sucedido en su interior; preguntas que Alfie evadió.

–Cuando mueres –empiezo a decir, cautelosa, pero con resolución–, yo no creo que te vayas a ningún sitio físico. Yo creo que simplemente estás... en paz.

Coloco la mano sobre la espalda de Sylvie y la froto ligeramente, haciendo movimientos concéntricos con el pulgar.

–¿Te parece que tiene sentido?

Ella se encoge de hombros y continúa haciendo tiras con la hierba.

Se me ocurre algo y quito la mano.

–Sylvie..., ¿le has hecho esa pregunta a otra persona?

Hace una pausa, con otra hoja entre los dedos.

–¿A la abuela, por ejemplo?

Asiente.

Rechino los dientes e inspiro profundamente.

«Lo sabía».

–¿Te ha hablado del Sheol?

Sylvie vuelve a asentir y luego susurra hacia el suelo:

–El lugar de las tinieblas.

–Tu abuela –digo, con firmeza–, tiene un montón de ideas extrañas. Y el Sheol no es más que eso. Una idea.

Los ojos de Sylvie se clavaron en los míos.

–¿Y qué es? ¿La idea?

–Tu abuela piensa –le explico, con toda la neutralidad de la que soy capaz– que los muertos no están en el cielo, aún no, sino aquí en la tierra, y también la gehena, para los malos. Esperando el juicio... –me detengo–. Pero no es verdad, Sylvie. Nada de eso lo es. Los muertos están o bien en el cielo o en ninguna parte en absoluto. Pero no están todavía aquí, en la tierra. No están atrapados, no están esperando. No podemos verlos ni hablar con ellos. No podemos volver a estar con ellos, y no los podemos alcanzar. Lo comprendes, ¿verdad?

Sylvie no dice nada. Su expresión es inescrutable, pero al menos ya parece calmada. Estable y suficientemente activada, me parece, como para que le pueda hacer mis propias preguntas.

–Necesitamos hablar –digo– sobre lo que es verdad y lo que no. –Estudio su cara con atención–. Tenemos que hablar sobre lo que pasó aquí.

–¿Aquí? –repite.

–Sí. Aquí mismo, en la hierba sobre la que estamos sentadas, bajo estos árboles. Necesitamos hablar de lo que le pasó a tu mami.

–¿Por qué?

–Porque es importante compartir cómo nos sentimos. No es bueno que nos quedemos los sentimientos encerrados dentro de nosotras.

Sylvie se queda en silencio un momento. Luego dice:

–De acuerdo.

Aliviada, vuelvo a frotarle la espalda.

–Dime lo que pasó –digo con mucha suavidad–. El día que murió. Dímelo con tus propias palabras.

–Hacía calor.

–¿Como hoy?

–Sí. Pero la hierba era corta. Estábamos cazando bichos. Yo, Cassia y mamá.

–¿Bichos?

–Sí.

–¿De qué tipo?

–No eran reales. Al menos, yo creía que no lo eran. Pensaba que era solo un juego.

–¿Un juego?

Sylvie mira hacia el sol y luego aparta la cabeza, parpadeando.

–Fue culpa mía –susurra.

–¿Culpa tuya?

–Sí, yo tuve la idea. Fingir que estábamos cazando bichos y poniéndolos en tarros. Era todo de mentirijillas. Los bichos eran invisibles. Nosotras los imaginábamos. Pero después… algo le picó a mamá. Algo que había en la hierba. Y, no sé cómo, todo se volvió realidad.

–No fue culpa tuya –digo. Intento rodearla con el brazo, pero ella me aparta.

–Sí que lo fue –insiste–. Mami era de Cassia y yo se la quité.

–¿Qué?

Ahora está llorando.

–Lo hice. Yo me la llevé…

–Si hay algo que yo sepa que es verdad –digo– es que nada de eso fue culpa tuya. Fue un accidente. A tu madre le picó o la mordió algo. Tu padre pensó que estaría bien después de tumbarse un rato. Y es lo que hizo. No tuvo nada que ver con el juego, te lo prometo. Tú no hiciste nada malo.

Esta vez es ella la que se acerca a mí, apoyándose en mi cuerpo, sollozando en los pliegues de mi camiseta. La rodeo con los brazos y le susurro esas últimas palabras una y otra vez, sabiendo demasiado bien que le costará mucho creerlas. Una vez construyes una historia, no se vuelve a construir desde cero con facilidad.

Cuando por fin se calma, hablo de nuevo.

–¿Quién vio a Black Mamba primero, tú o Cassia?

–Cassia. –La respuesta es inmediata y, sin que la sondee, ella continúa–: Cassia me despertó. Dijo que había un hombre en nuestra habitación.

–¿Y tú no lo veías?

–Al principio no. Pensé que estaba fingiendo. Pero luego, como en el juego que jugábamos con mamá, todo se volvió realidad. Empecé a verlo también, como un pájaro, un pez, un oso, un…

Sylvie se inclina hacia delante, metiendo la mano en la larga hierba. Su brazo desnudo parece de plata a la luz.

–Está aquí ahora –dice, con voz sorprendida.

–¿Black Mamba? ¿Está aquí? ¿Ahora mismo?

–Sí. –Sus ojos azules están translúcidos y serios–. En forma de serpiente…

–¿Una serpiente? Ah. Vale, entonces. «La forma primigenia». ¿Lo puedes ver?

–Sí. Se me está enrollando por el brazo. Aprieta mucho. –Se mueve en el suelo, como si la serpiente se moviera; dobla los dos codos hasta que quedan torcidos, como si estuviera sosteniendo el peso de su amigo.

Entrecierro los ojos, reflexiva.

–¿No lo estás fingiendo?

Sylvie sacude la cabeza, con los ojos aún rojos pero las mejillas ya secas.

–Me está hablando –dice, haciendo una ligera mueca–. No para de rozarme la oreja con la lengua.

Por primera vez, la creo. Toda sensación de artificio, de fría maquinación, ha desaparecido en ausencia de su hermana. Está diciendo la verdad. O, al menos, ella cree que dice la verdad.

–¿Y qué es lo que dice?

Sylvie se endereza, cierra los ojos. Lo deja que susurre.

–Dice que deberíamos volver a la casa.

–¿Sí?

Asiente solemnemente y luego añade:

–Se están peleando, Cassia y Alfie…

Se me eriza la piel.

–¿Quién?

–Cassia… y Alfie.

–¿Papá, quieres decir? –digo yo, pero ella sacude la cabeza con los ojos ahora abiertos de miedo.

–No –dice despacio–. Es Black Mamba. Dice que de ahora en adelante tenemos que llamarlo papá a él. Y Alfie… Alfie no está feliz…

Me la quedo mirando fijamente, intentando encontrarles sentido a las palabras, pero, conforme las entona, la cara de Sylvie parece cambiar de algún modo, casi imperceptiblemente, hasta que pienso que estoy viendo a Cassia. Me siento grogui con el calor, y entonces el teléfono suena y al otro lado de la línea oigo la voz de Alfie, incapaz de pronunciar más de dos palabras a la vez.

–No quiere… llamarme papá…

–Voy –digo, poniéndome en pie. Le digo a Sylvie en señas que me siga y, cuando no lo hace, la cojo de la mano y la levanto. Volvemos deprisa por el parque, llevando mi plan del día a un final repentino y frustrado.

CAPÍTULO 15

Alfie

Es tarde. Ha caído la oscuridad, cubriendo con un tenue velo horas de gritos y lágrimas. La casa está tranquila. Julia ha preparado la cena, un estofado de cordero, y estamos cenando en el comedor, con sus paredes sin ventanas y esa luz áspera y antinatural. De nuestros cuencos el humo se levanta como pequeños fantasmas. Mis hijas están calladas mientras mastican; aún son mis hijas.

Aún son mis hijas, pero Black Mamba está sentado a la cabecera de la mesa, dejándonos a nosotros cuatro apiñados a lo largo de ella, con las cabezas gachas. Nosotros no rezamos antes de comer; nunca lo hemos hecho. Nunca ha habido un dios en esta casa y ahora no hay nadie por encima de Black Mamba.

La mesa está cubierta, como siempre, con un camino de mesa de terciopelo rojo, antiguo y lujoso, que estudio mientras como. Heredamos la mesa y la mantelería de Marian; ella no tenía espacio cuando se fue a vivir con Susan, así que se quedaron en la Hart House. Es el tipo de terciopelo oscuro y rancio sobre el que deben colocarse las cartas del Tarot. Mi madre, nada religiosa, tenía una baraja con la que me dejaba jugar cuando era niño. Miro a las caras de mi alrededor y coloco los arcanos mayores: el Sol para Sylvie; luego para Cassia la Luna; la Sacerdotisa para Julia; y luego para él –no levanto la mirada, porque no hay nada que mirar– el Diablo. Delante de mí, echo el Loco.

Julia tose.

–¿Le puedes poner agua a tu padre? –le pregunta a Sylvie, dándole con el codo.

Pero, antes de que pueda responder, su hermana sonríe de forma efervescente e interviene.

–Preferiría leche. Se ha convertido en un gran gato negro. Alfie, ¿puedes traer un cuenco para él, por favor?

Julia frunce el ceño.

–Inaceptable –dice.

Yo no reacciono, como si nada. Aún quedan cartas para los espacios vacíos, pienso. El Juicio para tu madre, el Mago para tu padre, que será reemplazado rápidamente con el Colgado.

–Papá, papá, el gato negro gordinflón –mis hijas empiezan a entonar un cántico. «Aún son mis hijas».

–¡Se está subiendo a la mesa! –Sylvie estira el brazo en mi dirección, pero la mano para, antes de tiempo, y solo acaricia el aire.

Los Amantes queda en el lugar donde Pippa se sentaba; donde Julia se sienta ahora. Cuando miro hacia abajo, mi propia carta se ha convertido en la Muerte.

–¡Mira qué bigotes tan hermosos!

–¡Mira qué guapa la cola!

Agarro el camino de mesa de terciopelo y tiro de él. Se suelta con una facilidad alucinante. Los cubiertos caen con estruendo. Los cuencos con el estofado se han volcado, calientes y dos tercios llenos aún; uno va a parar al suelo y se rompe en mil pedazos. Las caras atónitas, de susto, salpicadas de estofado, me miran embobadas mientras el molinillo de la pimienta rueda por las tablas del suelo y algo oscuro y elegante salta de la mesa con las extremidades rígidas por la rabia, para luego fundirse en las sombras.

Cassia se me queda mirando fijamente. No habla.

No puedo mirarla a la cara. Sé lo que me va a parecer: lo mismo que la noche que Pippa se cayó. Se levantó con el sonido de mis gritos. Dejó a su hermana durmiendo y nos siguió hasta el cuarto de baño. Solo tenía tres años, pero lo recuerda, estoy seguro.

Pippa y yo estábamos intentando tener un tercer hijo, un niño, esperaba ella. Lo intentamos e intentamos, sin suerte. Esa noche, había salido a beber con unas amigas.

«¿Está bien mami?».

«Shhh…, estará bien. No despiertes a Sylvie».

Levanto la mirada. Julia está de pie, pálida en un rincón, inspeccionando el desaguisado, Sylvie se agarra a la pierna de su tía, temblando ante la destrucción que he causado.

Cassia es la única que aún está sentada. «No puedo mirarla a la cara».

La vergüenza y un impulso abrumador de correr se apoderan de mis extremidades. Me tambaleo hacia el pasillo.

–No es culpa tuya, Alfie –Julia me está gritando, con la voz entrecortada–. Nada lo es.

Y luego, como si estas palabras pudieran bloquear mi marcha:

–Es culpa mía…

Pero yo ya he salido, por la puerta principal, saltando el escalón; corriendo hacia el Peter's Park hasta que estoy escondido entre los árboles; una carrera al interior de esta noche oscura y cálida.

Julia

Así es como empezó:

Es hace tres años. Mi hermana aún está viva y ella y Alfie están en lo más esplendoroso del amor. Mamá todavía no les ha dado la casa; en cambio, yo sigo viviendo aquí con ella. Este fin de semana estamos cuidando de las mellizas. Alfie y Pippa se van de viaje; el domingo es el aniversario del día en que se conocieron, un día que celebran cada año con un viaje a la costa. Caminan por la Collier Beach juntos y se quedan en el mismo hotel todos los años: una pensión victoriana cerca del paseo marítimo; de madera, elegante y de color crema. Cuando llegan la primera noche, les estará esperando una botella fría de champán en un cubo plateado recubierto de gotitas, y la cama estará cubierta con una lluvia de pétalos. Ella me ha enseñado las fotos.

Pasan a dejar a las niñas el domingo por la mañana temprano. Las mellizas revolotean por la casa como pajarillos piando de emoción. Suben y bajan por la escalera de caracol y saltan sobre las camas; sus gritos rebotan en las paredes. Siempre les ha encantado la Hart House.

Pippa está atolondrada en la cocina, dándome las cosas; deshaciendo las bolsas de las niñas y colocándome cada cosa en la palma de la mano, individualmente. Con cada cosita viene una explicación.

Alfie y yo compartimos una mirada cómplice.

–Suficiente –digo, con firmeza–. Fuera de aquí. A pasarlo bien.

Pippa me abraza muy fuerte.

–Lo haremos –susurra, con una suave risita en mi oído, y yo aprieto los dientes.

Sé que están intentando tener otro hijo. Cuando Alfie dice adiós no levanto la vista; me ocupo de las pertenencias de las niñas. Lo oigo hablar brevemente en el pasillo con mi madre; el timbre bajo de su voz, profundo y delicado, resuena suavemente en los recovecos; y luego ya no está. El único sonido que queda en la casa es la risa de sus hijas, que tienen mi sangre en sus venas, además de la suya.

Las chicas juegan con su abuela. Ella les canta, les lee, las viste con ropa conjuntada y les peina el cabello. Se supone que tengo que vigilarlas todo el tiempo, e intervenir en el momento en que las canciones de mi madre van en la dirección de un himno, o si les empieza a contar una historia de las Escrituras. Pero esta mañana me ha empezado el dolor de la regla; ligera, pero con unos dolores terribles, así que las dejo jugar. Voy arriba, me tomo unas pastillas y me acuesto, tocándome el vientre sensible e intentando no pensar en los gritos de las gaviotas, el olor del mar.

Cuando los analgésicos hacen efecto, bajo. Las niñas están pintando juntas, trabajando en un solo dibujo. Reconozco el tema al instante: Jonás y la ballena. Cassia le da toquecitos a las escamas grandes y azules, y Sylvie perfecciona al hombre santo atrapado en su vientre. Mamá está sentada entre las dos, musi-tando, susurrando, guiándoles las manos. Cuando entro en la sala de estar, aparta la mirada con cara de culpa.

Estoy a punto de decir algo, pero una profunda punzada en el estómago me deja sin aliento para discutir. «Son solo histo-rias. Mitos, alegorías, igual que los cuadros que pinta Pippa; igual que los juegos de fantasía que les gustan a las niñas, ellas no saben diferenciarlos». Y luego pienso en Alfie, caminando por la playa con mi hermana, su cuerpo cerca del suyo, y cierro la puerta de la sala y dejo que mamá haga su voluntad.

Ya hace un tiempo que lo están intentando. Pippa se muere de ganas de un niño, pero Alfie no ha cumplido (palabras de ella). Aun así, continúa optimista. He visto como han aumen-tado sus ganas conforme se acercaba este fin de semana. «El aire del mar podría venirle bien a mi cuerpo»…

Vuelvo a subir y me vuelvo a acostar, aunque esta vez no en mi habitación sino en la de las niñas, en la cama que compartía con Pippa. Inspiro el dulce aroma de mis sobrinas y me agarro el vientre.

(Este será el último fin de semana romántico juntos, aunque ninguno de nosotros lo sabemos. La próxima vez que Alfie y Pippa vayan a la Collier Beach será con otro propósito. No habrá cubo plateado goteando, ni lluvia de pétalos; lo que es-parcirán serán cenizas. Los vientos serán fuertes y el mar em-bravecido, y mi hermana morirá en menos de un año.)

La próxima vez que voy a la sala de estar me alarmo; me en-cuentro a mi madre trasteando por encima de las niñas, que es-tán echadas en el suelo. Han guardado los materiales de pintura y las mellizas están en posiciones idénticas. Mamá les está ajustando la colocación de los brazos y las piernas para ha-cer que cada cuerpo sea el perfecto reflejo en un espejo de la otra.

–¿Qué puñetas…?

Las mellizas se incorporan inmediatamente, deshaciendo la cuidadosa disposición. Parecen aliviadas de verme.

Le echo a mamá una mirada sombría y me quedo fría al ver la foto que tiene en la mano.

–¿Qué es eso?

Ella se esconde la foto rápidamente sobre el pecho.

–Solo una foto.

–¿De quién?

Duda, pero después contesta, con cara desafiante.

–De su abuelo.

–¿Papá…? –Me vuelvo, mareada, y luego, asombrada como estoy, atisbo la caja roja pintada con una cruz blanca, la caja donde mamá guarda todas nuestras fotografías, colocada de cualquier manera encima de la cómoda. Ha estado en el sótano durante años; es la primera vez que la veo fuera, y sin cerrar, en más de una década.

Ordeno a las niñas que suban a jugar.

–¿Qué les has dicho? –le pregunto, tan pronto como las niñas se van.

–Todo –contesta.

Cierro los ojos, desesperada.

–¡Ay! –grita ella–. No espero que lo entiendas. Yo solo quiero verlo otra vez. Eso es todo. Oír su voz una última vez. Estar con él un momento más.

–Yo sí lo comprendo –digo, cediendo y rodeándola con los brazos–. Pero no puedes. Se ha ido.

Se ríe y libera un brazo para secarse los ojos; luego menea la cabeza.

–Eso no es cierto, ¿verdad que no? Los muertos nunca se van. Tú deberías saberlo mejor que nadie.

*

Cuando acuesto a las niñas esa noche, están asustadas, sujetando las cubiertas con fuerza como si fueran un escudo.

–¿Y si lo vemos? –preguntan.

–¿A quién?

–Al abuelo.

–No lo vais a ver –insisto.

Me meto en la cama a su lado. Son pequeñas y preciosas, solo tienen cinco años, y aún tienen esas caras regordetas de los bebés. A veces tropiezan con las palabras; Sylvie, particularmente, aún cecea un poco. Son dos enigmas. Sus mentes son como cajas chinas, cerradas para todos excepto de una a la otra.

–Podríamos. La abuela dice que lo veremos. La abuela piensa que aún está aquí…

«Se lo diré mañana», pienso. «Tan pronto como regresen de la playa». Les diré lo que mamá ha hecho y ha dicho. Apartarán a las mellizas de ella; quizá también de mí. Es por su bien.

–Si lo veis –digo, al recordar de repente lo que le dije a Pippa después de que papá muriera, cuando no podía dejar de soñar con él–, imaginad una puerta. Una grande y roja con cerradura, como la caja en que la abuela guarda sus fotos. Entonces, imaginad que el abuelo está detrás de esa puerta. Encerrado, para que no podáis verlo. Ya no está.

«No es una fantasía», me digo contundentemente, «si es verdad».

Las niñas se quedan dormidas en mis brazos. Durante horas, miro las sombras mientras ellas duermen tranquilamente.

*

Se lo voy a contar.

Se lo voy a contar, hasta que veo, cuando entran por la puerta a la mañana siguiente, la sonrisa de mi hermana, tan brillante como el sol en un día claro de invierno; y las palabras me abandonan de repente, desvaneciéndose en mi lengua como el hielo. Saluda a las niñas y luego me abraza, tan fuerte que puedo oler a Alfie en su ropa, en su piel, en su pelo, y ella dice:

–Quizá esta vez. –Su voz está llena de esperanza; y tiene tan buen humor. Alfie le acaricia justo debajo de la oreja y ella tiembla y se ríe, apartándolo, juguetona. Él la coge por las caderas, la presiona contra él y se besan.

206

Aparto la mirada; no digo nada. Se separan lo suficiente para que Pippa me dé las gracias mientras yo guardo las cosas de sus hijas.

Tres meses después me dirá que esperan un niño.

El sonido de la puerta principal cerrándose hace que me incorpore, abandonando los últimos fragmentos de vajilla esparcidos por el suelo del comedor. Me aparto el pelo de los ojos, y aplano la superficie de un camino de mesa limpio, de seda azul. Alfie ha vuelto. Ha estado fuera una hora, quizá más. Mientras había ido a saber dónde, yo he acostado a las niñas y he recogido. He tirado los restos de la cena.

Entra en el comedor arrastrando los pies y con cara de cordero degollado. Luego se sienta, con la cabeza entre las manos.

–Lo siento –dice, sin levantar la vista.

Yo hago un sonido evasivo y me quedo de pie.

–¿Adónde has ido?

–A tomar el aire.

Hay un momento de silencio. Después pregunto:

–¿Estás aún enfadado?

La pregunta me suena rara, mi voz poco natural.

–Por supuesto que lo estoy –responde con voz apagada–. Pippa está muerta. Pero es a mí a quien quieren reemplazar.

No digo nada, no hago nada, hasta que al final me mira. Sus ojos brillan.

–Cuando me he ido, has dicho que esto no era culpa mía.

–No lo es –empiezo a hablar, pero él me corta.

–Julia, escúchame. Tengo que decirte algo. –Inspira profundamente–. ¿Te acuerdas de cuando Pippa se cayó en el baño y se dio en la cabeza?

Asiento despacio.

–Llegó a casa borracha. Fue… un accidente.

–Sí y no –dice Alfie en voz baja–. Habíamos estado teniendo problemas. Ella quería otro hijo, siempre había querido uno de cada, pero yo estaba luchando para arreglármelas con las que teníamos. Estaba exhausto. Frustrado. Salió a beber con sus amigas. Para animarse, supongo. Cuando volvió, estaba borracha y discutimos. Decía que era culpa mía que no se quedara embarazada. Como si mi reticencia fuera… una especie de maldición. Ya conoces a Pip. Podía ser así de boba. Supersticiosa. –Se mueve, inquieto–. Supongo que despertamos a Cassia. Nos siguió hasta el cuarto de baño, donde nuestra pelea… se volvió física.

Se hace un silencio tenso.

–Ella empezó –dice, y sus labios se curvan en una sonrisa débil e incongruente, quizá por lo infantil que suena eso–. Pip me estaba pegando, y pegando, y yo la empujé, solo para alejarla de mí. No quería hacerle daño. En este sentido, fue un accidente. Tienes que creerme.

La sala se queda en silencio. Él ladea la cabeza y luego continúa con voz grave.

–Cassia vio lo que pasó. Solo tenía tres años. No pensé que se acordaría. Esperaba que no lo hiciera. ¿Tú crees…? –Traga saliva con incertidumbre–. ¿Podría ser la causa de que haga esto? ¿De que me rechace? ¿De que invente ese otro hombre, ese monstruo?

Al fin, con cuidado, hablo.

–Estoy segura de que esa no será la única razón. Los trastornos del comportamiento raramente tienen una sola causa.

Es como si no me oyera.

–No la traté mal –dice–. A Pippa, quiero decir. Nos amábamos. Quizá no éramos lo mejor para el otro. Quizá éramos demasiado diferentes, o queríamos cosas distintas. Pero estábamos enamorados.

–Te creo.

Levanta la vista, sorprendido por un momento, y luego me mira con cinismo.

–No estoy segura de que puedas hacerlo. No después de los últimos meses. Pippa no está. Nunca se lo podrás preguntar. Y sabes lo mal que se pusieron las cosas entre nosotros. No puedes confiar en mí, no completamente. No lo puedo imaginar.

Yo me encojo de hombros y me doy la vuelta.

¿Cómo podría empezar a expresar lo que sentí el día que volvieron de la Collier Beach y los vi besándose y sonriéndose abrazados? ¿O los recuerdos que esa imagen evocaba en mí? ¿La infinidad de sonrisas que les había visto compartir, en miradas furtivas que me habían causado tanta alegría y tanto dolor?

–Simplemente te creo –digo suavemente, agachándome otra vez para limpiar el resto de los platos rotos.

Después de limpiar, nos quedamos sin energía en el vestíbulo, como si ambos estuviéramos impidiendo nuestros caminos separados hacia la cama. Nuestro cansancio flota alrededor, casi palpable en el aire cálido y pesado, pero aún nos quedamos un poco al pie de las escaleras.

–¿Por qué dijiste que era culpa tuya? –pregunta, abruptamente–. Cuando salí corriendo.

Intento explicarlo. Él ya sabe alguno de los detalles, más de los que esperaba. Está calmado mientras le describo cómo Pippa y yo fuimos criadas para creer en un mundo de espíritus. La obsesión que papá tenía con el tema médiums tampoco le viene por sorpresa. Cuando confieso que mi madre ha estado compartiendo su fe con las niñas, en secreto, y no durante meses sino durante años, se pone ligeramente rígido, pero luego se relaja y levanta las manos.

–Ella no tiene ninguna mala intención –dice.

–No –suspiro–. Ni yo.

Le cuento lo que creo que ha estado pasando. Que las niñas están convencidas de que aún podemos encontrar a los muertos, en algún lugar de esta casa; a su abuelo, y a su madre también.

Alfie asiente de forma receptiva.

–La gente que se mueve por arriba…

–Eso lo dicen por mi culpa. Les dije algo, hace unos años. Una estupidez sobre una puerta. Era un símbolo para la permanencia de la muerte. La completez de la separación. Pero solo logré confundirlas. –Bajo la mirada–. Lo siento. Debí decírtelo. Debí…

–Para –dice, con una sorprendente dulzura. Me toca la barbilla para alinear mi mirada con la suya–. Nada de lo que cree Marian, nada que les hayas dicho tú, pudo llevarlas hasta Black Mamba. Quieren un padre nuevo. Soy el motivo por el que él existe, no tú. Las empujé entre sus brazos.

Me muevo incómoda, sin despegar los pies. No estoy siendo totalmente honesta todavía. He evitado el aspecto más extraño de las creencias de nuestra familia: esas criaturas caídas que se mueven entre nuestro mundo y el Sheol, que proporcionan ese vínculo entre el que tiene fe y los muertos. La palabra «demonio» no ha cruzado mis labios.

–Vamos, deberíamos ver cómo están –dice, y empezamos a subir, algo incómodos.

–Está bien –digo–. Yo lo hago.

Espero pacientemente fuera de la puerta de las niñas, escuchando detenidamente mientras Alfie recorre los escalones que quedan, bostezando, con unos pasos que parecen de oso de peluche. Miro hacia arriba desde donde me encuentro, y observo que una luz trapezoide se balancea sobre el techo y la trampilla del desván y luego se desvanece cuando él cierra la puerta de su cuarto. La escalera y los descansillos están en perfecta oscuridad, y yo con ellos. Muevo el pomo y entro en la habitación.

Cassia está despierta. Está sentada en la cama, con los ojos bien abiertos como los de una muñeca. La cortina está ligeramente abierta, y su pálida cara tiene una especie de luminiscencia fantasmagórica. Voy rodeando el borde de la cama hacia la ventana. Afuera hay luna llena, y corro la cortina por la barra con el mayor silencio posible. Incluso en la oscuridad, la cara de Cassia me pone nerviosa. Tiene esa cualidad misteriosa que poseen los rostros de todos los niños desde ciertas perspectivas; como si no fueran las caras de gente real, sino aproximaciones de persona; marionetas que los adultos fabrican y con las que pueden jugar.

–¿Ha vuelto? –pregunta, antes de que me haya sentado del todo en el borde de la cama.

–¿Quién? ¿Alfie? –mi tono es mordaz, y parece hacerla estremecer.

Ella parpadea; casi parece que llora.

–Mmm.

–Sí –le digo–. Ha vuelto.

Echa una mirada a su hermana, que duerme como un tronco con la baba formando un charco oscuro en la almohada.

–¿Está… está bien?

Miro a los ojos de Cassia y me pregunto: ¿es remordimiento lo que oigo en sus palabras, lo que hace que le tiemble la voz, o es meramente miedo? ¿Cree ella realmente, como Sylvie, en el hombre que se han inventado, conscientemente o no, entre las dos?

Solo hay una manera de cerciorarse: a través de la dura y fría coraza de una confesión.

–Pues claro que no está bien –digo–. ¿Cómo iba a estarlo?

Cassia me coge la mano y la aprieta con fuerza.

–Era la única manera. Teníamos que llamarlo «papá» antes de que anocheciera la tercera noche… Dijo que, si lo hacíamos, nos daría lo que queríamos. Él…

–Para –digo. Sus uñas se clavan en mi piel–. Para ya.

Me aparto de ella, y las fantasías se detienen de repente. Escarmentada, me mira fríamente y se seca los ojos.

–Dime –digo un momento después–. ¿Quién vio a Black Mamba primero? ¿Tú o Sylvie?

Mira fijamente con incertidumbre.

–Lo vimos juntas. Vino a nuestra habitación.

–¿De verdad? –digo–. Porque eso no es lo que Sylvie me ha dicho en el parque esta tarde. Ella dice que tú lo viste primero. Que ella no lo veía en absoluto, para empezar…

Pillada en la mentira, Cassia por fin parece flaquear.

Yo continúo.

–Mi padre se murió cuando yo tenía vuestra edad, más o menos. Antes de morir… el día que lo hizo… le conté una mentira. –Tan pronto como digo eso, me empiezo a marear. «No le he confesado esto a nadie».

211

Sus ojos parecen aguzarse en la penumbra.

–¿Qué mentira?

–Eso no importa ahora –digo, con falsa convicción–. Estábamos jugando a un juego, eso es todo. Un juego estúpido. Mi papá creía en el poder de la mente. Y que siendo melliza… estar con tu melliza… podría hacer ese poder aún más grande.

«Por eso eligió a mamá», pienso, cínicamente, como he pensado muchas veces antes. «La suya era una familia de mellizas».

–Oh, era estúpido. Muy tonto. Pero aun así… le mentí. Y como murió ese día, no lo podré admitir nunca. Nunca le podré decir que lo siento. –Hago una pausa, dejando que las palabras reposen–. Tú crees que tu padre quiere a Sylvie, y no a ti. Pero eso no es cierto. Él te quiere, Cass. Ya lo creo. Y yo sé que tú también lo quieres. Necesitas volver a llamarlo papá otra vez. No por mí. No porque yo te lo haya pedido. –Me inclino hacia ella, poniendo una mano sobre su corazón–. Por ti. Y… necesitas decirle la verdad.

Despacio, pero, al parecer, sin ambivalencia, asiente.

Así que me lanzo.

–¿Es real? –le pregunto, martilleando mi voz temblorosa hasta convertirla en las palabras tan duras e inflexibles como puedo–. Black Mamba. Dime la verdad. ¿Es real?

Hay un silencio que parece alargarse para siempre. Y después:

–No –susurra Cassia, exhalando de forma audible, como si se acabara de inundar de alivio–. No lo es. Nunca lo he visto… Cuando Sylvie dijo que lo podía ver también, me asusté. Pero no es real. –Agita la cabeza con firmeza–. No lo es.

Al principio, estoy demasiado atónita para hablar. Así que estudio su rostro. Durante una milésima de segundo estoy convencida de que veo algo pasar allí: un destello de satisfacción, como de jugador de ajedrez recostándose, encantado con su movimiento; una mirada que me recuerda a mamá. Mis músculos se tensan. Hasta ahora, nunca había encontrado ningún parecido entre las niñas y su abuela. Pero ese parecido se desvanece antes de que realmente pueda asimilarlo. Antes de cuestionármelo, veo solo una niña de nuevo.

–Vale –digo, intentando estar tranquila mientras se me cae una lágrima por la mejilla, hasta el labio. Es lo único que puedo hacer para no reírme–. De acuerdo. Te lo inventaste. Todo se va a solucionar.

–Pero es que no me lo inventé –dice Cassia, y me da un vuelco el estómago–. Fuiste tú.

Vuelvo a hacer una pausa, con las puntas de los dedos temblando contra la superficie blanda del edredón, y luego cierro los ojos y asiento. ¿Qué otra cosa puedo hacer?

No creí que se acordara. Esperaba que no se acordara.

Nada más cerrar los ojos, vuelvo a estar en esta misma habitación, esa noche tres años antes. Alfie y Pippa están haciendo el amor, a muchos kilómetros, en una pensión pintada al lado del ruidoso mar, mientras las niñas están dormidas en mis brazos. Durante horas vigilo la oscuridad, hasta que ella, Cassia, se mueve bajo las sábanas, con el sueño ribeteado inesperadamente a manos de una fuerza desconocida que, finalmente, la despierta.

–He visto la puerta –grita, aferrándose a mi cuerpo como si fuera madera a la deriva–, ¡y se estaba abriendo!

–No pasa nada –murmuro, haciéndola callar–. Salga lo que salga, yo te protegeré.

–¿Y si no puedes?

Me froto los ojos. No he dormido; no puedo dormir. No puedo dejar de pensar en ellas. En él. No en Alfie, sino en imagen; la versión de él que acosa mi mente.

–Entonces imagínate que hay un guarda en la puerta –digo, exhausta–. Un hombre. Grande y alto. Fuerte como una bestia. Él te mantendrá segura. Él te protegerá.

Cassia se espabila un poco, apretando fuerte mi brazo.

–¿Igual que papá? –pregunta, con los ojos llenos de esperanza, la madre de la creencia.

–Sí –susurro, más agradecida que nunca por la oscuridad–. Igual que papá.

*

Me mudé de la Hart House una semana más tarde. Y me recuerdo a mí misma mientras salgo de la habitación de las niñas, caminando suavemente por el rellano, que me volveré a mudar por segunda vez mañana. Esta es la noche tres de tres.

Ahora será más fácil irse, con Sylvie empezando a curarse; al empezar a darse cuenta de que la muerte de Pip no fue culpa suya. Este es el primer paso para calmar su ira y reconstruir su autoestima. Y lo mismo en el caso de Cassia; ha tomado el primer paso para vincularse con Alfie: ha aceptado que no puede ser reemplazado. Su conexión con su padre sanará con el tiempo, mientras avanzan, los tres juntos, sin mí.

Cierro la puerta de mi habitación y me meto en la cama sin molestarme en encender la luz. Conozco cada centímetro de este cuarto. Incluso en la oscuridad. Incluso con los ojos cerrados.

Me despierto justo cuando se abre la puerta, con el crujido de las bisagras. Veo el rellano iluminado por la luz de la luna y una silueta allí pegada como una mancha de tinta.

–¿Cassia?

La sombra se mueve y me doy cuenta de que es demasiado grande para ser una niña. Es Alfie. De pie en el umbral, espalda recta y alta y los brazos a los lados; su cuerpo sin color en la oscuridad.

–¿Tampoco podías dormir? –pregunto, buscando el interruptor de la lámpara. Pero él avanza, levantando una de sus palmas como diciendo que no lo haga. Me incorporo, entornando los ojos. Está desnudo. Puedo distinguir el lustre de su piel desnuda, el vello que cubre su pecho, la polla gorda entre las piernas. En silencio, se acerca a la cama. He visto algo de su cuerpo esta mañana por la rendija de la puerta de su dormitorio cuando se

214

secaba y se cambiaba. Pero nunca me he enfrentado a algo tan crudo e inevitable como esto.

Avanza solo un poquito más, hacia la ventana, y de repente su rostro se ilumina con la luz de la luna.

No es Alfie.

Mi sorpresa es total, ilimitada, aterradora: la visión es como un acantilado de montaña que se derrumba y desaparece silenciosamente en el mar; la sensación es casi indescriptible.

Es él: el hombre que vi fugazmente mi primera noche en la Hart House. El hombre que estaba sentado en la silla de mimbre, sonriendo, y que desapareció cuando encendí la luz. Se parece a Alfie, a nivel superficial. Tiene la misma cara, los mismos dientes. Quizá más delgado, y con más pelo en el cuerpo, aunque su altura y su anchura son las mismas. Pero sus ojos…, sus ojos no tienen nada que ver. No tienen expresión, ni sentimiento, ni blanco visible. Son los ojos de la love cervere, la gran pantera: dos enormes pupilas negras nadando en piscinas de oro fundido, salpicados de vetas terrosas, venas de ocre y agujas verdes.

Me quedo sentada y paralizada, cada célula de mi cuerpo congelada. No sé qué hacer; solo hay una cosa que puedo decir:

—¿Black Mamba …?

Lo susurro muy débil, pero me oye. Reconoce su nombre, ladea la cabeza, hace una media sonrisa. Se acerca un poquito más.

Abrumada por el pánico, agarro el cable y enciendo la luz. Pero esta vez no se desvanece. Al contrario, se aparta de la luz de la lámpara, gruñendo y encogiéndose; las enormes pupilas negras se constriñen hasta ser ranuras bajo su resplandor y se desliza hacia la sombra de la puerta. Salto fuera de la cama y lo sigo, llegando solo a ver un rastro de algo en el rellano. Sus ojos, quizá, encendidos en la oscuridad. O un truco de luces. Avanzo hacia ellos. No es una elección; es una compulsión. No es suficiente que no esté ya en mi habitación. Necesito saber que nunca lo estuvo, que he soñado su presencia.

Algo empieza a moverse escaleras arriba hacia el piso de encima, entrando y saliendo de las sombras, pero no lo puedo divisar bien. Las ventanas redondeadas que bordean la escalera de caracol dejan entrar mástiles de luz etérea que observo atentamente, esperando que él pase.

Parpadeo, sorprendida. Ahí está, subiendo las escaleras hacia atrás. Agazapado y agachado, con las piernas estiradas detrás de él, va tanteando con cuidado cada nuevo paso hacia arriba, moviéndose despacio, pero con total facilidad, como si hubiera nacido para hacerlo. Sus ojos siguen fijos en mí.

Lo sigo hacia arriba. Más y más arriba, hasta que llego al piso más alto. Hasta que estoy fuera de la habitación de Alfie.

Y entonces ha desaparecido, rápido, como si la casa se lo hubiera tragado entero. Miro a mi alrededor, sintiéndome tonta, pero el rellano está vacío. Miro hacia arriba. Por un horrible momento estoy segura de que ha subido al desván y tendré que seguirlo hasta allí. Pero entonces empieza a abrirse la puerta de Alfie y esos ojos abiertos animales brillan como faros que me guían hacia la orilla.

Alfie

Me despierto y veo que la puerta del dormitorio se está abriendo sin hacer ruido; y a Pippa, de pie en el umbral. Digo su nombre sin aliento, casi ahogado por la maravilla mientras ella se desliza hacia mí. Sus movimientos son lentos, casi mecánicos, el camisón se pega a su cuerpo en el calor sin aire.

–Has vuelto –susurro con asombro, con la voz entrecortada–. Sabía que lo harías.

Ella no dice nada. Está sonámbula; lo puedo ver conforme se acerca. Tiene los ojos abiertos, pero cuando me mira es como si no me viera. Cruza hacia la cama y retira las sábanas. Estoy desnudo, como siempre en las noches de verano, y por un momento me siento cohibido. Mi cuerpo ya no es lo que era, pero ella no parece darse cuenta ni que le importe. En cambio, se sube a la cama, se levanta el camisón hasta la cintura e intenta ponerse a horcajadas sobre mí. Me incorporo y subo una mano hasta su cara.

–Eh, Pip –digo–. Despierta. –Pero ella me empuja los hombros hacia abajo y levanta la pierna sobre mis caderas, empujando su cuerpo contra mí mientras pone la cara paralela a la mía.

–Estoy despierta, Alfie –susurra–. Estoy despierta.

Mete la mano entre mis piernas y yo doy un grito ahogado mientras ella hace que me deslice en su interior. Huelo la sal marina en su pelo y, cuando cierro los ojos, la veo, caminando entre las olas, riendo, algas y dedos verdes en su cabello empapado, y gritando: «¡Te lo has creído, te lo has creído!».

Después de corrernos, nos quedamos acostados en el silencio de la casa. Tengo la cara mojada de lágrimas, pero Julia no pareció darse cuenta. Ahora está durmiendo, mientras miro a través de la claraboya al cielo; azul tirando a púrpura, oscuro como un morado; desfigurado por un brillo de estrellas.

CAPÍTULO 16

Alfie

Yo sueño, y pasa el tiempo, aunque no estoy seguro de cuánto. Cuando me despierto, también lo hace Julia, y levanta la cabeza de la almohada, parpadeando rápidamente y mirando con cara de confusión, primero a mí, y luego a la cama.

–No pasa nada –digo.

Pero ella gime; un gemido seco y gutural de desacuerdo, y se incorpora, agarrada a las sábanas que la envuelven.

–¿Qué hemos hecho?

–Nada de lo que debamos avergonzarnos –respondo firme.

Casi me lo creo, y si ella se vuelve a acostar a mi lado, lo creeré implícitamente. Entonces sonrío tímidamente y le hago un gesto para que se acerque. Pero ella se queda erguida, meneando la cabeza.

La quiero a mi lado. Quiero besar su delgado cuello, tan parecido al de su hermana; poner la boca sobre sus pechos. Quiero volverme a dormir con su peso cálido a mi lado, despertar con el tirón de las sábanas mientras se mueve durante el sueño, escuchar el suave ritmo de su respiración subiendo y bajando como escalas de piano.

–Vamos –susurro–. No tenemos que hacer nada. Solo quédate conmigo, por favor.

Y ella se pone la mano en la boca como si fuera a vomitar.

Me levanto instintivamente, extendiendo la mano para tranquilizarla, y mi mitad de la sábana se desliza, revelando mi cuerpo. Julia levanta una mano para taparse los ojos. Son de color azul piedra, ojos de gran control e inteligencia, pero más cálidos que los de Pippa, cuyo brillo era frío, como el mar.

Me inclino hacia el otro lado de la cama y le tomo la mano. No es menos hermosa que su hermana, pero no es su hermana.

Nos quedamos sentados en silencio en la oscuridad y ella me permite sostener su suave palma, como si estuviera consintiendo a un niño. Luego se da la vuelta y se aparta, como si no pudiera soportar que la toque ni un segundo más.

–No mires –dice.

El camisón está hecho un gurruño en la cama. Se lo paso, apartando la mirada. Noto como el peso abandona el colchón.

–¿Adónde vas? –pregunto. Para cuando me doy la vuelta, ya se ha marchado.

Su respuesta resuena débilmente en la escalera:

–A tomar el aire.

Aunque sus palabras son el espejo de las mías cuando salí como el rayo en la cena, no hay en ellas ninguna malicia, al menos que yo pueda detectar. Miro la hora. Estamos en mitad de la noche. No puede salir sola a estas horas.

Al saltar de la cama, me invade un repentino mareo que me fuerza a ir más despacio. Siento mis piernas pesadas mientras me pongo la ropa interior, como si el mero pensamiento de seguir a Julia fuera de la casa hiciera que mi cuerpo se resista. Abro un cajón de la mesilla de noche y saco una camiseta oscura y ancha. Mientras me la pongo por la cabeza, noto en el cuello la piel dolorida y en carne viva, y entro en el baño para mirarlo en el espejo. Largas marcas de arañazos, tan profundas como las que me salieron en el pecho, cubren mi garganta por encima de la perilla y desaparecen bajo el cuello de la camiseta. Me inclino hacia delante para mirarme aún más de cerca. «Qué ojos tan grandes tienes». Parecen más grandes de lo habitual. Miro la imagen de sus pupilas: la minúscula réplica de mí mismo que me devuelve la mirada, como un muñequito atrapado ahí adentro.

«Es el calor», pienso. «Eso es todo». Entonces oigo cerrar de golpe la puerta principal. Salgo de la habitación y corro escaleras abajo. Cuando llego a la habitación de las niñas, tengo cuidado de no hacer ningún ruido. Pero, a pesar de mis esfuerzos, la puerta del cuarto se abre una rajita cuando me acerco, y Cassia está ahí de pie, con los ojos brillantes como lunas.

–¿Quién hay? –susurra.

Dudo, sin saber qué decir; qué nombre otorgarme.

–Soy yo –digo al fin–. ¿Qué haces fuera de la cama?

–No puedo dormir –dice–. Necesito hacer pipí.

Pienso en Julia, agobiada, vagando por el Peter's Park en camisón a las dos de la madrugada, pero tomo la decisión:

–Claro –digo–. Yo te llevo.

Extiendo la mano, sintiendo una especie de pudor al verla colgar en mitad del aire. Cassia la mira fijamente, como si se lo pensara, y luego entrelaza sus dedos con los míos. Parece que haga siglos que no hemos tenido un gesto tan íntimo, aunque quizá solo haga días y, por un momento, la proximidad me avergüenza. Pero entonces ella me aprieta los dedos y ya todo parece normal. Giro sobre mí mismo y volvemos a subir, de la mano, por las escaleras.

Cuando llegamos al baño, le doy al interruptor y al instante los azulejos se llenan de luz eléctrica. El cuarto es pequeño, pero está lleno como una taza de recuerdos. Hasta ahora, solo he podido ver lo malo que había en él: mi pelea con Pippa; su marca de sangre en el espejo, y también la de Sylvie, pero ahora sonrío y mi cabeza se inunda con una tromba de sonidos y sensaciones medio olvidados: ecos de todas las veces que Pippa y yo bañamos a las niñas en esta bañera, y cómo salpicaban y su risa rebotaba en las paredes alicatadas. Recuerdo cómo Pippa echaba un chorro de aceite de baño, que salía de la botella con una pedorreta, y hacía que la bañera se llenara de espuma y burbujas. Cómo les ponía espuma en la barbilla y declamaba aquello de «Deberíais ser mujeres… pero vuestras barbas me impiden interpretar que lo seáis», con esa voz distante que tenía.

Estos recuerdos felices, que superan a los malos cien veces, o un millón de veces, me estaban vetados. Pero ahora me vienen, sin censura, en una especie de realidad palpable, como si la mera ilusión de haber pasado solo una noche más con Pippa los hubiera llamado. Sin decir palabra, Cassia entra y cierra la puerta. Cuando sale, el baño está aún iluminado y brillante. Me escuecen los ojos bajo su resplandor y me avergüenza de nuevo encontrarlos llenos de lágrimas.

–¿Sabes? –digo–. Amaba mucho a tu mamá.

Cassia asiente y me vuelve a coger de la mano, esta vez por voluntad propia.

–Lo sé –dice, y luego añade en voz baja con un enorme nudo en la garganta:

–Lo siento.

Me acuclillo. Ella también tiene los ojos llenos de lágrimas.

–¿Qué es lo que sientes? –pregunto, sin confiar mucho en mí, demasiado lleno de culpa como para dar nada por sentado.

Pero ella no lo quiere explicar, y ahora empiezan a caer sus lágrimas. Me quedo sin fuerzas por un momento, totalmente desconcertado. El contraste entre esta Cassia y la que me habló de forma tan fría antes ese mismo día es inquietante

–Shhh –susurro, sin saber qué otra cosa decir–. No pasa nada. Todo va a ir bien. Te quiero. Te quiero.

Cuando volvemos a su habitación, Sylvie también está despierta y sentada en la cama, con ojos adormilados.

–Pensé que te había oído salir de casa –me susurra, mientras guío a su hermana por la oscuridad.

–No os dejaré nunca.

Subo la ropa de cama sobre las niñas, hasta las barbillas, hasta que lo único que veo son sus caras. Cada día se parecen más a su madre.

–Oí que se abría –continúa Sylvie. Tiene los ojos más abiertos ahora. De un momento a otro parece volverse más ansiosa, más despierta–. La puerta.

–Eso fue la tía Julia –digo.

–¿Que se iba?

–Que se iba.

–¿Va a regresar? –dice Cassia ahora. Me vuelvo para acariciarle el pelo.

–Sí –respondo.

–Y… ¿se va a quedar?

Estudio su rostro, pero sigue inescrutable. Como siempre ha sido.

—¿Te gustaría que se quedara?

—Sí —responde suavemente poco después.

—Sí, por favor —añade Sylvie. Me acerco para acariciarla a ella también. Ahora ya está tan alerta como su hermana.

—Necesitáis dormir —digo en un suspiro.

—¿No podéis arroparnos los dos juntos? —dice Cassia.

Miro la hora de nuevo. Dios sabe dónde está Julia ahora, y lo que estará pensando.

—De acuerdo —digo—. Veré qué puedo hacer. Pero quedaos aquí en la cama.

Se miran entre ellas, como cuando se consultan. Responden en una sola voz tranquila.

—Sí, papá.

Estoy pasmado, pero trato de no demostrarlo. «Me han llamado papá». ¿Qué es esto? ¿Un acto de rebelión? ¿Una declaración de amor? ¿Una punzada de culpa?

Nunca lo sabré con seguridad. Nunca lo sabremos, piense lo que pueda pensar Julia. Las mentes de las niñas están cerradas para nosotros; estamos separados de ellas por el golfo que existe entre todo adulto y niño, un golfo agrandado, de algún modo, en el caso de las mellizas, por el puente que existe entre ellas. Les acaricio las mejillas y les sostengo los mentones, y vuelvo a salir de la habitación despacio, sin ganas de perder el contacto visual con ellas hasta el ultimísimo momento.

Sintiéndome más ligero que nunca durante meses, palpando en la oscuridad, desciendo los escalones que quedan, y empiezo a tensarme de nuevo solo cuando llego al vestíbulo, cuando me aproximo a la puerta. Julia está fuera, pero dentro, me siento como si se estuviera rompiendo un hechizo, y me da miedo ponerlo en peligro al dejar a las niñas solas.

Al dejar a las niñas solas con él.

Así que retrocedo y voy al cuarto de estar, palpando en la oscuridad y guiado solo por una lucecita verde encima de la cómoda (es el teléfono de Julia cargándose) y la luz del ventanal. Cuando descorro la cortina, la Allington Square está oscura. Examino el perímetro, con esperanza, pero no hay muchas sombras en las que alguien pudiera esconderse. Las farolas dan una luz naranja y espesa, y solo hay un par de coches aparcados en la acera.

Sacudo la cabeza, enfadado conmigo mismo. ¿Qué esperaba? ¿Verla allí sentada, llorando en el escalón, lista para que yo la cogiera en brazos y la llevara de vuelta a la cama? Debe de haber ido al Peter's Park.

Empiezo a separarme de la ventana, pero, al hacerlo, me doy cuenta de que el cajón más alto de la cómoda está entreabierto. Lo abro del todo. Dentro hay varias hojas de papel; las saco, y me doy cuenta de lo que son. Son los dibujos de ayer: primero está el de Cassia, luego la porquería que yo hice, y luego… el de Julia.

–Vamos a dibujarnos a nosotros mismos –había dicho– como seremos dentro de diez años.

Cuando levanto su boceto para verlo a la luz de las farolas, no tiene el talento de su hermana: los monigotes parecen una turba de insectos atrapados en ámbar. Solo después de entrecerrar un poco los ojos empiezo a distinguir algo. Es una familia. Julia se dibujó con un hijo, y un hombre. Enfoco con más intención esta vez. Pero no creo que sea yo; podría ser cualquiera.

Podría ser yo.

También hay una casa en el dibujo, pero no es esta casa; es una cabaña amplia y con muchas chimeneas, con un jardín silvestre, en algún lugar lejos de aquí, un lugar al lado de un mar dibujado a lápiz. Mientras lo miro siento calor en el cuerpo otra vez y me apoyo contra la cómoda. «Yo también quiero esto», caigo en la cuenta. La cabaña. La familia. «Julia». No como representación de Pippa, sino su propio yo irónico, inteligente y hermoso.

Las niñas estarán bien solas unos minutos.

Salgo corriendo al vestíbulo, hacia la puerta, pero entonces me quedo quieto. El dibujo se me cae de la mano por lo que veo: el vestíbulo se ha transformado. Hay una luz que viene de debajo de la puerta del sótano: luz roja, fuerte y potente, que empapa todo el vestíbulo en su tono sangriento. Siento el pulso en mi garganta. Esto no puede ser real, no puede ser. Aún puedo escoger. Alejarme, recoger el dibujo de donde haya caído y encontrar a Julia. Podemos vender esta casa o destruirla; podemos empezar de nuevo, los cuatro.

Solo necesito alejarme.

«Abre tus fauces de mármol, oh tumba, y escóndeme, tierra, en tu oscuro vientre».

La puerta del sótano se abre, suave y en silencio, y la luz sale a raudales. Pippa está ahí, abajo, puedo sentirlo. Esto no es una fantasía ni un sueño lúcido. Me está esperando.

Empiezo a bajar los escalones, con miedo de que, si voy demasiado rápido, su presencia o, al menos, mi convencimiento, se disipe. Pero no lo hace. La sensación no hace más que volverse más fuerte al avanzar. Me da miedo respirar, me da miedo parpadear. «¿Dónde está?». Aún no la puedo ver, pero sé qué aspecto tendrá: sólido y corpóreo, el pelo oscuro y la cara pálida serán del mismo tono de rojo; sus ojos habrán perdido el color: los iris de color escarlata, con puntitos de tinta, pero característicamente suyos. Y su cara, su sonrisa. Inconfundibles.

Hay un sonido constante, como el zumbido de las antiguas luces eléctricas. Un coro de voces incipientes. Me esfuerzo para oír la suya entre ellas, para captar la pronunciación de mi nombre.

—Por favor —susurro—. Sé que estás aquí. Sal. Yo no iba…, yo nunca… Perdóname.

Pero no hay respuesta. El zumbido se vuelve más alto. Viene del techo, desde justo encima de mi cabeza. Miro hacia arriba. No hay luz de seguridad, ni bombilla de infrarrojos, solo un círculo retorcido de humo rojo brillante, como la niebla arremolinada de una de las pinturas de Pippa. Verlo es sentirlo arder. La piel me pica, se retuerce, se mueve como si tuviera vida propia.

Miro por el sótano aturdido, observando cómo se extiende el humo. Después cierro los ojos y me balanceo allí mismo, extasiado en el calor implacable. Agitado por el temblor, levanto la mano.

Aquí está. Las yemas de sus dedos se aprietan suavemente contra las mías. Al principio, pienso que es solo una corriente de aire, pero luego noto el peso de su mano también y, cuando doy un paso más, siento el cálido aliento en mis mejillas.

Nos besamos sin hacer ruido. De memoria recuerdo la forma de su boca; imagino sus labios, de un rojo brillante en esta luz aterradora. Rosados, deliciosos.

Luego nos separamos. Sonriendo, abro los ojos.

Mi mano está presionada contra la mano de otro hombre.

Es el reflejo de mi imagen: idéntico, parece ser, en todos los aspectos. Sus movimientos llevan unos segundos de retraso con respecto a los míos, así que observo, mareado, que sus labios se cierran. Que sonríe. Que abre los ojos.

Amarillo intenso; hendidura negra.

Sus ojos brillan como copias del sol, como una imagen residual, pero tan solo un instante. Tan pronto como retiro la mano, se desvanece. Doy un salto atrás, pero cuando mis pies tocan el suelo del sótano, forma unas ondas que no son propias de la piedra, ni deben serlo. Entonces estalla.

Hay una milésima de segundo en que lo veo venir; la transformación de la piedra en agua negra. Pero antes de que pueda gritar, algo muy poderoso me agarra bajo la superficie.

El delirio se traga la solidez. Me están arrastrando por las frías profundidades con tal ferocidad que es como si me estuvieran arrancando la piel de cuajo. Medio segundo de dolor, y después: el agua es un bálsamo. Siento el cuerpo suave, fresco como si se le hubiera retirado una pátina.

Intento gritar otra vez, pero el sonido que emerge es solo un murmullo de burbujas. Intento dar patadas a lo que sea que me tiene agarrado, cualquiera que sea la fuerza que me arrastra hacia abajo por el agua, pero ahí no hay nada: solo la gravedad que empuja a cualquiera cuando elige saltar. Aunque yo no lo hice. «No lo hice».

Debajo de mí no veo más que negrura, que se extiende hasta el infinito. Intento nadar hacia arriba, a la superficie, volver al sótano. Pero lo que tira de mí es demasiado fuerte. La luz roja que resplandece sobre mi cabeza ya es apenas visible a través del agua. Me caigo y sigo cayendo, hasta que se vuelve tan pálida y pequeña que ya no es más que una motita; un destello rosado y fantasmal muy por encima de mi cabeza, tan tenue y atrayente como mis recuerdos de la mujer a quien amé.

CAPÍTULO 17

Julia

Desde donde estoy, sola entre los árboles, aún puedo ver la casa en la media distancia, aunque la escena esté medio escondida. Los escalones de la entrada están ocultos por los arbustos que se extienden ante mí y la fachada está atravesada por las rejas de hierro del parque. Mirando la casa a través de este curioso encuadre, me apoyo contra la corteza rugosa de un magnolio y observo como las luces se van encendiendo, una a una: primero en la habitación de Alfie, luego en su baño; el baño principal, y, al final de todo, la habitación de las niñas. La forma en que se encienden me hace pensar en una casa de muñecas, el tipo de juguete con el que Pippa jugaría durante horas y horas, y que yo ignoraría. Pero esto no es un juego. Nada es ya de mentirijillas.

Me lo he follado. A su Alfie. A su padre.

No puedo volver allá adentro. No puedo siquiera quedarme esta última noche. En la oscuridad, podía hacer como que no era él a quien tocaba, pero no podré mirarlo a la cara mañana, a la luz del día.

Pasa el tiempo y tengo tal desorden en la mente que, cuando la puerta principal se cierra, apenas lo oigo. Pero el sonido reverbera de forma hipnótica por la plaza vacía, y luego lo veo cruzar la calle, abrir la cancela oxidada y venir hacia mí. Al principio es solo una silueta, la sombra de un hombre contra los matorrales. Solo cuando se acerca más, va adquiriendo la forma de quien es: su porte desgarbado y pesado, su pelo de un rubio sucio, su barba de días. «Hermoso, de una forma masculina». Es lo que pensé cuando nos conocimos. Ahora está más abatido. Aun así, tiene buen aspecto al acercarse. Bañada en la luz de la luna, su piel brilla como si fuera nueva.

Se detiene a varios metros de mí, como si de repente no confiara en mí.

–¿Estás bien? –le grito.

La pregunta se queda suspendida en el aire, de forma extraña, porque él ha venido a ver cómo estoy yo, y no al revés. Pero entonces levanta una mano a la garganta, se da un suave masaje y habla.

–Me caí –su voz es baja, sin expresión–. Y después… estaba atrapado. Pero ahora… –Levanta sus grandes manos, girándolas mientras habla y mirándolas como si estuviera en un sueño.

–¿Te caíste? ¿Qué quieres decir?

Mi voz se pierde mientras noto que en la mano derecha sujeta un papel: una especie de dibujo. Parece que solo lo ve cuando yo lo veo. Lo despliega, sonríe con cariño y luego lo arruga en una bola que se guarda en el bolsillo.

–Ignórame –dice–, me estaba imaginando cosas. Solo puede ser eso. Ahora sé lo que es real y lo que no.

–Oh. Bien. –Inspiro profundamente, intentando organizar mis pensamientos–. Mientras he estado aquí fuera, he estado pensando. Esta noche… lo que ha pasado entre nosotros… Ha sido un error. Lo siento, pero no puedo ser parte de tu vida. Es lo mejor. Tengo que pasar página. Los dos debemos hacerlo.

Alfie reflexiona un momento. Luego dice, dubitativo, como si sintiera que las palabras se le formasen de forma inesperada:

–No creo que sea eso lo que quiero.

–¿No? –susurro.

–No. Y no estoy seguro tampoco de que sea lo que tú quieres.

Da un paso más hacia mí, hasta que está de pie, ahora me doy cuenta, justo donde pasó; donde Pippa jugaba, descalza, con sus hijas; deslizándose lentamente entre la hierba blanda, hasta que un colmillo o un aguijón le atravesó la planta del pie; le inyectó el veneno que le pararía el corazón. Pero él no parece darse cuenta.

–Quiero que regreses –dice–. Y no solo esta noche. Para siempre. Quiero que vivas con nosotras en la Hart House. Quiero que estemos juntos.

Hace pausas frecuentes entre las palabras. Pero, por algún motivo, no tengo tiempo de interrumpir.

–Sé que quieres a las mellizas. Y ellas te quieren a ti. Están creciendo tan rápido. Madurando. Y no estoy seguro de ser suficiente para ellas. No sé si puedo hacerlo yo solo. –Su voz es bajita, blanda como la mantequilla–. Te necesitan.

No se me ocurre qué puedo decir; ni sé si está haciendo que me sienta culpable, o afirmando una simple verdad. Pero aún no ha acabado.

–Y yo también. –Sonríe y sus dientes brillan a la luz de la luna–. Somos tuyos si nos quieres, Julia. Puedes quedarte conmigo. Todo entero. Lo juro: quiero ser tuyo. Por favor, vuelve adentro, aunque sea para pensarlo…

Me quedo atrás, sin saber qué decir ni qué hacer. Esto no puede pasar. Son demasiadas cosas. Aun así, quiero tocarlo, besarlo, decirle que yo también lo quiero. Me quedo quieta, inmóvil, sin confiar en mí misma a la hora de moverme o hablar.

Y luego atisbo la casa de muñecas por encima de su hombro, y doy un grito ahogado.

–Alfie –digo–. ¡Mira!

En un instante, todas las luces –la de su habitación, la de las chicas y la del vestíbulo– se apagan, como si la casa hubiera explotado y hubiera desaparecido en el cielo de la noche, o se hubiera caído en un cráter de la tierra.

–¿Niñas?

La oscuridad parece espesarse a mi alrededor al moverme, como un matorral de espinas. La Hart House: su interior tan negro como el vientre. El espacio que compartí con mi melliza desde la concepción. Alfie se mueve por allí laboriosamente, hacia el vestíbulo y a la sala de estar, la cocina, encendiendo y apagando interruptores a su paso, sin que le sirva de nada. La oscuridad de la casa es absoluta, excepto arriba.

–¿Niñas? –vuelvo a decir, tanteando para llegar a la barandilla, agarrando el poste mientras miro hacia arriba. Puedo atisbar a duras penas las luces titilando, parpadeando, muy por encima de nosotros, quizá en el tercer piso. Las luces son aterradoras, como de otro mundo. Parece que estén flotando libremente en mitad del aire, sin vínculo a ningún origen observable.

–¿Alfie?

Oigo que abre otra puerta, y entonces siento una ráfaga de aire frío. Debe de haber sido el sótano.

–¿Alfie? –vuelvo a decir.

–Estoy aquí –dice, sorprendentemente cerca.

–Mira. –Señalo a las luces que parpadean por encima de nuestras cabezas. Tomamos las escaleras y, conforme nos vamos acercando, me doy cuenta de que son llamas. «Velas». Y, al darme cuenta de esto, las huelo, huelo ese olor dulce, especiado y ahumado; el aroma que llenó la casa el día en que papá murió y que se quedó después.

Me detengo en el rellano del primer piso, tapándome la nariz.

–¿Julia? –susurra él.

Inhalo profundamente. Me he parado justo fuera de la habitación de las mellizas, de modo que abro la puerta.

–¿Niñas? –digo, por tercera vez. Pero el cuarto está vacío.

Continuamos subiendo, y en cada escalón nos adentramos en el aire aromático. Nuestro camino se hace más claro al pasar por el segundo piso.

Al fin llegamos a las velas, que han sido colocadas en pequeñas hornacinas que bordean la escalera; parpadean cuando pasamos por delante. Las velas son variadas: algunas parecen nuevas, lisas y altas, mezcladas entre las medio usadas, rechonchas y deformes, en las que la vela se ha deshecho y vuelto a endurecer. Algunas son de un amarillo pálido, marmoladas con remolinos de rojo. Otras son rosa concha, salpicadas de destellos, que centellean en el nimbo que forman sus llamas. El aroma que desprenden es abrumador.

Alcanzamos el ápice de las escaleras, pero nuestra ruta hasta la habitación de Alfie –que, me doy cuenta, de pasada y abochornada, era nuestro destino– está bloqueada por una escalera de metal. Miro hacia arriba. La trampilla del desván cuelga abierta como una boca, grande y desdentada.

–¿Tú has…? –casi le pregunto a Alfie. Pero sé que no ha sido él.

Ambos pegamos un salto al oír crujir las tablas sobre nuestras cabezas y, después, ante la imagen súbita de una tela oscura y pesada, como un vestido de novia bañado en alquitrán, que aparece en la boca del desván. Es una figura que va apareciendo lentamente ante nuestra mirada; al principio anónima y luego, cuando oigo su respiración sibilante, ay, tan familiar.

–¡Mamá!

Por mí fluyen la sorpresa y el alivio. Aguanto la escalera para afianzarla mientras ella empieza a descender, agarrándose peligrosamente al riel de la escalera solo con la mano derecha. Bajo el brazo izquierdo va sujetando un montón de velas. La escalera ruge bajo su peso, los peldaños serrados amenazan con enganchar el pesado vestido negro en cualquier momento. Aún de luto, después de más de un año.

–Gracias, querida –dice, jadeando, cuando tiene los pies en tierra firme. Le da una patadita al extremo de la escalera, y se pliega con una obediencia pasmosa, deslizándose cuidadosamente hacia el desván y cerrando la puerta limpiamente con un chasquido.

–¿Qué estás haciendo aquí?

Mamá frunce el ceño.

–¿La pregunta adecuada no será… dónde estabais vosotros?

Enciende una cerilla que alumbra su cara, y supuestamente la nuestra, con un halo de luz repentino. Me aparto de Alfie, instintivamente. De regreso a la oscuridad.

–Me llamaron las niñas.

–¿Te llamaron? –empiezo…

–Sí. Desde tu móvil, Julia.

Instintivamente intento echar mano a los bolsillos, olvidando, por un momento, que voy en camisón. Daría lo mismo, porque

231

me dejé el teléfono abajo, cargando sobre la cómoda. Y las niñas saben el código.

—¿Dónde están? —digo.

—Estaban aterrorizadas —continúa mi madre—. Alfie las había dejado solas. Las había dejado, por lo que se ve, para ir detrás de ti…

Me pongo roja.

—Estuvo fuera solo un minuto.

—¿Un minuto? Julia, hace media hora que estoy aquí. Y ya sabes lo que me cuesta llegar hasta aquí. ¿Qué hacíais ahí afuera?

¿Media hora? No tiene sentido. Aunque es verdad que nada parece tener sentido esta noche.

—Mamá —digo—. Dime una cosa: ¿dónde están las niñas?

Me toca el hombro.

—Están bien. Lo primero que he hecho ha sido comprobarlo.

—Pero ¿dónde están?

Me hace callar con un gesto, mientras coloca otra vela en uno de los huecos, y baja una cerilla encendida delicadamente hacia la mecha, que chisporrotea y luego finalmente produce una pequeña llama. El humo serpentea calladamente por el aire oscuro.

—Están bien —me vuelve a decir.

La nariz de Alfie se contrae ante la fuerza del aroma de la vela.

—Ese olor… —murmura, cerrando los ojos como si le hubiera despertado un recuerdo medio olvidado en su mente también.

Mamá asiente y sonríe.

—Maravilloso, ¿verdad? Te hace sentir… oh, no sé. Más viva, diría.

—¿De qué son?

Se vuelve hacia mí, con los ojos muy abiertos , y dice:

—¿Qué quieres decir? Son simplemente velas. Las teníamos cuando erais niñas. Sabía que quedarían en el desván.

—Ah.

—Pertenecían a la iglesia, creo —añade, agitando vagamente la mano libre—. Las usábamos los domingos… en rituales…

Parpadeo, sin comprender.

—Pero ¿para qué las has encendido?

Mamá me mira como si yo estuviera loca.

—Se ha ido la luz. —Le da dos toques al interruptor de la luz más cercano para demostrarme que no funciona—. Casa antigua —dice, meneando la cabeza—, circuitos chungos. Lo único que Eric no llegó a arreglar. —Mira a Alfie, como esperando algo—. ¿Hay alguien a quien puedas llamar? ¿O quieres echar un vistazo tú mismo en el sótano?

Alfie mira más allá de mamá, como si no estuviera escuchando.

—Esta casa —murmura muy bajito, como si estuviera en trance— estaba en mal estado cuando la compraste.

—Exacto —responde mamá con suavidad—. Y tenía mala reputación.

Cierro los ojos, sintiendo náuseas entre el aire fragante y el calor.

«¿Sabéis por qué os mudasteis a esta casa?» —nos preguntó el trabajador social calvo y con gafas, con su voz fina y aflautada—. «¿Sabéis lo que sucedió aquí?».

Sí señor, podríamos haber dicho. Quizá debimos haberlo dicho. ¿Quién no lo sabía? Todo el mundo había oído hablar de los hermanos Hart, incluyendo todos los niños de la escuela. «Vuestra casa está maldita», nos decían. «Encantada». Pero no parecía poseída cuando nos mudamos, al menos a mí no me lo parecía. En realidad, bastante al contrario: la notaba abandonada, hueca. El anterior propietario se había vuelto loco dentro de estas paredes, y le pegó fuego, en un vano intento de librar al mundo de ella. Cuando papá la compró por una miseria, más de una década después, el interior aún estaba destruido. Había paredes enteras llenas de hollín y chamusquina, como corteza de árbol envuelta en líquenes. Lo recuerdo pintándolas de blanco puro, moviendo las brochas despacio, de forma reverente, como si estuviera bendiciéndolas con aceite santo. Yo no tenía miedo, pero tampoco compartía su emoción. Incluso a esa tierna edad, me sentía tan vacía como aquella casa quemada y ruinosa, incluso cuando creía en Dios.

–Alfie –susurro–. Algo anda mal.

Mamá ya se ha adelantado a nosotros, así que no me puede oír. Él baja también la voz.

–¿Qué quieres decir?

–Que llevo oliendo estas velas ya durante semanas. ¿Tú no?

Él se encoge de hombros, con la cara entre las sombras.

–¿Y no dijiste –continúo, recordándolo de repente– que pensabas que alguien había estado en el desván? ¿Y si mi madre ha estado viniendo, en secreto, todo este tiempo?

–¿Tú crees que haría eso?

–Oh, es exactamente el tipo de cosa que ella haría. Llenarles la cabeza a las niñas de Dios sabe qué. A tus espaldas. A las mías.

–La llave extra faltaba…

Me apresuro por las escaleras tras mi madre.

–Gracias –le digo– por venir a ver a las niñas. Pero ahora deberías irte. De verdad, es tan tarde.

Vuelve a agitar la mano, esta vez para quitarle importancia a mis palabras, y se va a encender otra vela.

–No pasa nada. Las niñas no me despertaron. No duermo bien estos días. Es el dolor. No tienes por qué preocuparte.

Seguimos sus movimientos erráticos escaleras abajo. «Es el dolor. No tienes por qué preocuparte». La extrañeza de sus oraciones, encadenadas entre ellas de forma discordante, para quedarse resonando en el aire brumoso. Hemos llegado a la habitación de las niñas. Mamá abre la puerta con garbo.

–¿Niñas? –dice. Pero entonces vacila–. Es muy raro. Juro que hace unos minutos…

La aparto y entro. Los dos lo hacemos. Dentro, la habitación de las mellizas sigue estando vacía, igual que cuando subíamos. El edredón azul está arrugado en el suelo.

–¿Sylvie? ¿Cassia?

Un sonido flota por el rellano, a través del aire perfumado. El sonido de cuerpos que se mueven en la habitación de invitados. Mi dormitorio. Entro pitando y salen las niñas, como si nada, de debajo de mi cama. Sonríen al verme.

—Gracias a Dios —digo, sin pensar. Las agarro para abrazarlas, tan fuerte que es como si me las estuviera cosiendo al camisón, cosiendo sus cuerpos al mío con la fuerza del abrazo.

—Estáis bien —digo, invadida por un gran alivio. Aunque no estoy segura de qué era lo que temía, exactamente.

Mamá entra de golpe. Ahora es ella la que parece agitada.

—Ángeles —dice—. ¿Qué estáis haciendo aquí dentro?

De mala gana, las suelto.

—Estábamos buscando a papá —dicen.

—¿A vuestro padre? —Mamá se agacha, poniéndoles una mano en la frente, primero a una, luego a la otra, como si sospechara que tienen fiebre—. ¿Y por qué tendría que estar aquí? Es la habitación de vuestra tía.

Cassia se encoge de hombros.

—No lo encontrábamos.

—No —dice Sylvie—. No lo encontrábamos por ninguna parte.

—Miramos arriba.

—Y abajo.

—En los armarios.

—Y bajo las camas.

—No estaba en ninguna parte.

—Bueno, no os preocupéis —dice mi madre con voz tranquilizadora—. Está aquí. Aquí mismo.

Señala a Alfie, que entra en mi habitación. Las niñas se retraen ligeramente. Tienen una mirada que no sé a qué se debe… confusión, quizás, o agitación.

—Ese no es —dice Sylvie.

—¿Qué?

Cassia asiente, con ojos muy abiertos, mostrando un solemne acuerdo.

—Ese no es papá.

Mamá se ríe, incómoda.

—¿Qué queréis decir? ¿Quién va a ser, si no?

Pero las chicas no dicen nada, como si tuvieran miedo de contestar, o no estuvieran muy seguras.

Mamá enciende una cerilla y la agita un poco exageradamente cerca de la cara de Alfie.

–Mirad. Es él.

Yo suspiro, sintiéndome triste, al darme cuenta de lo que está pasando. En la oscuridad, veo a Alfie apretando los puños, tratando de controlar su temperamento.

–Las niñas –digo rápidamente– tienen un amigo imaginario. Black Mamba.

Mamá ni siquiera se esfuerza en hacerse la sorprendida.

–Lo sé –dice, agitando la cerilla hasta que se apaga, dejando un rescoldo de luz y una línea de humo–. Me lo han contado todo sobre él.

–Bueno, hoy –le explico, sujetándola ligeramente por los hombros– han empezado a llamarlo «papá». Y a Alfie... pues lo llaman por su nombre de pila.

Mamá parece horrorizada.

–Pensaba que estabas ayudando a las niñas.

–Lo estoy haciendo.

–No parece que esté surtiendo mucho efecto, entonces, ese tema de la psicoterapia, ¿no?

Incluso con tan poca luz, puedo ver el brillo de sus ojos.

–Todo está bien –murmuro–. Lo tengo todo bajo control.

–Evidentemente. -Se vuelve hacia las mellizas, guiándolas hacia ella.

–¿Qué estáis haciendo? Hemos hablado de esto: no debéis tener miedo de esta criatura. Recordad, he estado rezándole al Señor, nuestro pastor. Estáis bajo su protección. Ningún demonio os puede hacer daño. No mientras mi corazón esté aún latiendo.

–Mamá –protesto, pero ella me silencia con un movimiento imperioso de su dedo. Coge a las niñas de la mano.

–Vamos a buscar a Black Mamba. Lo encontraremos juntas.

–Pero él ha apagado las luces –dice Sylvie, mirando a su abuela con cara de duda.

Mamá agita la cabeza, insistiendo.

–No se puede esconder de nosotras. Nosotras tenemos el control, ¿recordáis? Y…

Se acerca hacia ellas, intentando excluirme con un susurro. (Lo oigo todo perfectamente.)

–Recordad lo que os dije. Los demonios pueden hacer cosas increíbles. Cambiar de forma… hablar con los espíritus… devolvernos a nuestros seres queridos. No es necesario darles nada a cambio: ni un título, ni un beso, ni una gota de sangre… Los demonios son nuestros sirvientes, y nosotros somos sus amos. Podemos controlarlos. Darles órdenes. Siempre que tengamos fe.

–Para ya –digo–. Por favor. Es demasiado tarde. Necesitan dormir.

Me vuelven a hacer callar. Esta vez, para mi total sorpresa, ha sido Alfie, que me pone una mano sobre el hombro.

–No –dice–. Está bien. Deja que lo intente.

Es todo el permiso que mamá necesita. Enérgicamente, se pone manos a la obra, llevando a las niñas al rellano.

–¿Dónde lo visteis por última vez? ¿Os acordáis?

Las niñas, negando con la cabeza, son un revoltijo de sombras.

–Bueno, entonces, ¿dónde lo visteis por primera vez? ¿Dónde se os ha aparecido? Vamos. Vamos a desandar vuestros pasos.

–Alfie –susurro con ansiedad–. Esto no es sano.

Él me toca la cintura en la oscuridad.

–No pasa nada. Si Marian piensa que puede con él… –se detiene de repente. Un sonido amortiguado: como si estuviera intentando no reírse–. Si piensa que puede invocarlo, deja que lo intente.

Me siento incómoda igualmente, pero supongo que tiene razón. Puede que no sea malo que las niñas vean que la abuela lo intenta, y no lo consigue.

–De acuerdo –digo–. A ver qué pasa.

Las niñas llevan a mi madre a su habitación, donde vieron a Black Mamba por primera vez y hace meses, de pie, callado, al pie de su cama. Donde se les apareció en forma de pájaro y se las llevó volando hacia la noche. Donde se subió a su cama, llenando el hueco entre ambas en forma de un gran oso pardo.

Mamá se empapa de todas sus palabras, con los ojos brillando a la luz de las velas mientras ellas narran sus historias. Las voces de las niñas son como pinceles, trabajando el lienzo sombrío de la casa por la noche con sus extrañas visiones.

La llevan hasta el cuarto de baño, donde lo vieron en forma de pez, y a la habitación donde Pippa colgaba la colada, donde lo dibujaron en forma de serpiente. Alfie desaparece y vuelve a emerger con dos reflectores pequeñitos, que coloca en las manos de las niñas. Ellas los cogen con reticencia, claramente aún recelosas de él.

Alfie se mantiene encantadoramente sereno.

–Con cuidado –murmura cuando las niñas tiran entusiasmadas de mamá para que baje las escaleras–. La abuela no tiene mucho equilibrio, acordaos. No queremos que dé un traspiés.

Luego viene la sala de estar, donde vieron a Black Mamba en forma de mono; donde destrozaron el jarrón escarlata que Pippa le había regalado a Alfie el día de San Valentín. Después, la cocina, donde aún cuelga su retrato. Voy rodeando la mesa, pasando los dedos ligeramente por la madera barnizada, hasta que me encuentro cara a cara con el dibujo de Sylvie. Los rayos de las linternas de las niñas iluminan el dibujo de la piel brillante de Black Mamba. Cierro los ojos, con la frente a centímetros del papel. Me llevo una mano al estómago revuelto.

Mamá golpetea la mesa de la cocina. La voz le sale entrecortada con anticipación.

–Nos estamos acercando, lo noto. ¿Dónde más? Venga, ¿adónde vamos ahora?

«Esto es lo que Pippa hacía con papá», pienso, «al principio de mudarnos». Aún recuerdo cómo se movían de habitación en habitación, haciendo sonar el cascabelero por la noche; fotografiando las paredes de día. Clic. Clic. Clic. Buscando algo en el aire a su alrededor, algo escondido a la vista. Luego, se recluían durante horas en el cuarto oscuro. Revelando imágenes, examinándolas en busca de contornos peculiares y significados ocultos. Siempre juntos.

El problema nunca es que un padre tenga una favorita o favorito; es que los hijos lo saben.

–El sótano –dice Cassia.

–¿Qué?

–Ahí es donde lo vimos por última vez.

–¿En el sótano?

–Sí, es donde nos mostró la puerta.

Ahora salen de la cocina, dejándome atrás. Los sigo a toda prisa.

–No podéis.

Mamá levanta las manos, con los dedos tiesos como en rigor mortis.

–¡Julia, por favor!

–No hay ninguna puerta –digo. Luego, volviéndome–: Cass, díselo.

Cassia se me queda mirando impasible. Tiene los labios apretados, como si se los hubieran cosido.

–Vamos –digo–. Díselo. No hay nada escondido en esta casa. Ni un demonio, ni espíritus.

–Ah, pero eso no es cierto, ¿verdad? –interviene mamá, con una brillante sonrisa naciendo de sus comisuras–. Si alguien debiera saberlo, eres tú.

Sus palabras, afiladas, se escapan con naturalidad y nadie las entiende excepto yo.

–No podemos –murmuro– comunicarnos con los muertos.

–Eso díselo a Sue –replica mamá–. Ella habla con Michael cuando quiere.

Empiezo a llenarme de exasperación, pero intento contenerla.

–Sue no está bien. Y tú lo sabes.

Ella me fulmina con la mirada, de pie al lado de la puerta del sótano, con el puño rodeando el tirador.

Me vuelvo hacia Alfie, que no hace más que encogerse de hombros.

–Es el único sitio que falta por revisar –dice, cosa bastante razonable.

Con una sonrisa satisfecha, mamá abre la puerta.

Michael. Cada vez que oigo su nombre, no puedo evitar pensar en el boceto a lápiz que hay en Crescent Place, encima de la rejilla del salón. Veo su cara redonda y sonriente, sus rizos de grafito difuminado. Él existe, en mi mente, solo en la forma de ese dibujo; incorpóreo, ingrávido. Su cara es papel blanco y claroscuros.

Nunca pienso en la foto que vi. ¿Por qué iba a hacerlo? Solo la vi una vez cuando era pequeña. E, incluso entonces, solo fue cuestión de segundos.

Era domingo, y la iglesia se había congregado en la Hart House. Crescent Place no era un lugar especial, solo un edificio más. Una iglesia verdadera es una congregación, un conjunto de creyentes. Se corrieron las cortinas, se encendieron las velas. El olor a incienso se filtraba por toda la casa, y se concentraba, pesado, en el recibidor. Pippa y yo estábamos sentadas en la sala de estar, una al lado de la otra. Sentíamos la presencia de nuestra familia alrededor: mamá, papá, la tía Sue, sus hijas. Todos mirándonos.

Papá vino hacia nosotras y nos vendó los ojos. Lo último que vi con algo de claridad, antes de que una tira de tela negra me cubriera los ojos, fue El libro de la princesa, colocado en el suelo ante nosotras, abierto a doble página: un dibujo de siete demonios, comunicándose entre sí. Aún recuerdo sus cuerpos de hombre peludos y sus cabezas de animal. Uno tenía cabeza de lobo; otro, cabeza de oso. Y cada uno sostenía un instrumento: una maraca, una pandereta o una trompeta contra los labios peludos.

Levantamos las palmas de las manos, por petición de papá, y él puso una fotografía sobre ellas. Yo cogí la esquina inferior izquierda; Pippa, la derecha.

–¿Qué puedes ver?

Le estaba hablando a ella, por supuesto.

Oh, Pippa, con tus dibujos y tus sueños; con tu sensibilidad; tu feminidad. Ella era el sol y yo era la luna, que no podía más que reflejar su luz.

Empezó a hablar con suavidad. Describía las sombras que veía en la oscuridad. ¡Si las pudiera pintar para nosotros! Ella suspiraba en el aire perfumado, y el sofá parecía mecerse con su respiración ondeante; el latido trémulo de su corazón. Estaba actuando, posiblemente. Pero no actuaba conscientemente, de modo que eso no importaba.

Abrí los ojos. No debí hacerlo, pero lo hice. La venda era densa pero no opaca. Y si bajaba del todo la cabeza, podía ver por debajo de un huequito y examinar la foto que sosteníamos. Reconocí al chico enseguida; el parecido con el boceto a lápiz, sobre la chimenea de Crescent Place, era muy bueno.

–¿Michael? –susurra Alfie–. ¿Quién es?

–Nadie –murmuro, notando que me estoy poniendo roja. No es la primera vez, me alegro de estar en la oscuridad. «¿No sería normal que Pippa se lo hubiera dicho?». Seguimos escaleras abajo en fila, Alfie y yo los últimos, con la luz de nuestros móviles, las chicas caminando delante con sus linternitas y mi madre, a la cabeza, con una vela encendida; su mano protege la llama desnuda como la vieja con la vela de Rubens. Cuando llegamos abajo, se vuelve hacia Alfie y lo coge de la mano.

–Michael –le dice– era el primo de Julia. Murió antes de que ella naciera.

–¿Murió?

–Sí, fue un accidente. Un accidente horrible, horroroso.

Me clavo las uñas en las palmas, que me dejan la huella en la piel, y aprieto los párpados hasta que no veo nada más que barras de luz borrosa.

«Pobre Michael. Lo terrible que debió de ser; estar de pie en un momento, y al siguiente en una cama de hielo sólido; después, caer aguas abajo, siguiendo el curso del río gélido. Todos los ríos desembocan en el mar; pero el mar nunca se llena…».

–Pobre Michael –dice Alfie, apartando su mano de la de mamá y dándole luego una palmadita en el hombro.

Mamá se vuelve hacia mí y me sonríe ansiosamente:

–Cuéntale lo que pasó, Julia. El día que murió tu padre. Dile lo que viste.

No respondo y me niego obstinadamente a participar.

–Julia lo vio –dice mamá con impaciencia, volviéndose hacia Alfie–. El día en que su padre murió tuvo una visión, aquí, en esta casa. Tenía los ojos vendados, pero aun así, le vio la cara. –Mamá levanta las manos hacia arriba. Aún maravillada, después de todos estos años…

–Eric pensaba que Philippa tuvo la visión, pero fue Julia la que lo vio…, la que sintió su espíritu. Entonces –se vuelve hacia mí de nuevo, inflamada–, ¿cómo puedes decir que no nos podemos comunicar con los muertos? ¿Que no hay nada en esta casa? Sabes que no es verdad. No es verdad.

Yo no digo nada. No queda nada que decir; nada que sirva de algo.

–El día en que su padre murió… –Alfie repite la frase muy despacio, como si estuviera acariciando un trozo de terciopelo.

Mamá no para de moverse, incómoda.

–Otro accidente. Él estaba emocionado, después de la visión de Julia. Se excedió. Pensó que, si podía simular la muerte de Michael, privándose de aire, podría alcanzarlo. ¡Qué estúpido! ¡Qué imprudente! Pero creo que estaba en lo cierto en su sospecha. Y todo lo que han visto las niñas… Black Mamba… todo eso lo prueba.

Se vuelve ahora hacia las niñas y empieza a peinarlas, meticulosamente, con los dedos, dirigiéndose a los nudos con precisión sobrenatural. Ellas se le escapan.

–Vamos –dice ella–. ¿Dónde está? ¿Lo podéis ver? ¿Oírlo?

Las niñas dan vueltas por el sótano con sus linternas, iluminando los lienzos de Pippa tapados y una caja de cartón. Se detienen en el suelo de piedra en el centro del sótano, bajo la bombilla desnuda. Se acuclillan y aplican las orejas al suelo, como si escuchasen atentamente. Se tumban en el mismo lugar donde su madre yacía, con el alérgeno circulando por su cuerpo mientras moría.

Supe que había provocado el desastre en el momento en que abrí la boca y dije que había visto a mi primo en la penumbra; imitando la voz cautivadora de Pippa, cayendo del sofá en un falso desmayo, llamando a mi padre.

«¡Papá!». Me sujetó en sus gloriosos brazos, me besó la frente con los ojos brillantes. «Todos los ríos desembocan en el mar» –decía con voz ronca–, «pero el mar nunca se llena. Todo aquello que pierdas regresará a ti».

Esa fue la última vez que lo vi, excepto en sueños, que solo sentía como realidad mientras sucedían. Mamá no pudo quedarse sola durante años. Su luto lo abarcaba todo. Así que Pippa se fue y yo me quedé. Ella conoció a Alfie, tuvo a las mellizas, y yo estaba feliz por ella. O bastante feliz. Era lo que se merecía, me decía; era lo que ambas nos merecíamos.

Desde el accidente, he intentado mantener una cierta distancia con él y las niñas. Pero él ha seguido invitándome a ir. No he vuelto porque quisiera; he vuelto porque me lo ha pedido. Sería tan fácil ahora simplemente decir que sí. Pero no puedo quitarle a su familia, ni siquiera tras su muerte. Después de lo que le hice a papá, ¿cómo podría quitarle nada más a ella otra vez?

Hay un silencio que dura una eternidad. Luego, las chicas se levantan del suelo de piedra y se sacuden las piernas. Se miran entre ellas y luego miran a Alfie.

Por sus rostros pasa una curiosa expresión de repente, como una sombra pasando sobre la superficie de la luna. «Una mirada como de darse cuenta».

–¿Y bien? –dice mamá, impaciente–. ¿Lo habéis podido oír?

–No –responden despacio, aun mirando fijamente a Alfie–. No hemos podido. No está aquí. Papá se ha ido.

–Black Mamba –les recuerdo, con cansancio.

Pero Alfie se coloca detrás de mí y otra vez me toca el hombro. Me tranquiliza con el peso de su presencia. Su mano irrevocable.

–No pasa nada –susurra–. De verdad, está bien.

–¿Estáis seguras? –dice mamá, agrupándolas bajo el ala, haciendo crujir los nudillos de la ansiedad.

Están seguras.

Las niñas se escurren por delante de ella y luego se me pegan, cada una a uno de mis lados. Un cálido cosquilleo recorre mi cuerpo y me muerdo el labio inferior para no llorar. «No son mías. No puedo pensar en ellas como mías. Si lo hago, las convertiré en mis propios miguis, mis mini-yos, mis muñecas». Pero sus tibias manos se pliegan en las mías y se amoldan a la perfección.

–¿Estáis seguras?

–Mamá –digo, ya levantando la voz–, déjalas ya.

Y al fin, lo acepta.

Las niñas bostezan. Sintiéndome culpable, miro la hora.

–Jesús, Alfie. Es muy tarde.

–La hora del diablo –dice él, distante. Yo levanto la mirada, pero toda su cara está velada por la oscuridad.

Las niñas vuelven a bostezar, grandes bostezos como los gemidos de los barcos que se alejan en la niebla, y mamá también parece agotada de repente. La luz de su vela flaquea, mientras ella se apoya con desaliento contra la pared.

Alfie se me acerca con suavidad.

–¿Por qué no te llevas a las niñas a la cama? Y yo llevaré a tu madre a su casa.

Mamá refunfuña un poco, pero cuando Alfie le ofrece el brazo, lo agarra sin rechistar.

–Gracias por venir cuando las niñas te han llamado –dice, mientras la guía por los escalones del sótano. Ella gruñe, burlona, pero Alfie continúa, decidido–. Te lo digo en serio, Marian; gracias. Por todo.

CAPÍTULO 18

Julia

Es una mañana fría y vigorizante de mediados de invierno. El sol se refleja sobre los pavimentos oscuros y húmedos y el día está claro y sin viento, con una temperatura perfecta para caminar. Así que, aunque una furgoneta ha venido a primera hora a por mis pertenencias, voy de camino hacia mi nuevo hogar, que también es mi antiguo hogar, a pie. Alfie intentó detenerme, pero este fue mi último acto de desafío antes de la inevitable dependencia que traerán los meses que vienen. No me iba a dejar disuadir.

Mi ruta me lleva a pasar por Crescent Place, donde, con nostalgia, hago una pausa y me siento en el murete bajo de ladrillo frente al número 2. Delante hay un cartel de se vende y me doy cuenta, por primera vez, de que han quitado la placa de latón que rezaba una iglesia de cristo. El trozo de ladrillos que ocupaba está ahora pálido, como una imagen residual. Miro con nostalgia la pesada malla marfil, sabiendo que, incluso si fuera a tocar el timbre, no se movería. Ya no vive nadie aquí; mamá murió la noche en que desapareció Black Mamba, hace seis meses, y Sue entró en una residencia poco después.

Aún no estamos seguros de qué fue exactamente lo que pasó. Sue es un paradigma del testigo poco fiable. Sabemos que Alfie llevó a mamá a su casa y la acompañó a la cama; se quedó hasta que ella se durmió. Pero debió de levantarse durante la noche, porque cuando Sue bajó por la mañana, muy temprano, aún era de noche, mamá se había caído en la cocina. Había sufrido un segundo ictus. Sue telefoneó a una ambulancia, pero era demasiado tarde. No pudieron recuperar a mamá.

Fue un golpe duro, por supuesto. Aunque, en cuestión de un día o dos, me di cuenta de que la sensación extraña con la que

245

estaba viviendo –los mareos, la sensación de caminar sobre el aire– no era el atontamiento de la sorpresa, sino del alivio. «No es la peor manera de morir», pensé. «Al menos ya no tiene dolor». La depositamos en la tierra al comienzo del verano, bajo un sol cobrizo y los árboles que cambiaban las hojas. «Dios le concederá un nuevo cuerpo», dijo el cura. Pero era yo la que me sentía como si hubiera vuelto a nacer.

El impacto más fuerte fue para Sue, que ya no podía vivir sola mucho tiempo más. La he visitado un par de veces; su nuevo hogar está a unos kilómetros al oeste. Pero ya no sabe quién soy. Medio año después, no reconoce a casi nadie, ni siquiera a sus propias hijas; ni siquiera a Michael, cuando le muestran sus fotos. Esto, al ser ella la última persona viva que lo recordaba, da la sensación de una especie de final.

Me bajo del murete y sigo adelante, vagando despacio por las calles familiares, el cementerio abandonado donde los ángeles de piedra están oscuros como el carbón después de la lluvia, y entro en el Peter's Park. Las hojas de los árboles perennes relucen y ante mí se levanta la Hart House, como una alta ola de pintura descascarada. He abandonado la idea de que algún día podría librarme de ella, y esa aceptación, en sí misma, es extrañamente liberadora.

Antes de que toque el timbre, Alfie abre la puerta con una sonrisa. Me besa intensamente en la mejilla, que, me doy cuenta de repente con el calor de su aliento, está fría y rígida. Me ayuda a quitarme el abrigo. Aún un caballero, pienso, incluso después de todo lo que ha pasado. «No; aún más». Me vuelve a besar, con dulzura, y luego me toca la barriga. Ha dejado de beber y, por tanto, se acabó el caos. Su porte vuelve a ser delgado y atlético; sus movimientos son calmos y controlados. Se afeitó aquella media barba hace tiempo y ahora siempre tiene la cara suave. Parece joven de nuevo; casi tan joven como el día en que lo conocí, en un restaurante del Soho, con láminas cubistas en las paredes y el mantel perfectamente planchado. La causa de este renacimiento físico es un misterio, porque insiste en que duerme profundamente solo cuando está a mi lado, y no hay ningún retrato encantado en la casa, que yo haya visto; solo los viejos lienzos de Pippa, los que aún no ha vendido.

Dice que no es por el dinero, que irá a un fideicomiso para las mellizas, pero que «deberían estar colgados en galerías. Deberían estar expuestos».

Cierra la puerta después de que yo entre.

—Todas tus cosas —dice— están en mi habitación. —Hace una pausa y se corrige—: en nuestra habitación.

Me estremezco; un antiguo reflejo que me está costando abandonar.

—¿Cómo están las chicas? —pregunto rápidamente.

Mueve la cabeza, casi burlándose de mí, y sonríe.

—Entusiasmadas —insiste—. Venga, compruébalo tú misma.

Subo por las escaleras de caracol, parando de vez en cuando para dar un respiro. En el primer piso, llego a la habitación de Sylvie, cuyas paredes están pintadas con enormes pétalos; amarillo, rojo y rosa coral. Y la de Cassia, directamente enfrente, mi antigua habitación, está pintada en un caleidoscopio ornamentado de azul y blanco.

Seis meses más tarde, las chicas han mejorado mucho. En algunos aspectos, el proceso ha sido gradual. Meses de terapia con uno de mis compañeros, de paciente escucha por nuestra parte; un obstáculo aquí, un avance allá. Pero, en gran medida, se curaron la noche en que desapareció Black Mamba, la noche en que su abuela materna murió. Nunca he sido capaz de averiguar el motivo. Las conversaciones que tuve con Sylvie en el parque y con Cassia en la habitación de ellas parecían hitos, incluso en aquel momento. Pero aun así, no estaba preparada para cómo nos abandonó Black Mamba, tan de repente y tan completamente, aquella noche. Fue como si hubiera pasado una fiebre. Así, sin más, terminó su folie à deux.

En los días que siguieron, las chicas no mencionaron a Black Mamba; ni lo mencionaron tampoco en los meses siguientes, durante ninguna de sus sesiones en la clínica. Hablamos de

Pippa muchas veces. De cómo una madre ideal nunca hubiera muerto, y que un padre ideal lo habría llevado mejor, pero que ninguno de nosotros puede estar a la altura de los ideales. Nunca más mencionaron a su amigo imaginario. Escribí sobre su caso, de forma anónima, como estudio para la clínica; pronto se publicará. Pero documentarlo todo –cómo Cassia («niña A»), quien había llevado a la vida a Black Mamba, fue la inductora de su folie imposée, y Sylvie («niña B») era la aceptante…–, de algún modo hizo que pareciera incluso menos real, como si le hubiera sucedido a otra familia. Como si hubiera sido todo otro juego de mentirijillas.

Aun así, los comportamientos de las niñas persistieron de vez en cuando: la autolesión, la agresión. Incluso cuando su migui se había ido, las condiciones que lo habían creado permanecieron, al menos durante un tiempo; como si quisieran recordarme, recordarnos a todos, que los acontecimientos del año anterior no habían sido un sueño. Fueron reales. Sin embargo, las cosas van mejor ahora, mucho mejor. La culpa y la rabia de Sylvie han menguado de forma constante, y la autoestima de Cassia no ha parado de crecer.

Están madurando. Las habitaciones separadas por las que acabo de pasar subiendo la escalera son prueba de ello. Pero es aún más profundo: por fin, su regresión infantil se ha dado la vuelta. Las fantasías, la dependencia, la volubilidad, incluso las voces como de bebé que algunas veces utilizaban cuando le hablaban a Alfie, y que yo detestaba tanto (puesto que me recordaban al falsete que determinadas mujeres usan cuando hablan con su pareja), han ido desapareciendo. Las niñas tienen ahora ocho años. Pronto tendrán nueve. Se están haciendo más inteligentes, saben más sobre el mundo. Dentro de poco llegarán a la pubertad y se preguntarán por cómo sucede, cómo llegué al estado en que estoy. Me sorprende que no lo hayan preguntado ya.

Estoy de seis meses. Mi vientre es una cúpula grande y lisa, y me quedo sin aliento después de cada tramo de escaleras. Aunque Alfie no me ha seguido, siento que está por abajo, en el recibidor, observando mi movimiento. No hemos hablado de aquella noche en la que fue concebido. Apenas hemos hablado de lo que está por venir: la llegada de nuestro hijo, el hermano de las niñas. Sin embargo, existe entre nosotros –en la mirada siempre vigilante de Alfie, y en mi decisión de volver a la Hart House– un reconocimiento tácito de que debemos criarlo juntos; de que debemos estar juntos.

Celebrarlo nos parecería indecente, pero estamos felices. Maravillosamente, improbablemente felices. Aún siento punzadas de culpa la mayoría de los días; un vistazo de mi melliza en el espejo del baño; sentirme como una impostora. Pero cuando llegue el bebé será más fácil. Estoy segura de que, algún día, esos sentimientos acabarán por completo.

Por fin, llego al final de las escaleras. Las chicas están en la habitación –la de Alfie y mía– revisando mis cosas, alineando mis plantitas en maceta y mirando perplejas mi colección de pósteres de películas. La Pointe Courte, La Belle et la Bête, Le Mépris.

–Las veremos juntas –digo–, cuando seáis más mayores.

Levantan la mirada. Evidentemente, no me habían oído bufar mientras subía. Me echan los brazos al cuello antes de agacharse para poner el oído contra mi vientre.

–¿Cuándo va a venir? –pregunta Sylvie, tirando de mi muñeca.

Le doy una palmadita en la cabeza y sonrío.

–Pronto.

–Será bueno para papá –comenta Cassia, con un elegante aire de madurez– tener otro chico en la casa.

–Otra vez –añade Sylvie.

–¿Otra vez? –pregunto a la ligera, y luego me quedo quieta.

«¿Será verdad que se estén refiriendo a Black Mamba? Después de todo este tiempo».

Me siento con cuidado en la cama y el niño se mueve dentro de mí. Normalmente, sonrío siempre que me noto una patadita. Pero ahora mismo lo único que siento es incomodidad. Tengo a las niñas al nivel de mis ojos. Examino sus caras con cuidado. Las dos parecen estar bien.

Les tomo las manos y me aclaro la garganta, un poco imperiosamente. «Esto es importante». Las chicas se enderezan.

–¿Lo habéis visto –pregunto en voz baja– desde aquella noche? –Por algún motivo, no tengo el valor de pronunciar su nombre. Pero está bien: nos echamos una mirada; ellas saben a quién me refiero.

–No –contestan–. Nunca.

–Pero a veces lo oímos –añade Sylvie un momento después–. A veces.

–Sí –dice Cassia, asintiendo astutamente–. Lo oímos moverse, por debajo del sótano.

Frunzo el ceño; les suelto las manos, con incertidumbre.

–¿Black Mamba está… debajo del sótano?

Las niñas abren los ojos ligeramente.

–No –dice Sylvie–. Black Mamba no.

Intercambian una mirada. Una mirada que me excluye; extraña e impenetrable. Entonces Cassia ahueca la mano para susurrarme al oído. Su aliento cálido me cosquillea el lóbulo, provocando un estremecimiento agradable.

–Alfie.

Da un paso hacia atrás. Me quedo mirándolas en silencio, demasiado sorprendida para hablar. El niño se vuelve a mover, debajo de mi piel.

Luego, de repente, las mellizas estallan en carcajadas y se lanzan sobre la cama detrás de mí. Saltan, señalando y gritando; agarran las almohadas. Un crujido bajo emana de un rincón de la habitación, cuando la puerta se abre abruptamente. Alfie entra, con una cara que es el retrato mismo del desconcierto.

–¿Qué puñetas…? –pregunta. Pero ellas no contestan. Siguen saltando de acá para allá, riéndose, golpeándose sin piedad con las almohadas, hasta que una de ellas se rompe, estallando en una repentina lluvia de plumas blancas como la nieve, suave y deslumbrante.

–¡Ay, tía! –chillan las niñas, moviendo los cuerpos alegremente bajo el remolino de plumas–: ¡Te lo has creído, te lo has creído!

AGRADECIMIENTOS

Mi más sincero agradecimiento a todas las personas que han participado en la escritura y publicación de Déjalo entrar. A la gente de Atlantic Books. A los de The Blair Partnership. Estoy en deuda con mi editor, James Roxburgh, y mi agente, Jordan Lees, por sus inteligentes comentarios sobre el manuscrito y su abundante apoyo. Os agradezco a los dos el arduo trabajo que habéis hecho con la novela y vuestra fe en mí. También le doy las gracias a mi revisora, Amber Burlinson, por sus finos comentarios y correcciones.

Gracias a mi hermana, Anna, y a su prometido, Karl, por estar entre los primeros lectores de mi novela. A mis padres, Jan y Mark, por toda una vida de amor y apoyo. A mi abuela, Pauline, por estar siempre disponible para mí. A mi compañero, Sam, por leerse todos mis borradores de todos los capítulos con tanto cuidado y paciencia, y por ayudarme siempre a encontrar el tiempo para escribir. Finalmente, aunque no menos importante, doy gracias a mi abuelo, Brian, que se alegró tantísimo al saber que Déjalo entrar se publicaría. Los cuentos que nos contabas a Anna y a mí de niños siempre estarán en mi corazón, lo mismo que tú.

ÍNDICE